文庫 8

北村透谷
高山樗牛

新学社

装幀　友成　修

カバー画
パウル・クレー『六つの種類』一九三〇年
個人蔵（スイス）

協力　日本パウル・クレー協会

河井寛次郎　作画

目次

北村透谷

高山樗牛

北村透谷

楚囚之詩

自序

余は遂に一詩を作り上げました。大胆にも是《こ》れを書肆《しょし》の手に渡して知己及び文学に志ある江湖《かうこ》の諸兄に頒《わか》たんとまでは決心しましたが、実の処躊躇しました。余は実に多年斯《かく》の如き者を作らんことに心を寄せて居ました。が然し、如何にも非常の改革、至大艱難《かんなん》の事業なれば今日までは黙過して居たのです。

或時は翻訳して見たり、又た或時は自作して見たり、いろいろに試みますが、底事此の篇位の者です。然るに近頃文学社界に新体詩とか変体詩とかの議論が囂《かまびす》しく起りまして、勇気ある文学家は手に唾して此大革命をやってのけんと奮発され数多《あまた》の小詩歌が各種の紙上に出現するに至りました。是れが余を激励したのです、是れが余をして文学世界に歩み近よらしめた者です。

余は此「楚囚の詩」が江湖に容れられる事を要しませぬ、然し、余は確かに信ず、吾等の同志が諸共に協力して素志を貫く心になれば遂には狭隘《けふあい》なる古来の詩歌を進歩せしめて、今日行はるゝ小説の如くに且つ最も優美なる霊妙なる者となすに難からずと。

幸にして余は尚ほ年少の身なれば、好《よ》し此「楚囚の詩」が諸君の嗤笑《しせう》を買ひ、諸君の心頭を傷くる事あらんとも、尚ほ余は他日是れが罪を償ひ得る事ある可しと思ひます。

元とより是は吾国語の所謂歌でも詩でもありませぬ、寧《むし》ろ小説に似て居るのです。左《さ》れど、是れでも詩です、余は此様にして余の詩を作り始めませう。又た此篇の楚囚は今日の時代に意を寓したものではありませぬから獄舎の摸様なども必らず違つて居ます。唯だ獄中にありての感情、境遇などは聊か心を用ひた処です。

透谷橋外の僑寓に於いて

北村門太郎謹識

明治廿二年四月六日

第一

曾《か》つて誤つて法を破り
　政治の罪人として捕はれたり、
余と生死を誓ひし壮士等の
　数多あるうちに余は其首領なり、
　　中に、余が最愛の
　まだ蕾の花なる少女も、
　国の為とて諸共に
　この花婿も花嫁も。

第二

余が髪は何時の間にか伸びていと長し、

前額《ひたひ》を蓋《おほ》ひ眼を遮りていと重し、
肉は落ち骨出で胸は常に枯れ、
沈み、萎れ、縮み、あゝ物憂し、
　歳月を重ねし故にあらず、
　又た疾病に苦む為ならず、
　浦島が帰郷の其れにも、
　はて似付かふもあらず、
余が口は涸《か》れたり、余が眼は凹《くぼ》し、
　曾つて世を動かす弁論をなせし此口も、
　曾つて万古を通貫したるこの活眼も、
はや今は口は腐れたる空気を呼吸し
眼は限られたる暗き壁を睥睨《へいげい》し
且つ我腕は曲り、足は撓《た》ゆめり、
嗚呼《あゝ》楚囚！　世の太陽はいと遠し！

噫此《あゝ》は何の科《とが》ぞや？
たゞ国の前途を計りてなり！
噫此は何の結果ぞや？
此世の民に尽したればなり！
　去れど独り余ならず、
吾が祖父は骨を戦野に暴《さら》せり、
吾が父も国の為めに生命《いのち》を捨たり、
余が代《よ》には楚囚となりて、
とこしなへに母に離るなり。

第三

獄舎《ひとや》！　つたなくも余が迷入れる獄舎は、
二重《ふたへ》の壁にて世界と隔たれり

左れど其壁の隙《すき》又た穴をもぐりて
逃場を失ひ、馳込む日光もあり、
余の青醒《あをざ》めたる腕を照さんとて
　壁を伝ひ、余が膝の上まで歩寄れり。
余は心なく頭を擡《もた》げて見れば、
　この獄舎《ひとや》は広く且空しくて、
中に四つのしきりが境となり、
　四人の罪人が打揃ひて――
曾つて生死を誓ひし壮士等が、
　無残や狭まき籠に繋れて！
彼等は山頂の鷲なりき、
　自由に喬木の上を舞ひ、
又た不羈《ふき》に清朗の天を旅し、
ひとたびは山野に威を振ひ、

慓悍《へうかん》なる熊をおそれしめ、
　湖上の毒蛇の巣を襲ひ
世に畏れられたる者なるに
　今は此籠中に憂き棲ひ！
四人は一室《ひとま》にありながら
　物語りする事は許されず、
四人は同じ思ひを持ながら
　そを運ぶ事さへ容《ゆる》されず、
各自《かくじ》限られたる場所の外《ほか》へは
　足を踏み出す事かなはず、
　たゞ相通ふ者とては
　同じ心のためいきなり。

第四

四人の中にも、美くしき
我花嫁……いと若かき
其の頬の色は消失せて
顔色の別けて悲しき！
嗚呼余の胸を撃つ
其の物思はしき眼付き！

彼は余と故郷を同じうし、
余と手を携へて都へ上りにき――
京都に出で、琵琶を後にし
三州の沃野を過《よぎ》りて、浜名に着き、
富士の麓に出で、函根を越し、
遂に花の都へは着《つき》たりき、

愛といひ恋といふには科《しな》あれど、
　吾等双個《ふたり》の愛は精神《たま》にあり、
花の美くしさは美くしけれど、
吾が花嫁の美は、其蕊《しべ》にあり、
梅が枝にさへづる鳥は多情なれ、
　吾が情はたゞ赤き心にあり、
彼れの柔《よわ》き手は吾が肩にありて、
　余は幾度か神に祈を捧たり。
左れどつれなくも風に妬《ねた》まれて、
　愛も望みも花も萎れてけり、
一夜の契りも結ばずして
花婿と花嫁は獄舎《ひとや》にあり。
　獄舎は狭し
狭き中にも両世界――

彼方の世界に余の半身あり、
此方の世界に余の半身あり、
彼方が宿か此方が宿か？
　余の魂《たま》は日夜独り迷ふなり！

第五

あとの三個《みたり》は少年の壮士なり、
　或は東奥、或は中国より出でぬ、
彼等は壮士の中にも余が愛する
真に勇豪なる少年にてありぬ、
左れど見よ彼等の腕の縛らるゝを！
流石《さすが》に怒れる色もあらはれぬ――
怒れる色！　何を怒りてか？

　自由の神は世に居《ゐ》まさぬ！
兎《と》は言へ、猶ほ彼等の魂《たま》は縛られず、
磊落《らいらく》に遠近《をちこち》の山川に舞ひつらん、
彼の富士山の頂に汝の魂は留りて、
　雲に駕し月に戯れてありつらん、
嗚呼何ぞ穢《きた》なき此の獄舎の中に、
　汝の清浄なる魂が暫時《しばし》も居らん！
斯く云ふ我が魂も獄中にはあらずして
　日々夜々《ひゞやゝ》軽るく獄窓を逃伸びつ
余が愛する少女の魂も跡を追ひ
　諸共に、昔の花園に舞ひ行きつ
塵なく汚なき地の上にはふバイヲレット
其名もゆかしきフォゲットミイナット
　其他種々《いろ〳〵》の花を優しく摘みつ

ひとふさは我胸にさしかざし
他のひとふさは我が愛に与へつ
ホッ！　是《こ》は夢なる！
見よ！　我花嫁は此方《こなた》を向くよ！
其の痛ましき姿！
　鳴呼爰《こゝ》は獄舎
　此世の地獄なる。

　第六

世界の太陽と獄舎《ひとや》の太陽とは物異《かは》れり
此中には日と夜との差別の薄かりき、
何《な》ぜ……余は昼眠る事を慣《なれ》として
　夜の静なる時を覚め居たりき、

ひと夜。余は暫時《しばし》の坐睡《ざすゐ》を貪りて
　起き上り、厭はしき眼を強ひて開き
見廻せば暗さは常の如く暗けれど、
　なほさし入るおぼろの光……是れは月！
月と認《み》れば余が胸に絶えぬ思ひの種、
　借《かり》に問ふ、今日の月は昨日の月なりや？
　然り！　踏めども消せども消えぬ明光《ひかり》の月、
嗚呼少《わか》かりし時、曾つて富嶽に攀上《よぢのぼ》り、
　近かく、其頂上《いたゞき》に相見たる美くしの月
美の女王！　曾つて又た隅田に舸《ふね》を投げ、
花の懐《ふところ》にも汝とは契をこめたりき。
　同じ月ならん！　左れど余には見えず、
　同じ光ならん！　左れど余には来らず、
　　呼べど招けど、もう

汝は吾が友ならず。

第七

牢番は疲れて快《よ》く眠り、
腰なる秋水のいと重し、
意中の人は知らず余の醒《さめ》たるを……
眠の極楽……尚ほ彼はいと快し
嗚呼二枚の毛氈《まうせん》の寝床《とこ》にも
此の神女の眠りはいと安し！
余は幾度も軽るく足を踏み、
愛人の眠りを攪《さま》さんとせし、
左れど眠の中に憂のなきものを、
覚させて、其《そ》を再び招かせじ、

眼を鉄窓の方に回《か》へし
余は来るともなく窓下《さうか》に来れり
逃路を得んが為ならず
唯だ足に任せて来りしなり
　もれ入る月のひかり
　ても其姿の懐かしき！

第八

想ひは奔《はし》る、往きし昔は日々に新なり
彼山《かのやま》、彼水、彼庭、彼花に余が心は残れり、
彼の花！　余と余が母と余が花嫁と
もろともに植ゑにし花にも別れてけり、
思へば、余は暇を告ぐる隙もなかりしなり。

誰れに気兼《きがね》するにもあらねど、ひそひそ
余は獄窓の元に身を寄せてぞ
何にもあれ世界の音信《おとづれ》のあれかしと
待つに甲斐あり！　是《こ》は何物ぞ？
送り来れるゆかしき菊の香！
余は思はずも鼻を聳えたり、
こは我家の庭の菊の我を忘れで、
遠く西の国まで余を見舞ふなり、
あゝ我を思ふ友！
恨むらくはこの香
我手には触れぬなり。

第九

またひとあさ余は晩《おそ》く醒め、
　高く壁を伝ひてはひ登る日の光《め》
余は吾花嫁の方に先づ眼を送れば、
　こは如何に！　影もなき吾が花嫁！
思ふに彼は他の獄舎に送られけん、
　余が睡眠《ねむり》の中に移されたりけん、
とはあはれな！　一目なりと一せきなりと、
(何《な》ぜ、言葉を交はす事は許されざれば)
永別《わかれ》の印をかはす事もかなはざりけん！
三個《みたり》の壮士もみな影を留めぬなり、
　ひとり此広間に余を残したり、
朝寝の中に見たる夢の偽なりき、
　噫《あゝ》偽りの夢！　皆な往けり！
　　往けり、我愛も！

また同盟の真友も！

第十

倦み来りて、記憶も歳月も皆な去りぬ、
　寒くなり暖《あつ》くなり、春、秋、と過ぎぬ、
暗さ物憂さにも余は感情を失ひて
　今は唯だ膝を組む事のみ知りぬ、
罪も望も、世界も星辰も皆尽きて、
余にはあらゆる者皆、……無に帰して
たゞ寂寥《せきれう》、……微かなる呼吸——
　生死の闇の響なる、
甘き愛の花嫁も、身を抛《なげう》ちし国事も
忘れはて、もう夢とも又た現《うつゝ》とも！

嗚呼数歩を運べばすなはち壁、
三回《みたび》まはれば疲る、流石に余が足も！

第十一

余には日と夜との区別なし、
左れど余の倦たる耳にも聞きし、
暁《あけ》の鶏や、また塒《ねぐら》に急ぐ烏の声、
兎《と》は言へ其形……想像の外《ほか》には曾つて見ざりし。
ひと宵余は早くより木の枕を
窓下《さうか》に推し当て、眠りの神を
祈れども、まだこの疲れたる脳は安《やすま》らず、
半分《なかば》眠り――且つ死し、なほ半分は
生きてあり、――とは願はぬものを。

突如窓を叩いて余が霊を呼ぶ者あり
あやにくに余は過にし花嫁を思出たり、
弱き腰を引立て、窓に飛上らんと企てしに、
こは如何に！　何者……余が顔を撃たり！
計らざりき、幾年月の久しきに、
始めて世界の生物《せいぶつ》が見舞ひ来れり。
彼は獄舎の中を狭しと思はず、
梁《はり》の上梁の下俯仰自由に羽を伸ばす、
能《よ》き友なりや、こは太陽に嫌はれし蝙蝠《かうもり》、
我無聊《ぶれう》を訪来れり、獄舎の中を厭はず、
想ひ見る！　此は我花嫁の化身ならずや
嗚呼約せし事望みし事は遂に来らず、
忌はしき形を仮りて、我を慕ひ来るとは！
ても可憐《あはれ》な！　余は蝙蝠を去らしめず。

第十二

余には穢《きた》なき衣類のみなれば、
是を脱ぎ、蝙蝠《かうもり》に投げ与ふれば、
彼は喜びて衣類と共に床に落たり、
余ははひ寄りて是を抑ゆれば、
蝙蝠は泣けり、サモ悲しき声にて、
何《な》ぜなれば、彼はなほ自由を持つ身なれば、
恐るゝな！　捕ふる人は自由を失ひたれ、
卿《おんみ》を捕ふるに……野心は絶えて無ければ。
嗚呼！　是《こ》は一の蝙蝠！
余が花嫁は斯《か》ゝる悪くき顔《に》にては！
左れど余は彼を逃げ去らしめず、
何ぜ……此生物は余が友となり得れば、

好し、……暫時《しばし》獄中に留め置かんに、
左れど如何にせん？ 彼を留め置くには？
吾に力なきか、此一獣を留置くにさへ？
傷《いた》ましや！ なほ自由あり、此獣《けもの》には。
　余は彼を放ちやれり、
　自由の獣……彼は喜んで、
　疾《と》く獄窓を逃げ出《いで》たり。

第十三

恨むらくは昔の記憶の消えざるを、
　若き昔時《むかし》……其の楽しき故郷《ふるさと》！
暗らき中にも、回想の眼はいと明るく、
　画と見えて画にはあらぬ我が故郷！

次ぎの画は甚しき失策でありました、是れでも著名なる画家と熱心なる彫刻師との手に成りたる者です。野辺の夕景色としか見えませぬが、獄舎の中と見て下さらねば困ります。

雪を戴きし冬の山、霞をこめし渓《たに》の水、
　よも変らじ其美くしさは、昨日と今日、
——我身独りの行末が……如何に
　　浮世と共に変り果てんとも！
嗚呼蒼天！　なほ其処に鷲は舞ふや？
嗚呼深淵！　なほ其処に魚は躍るや？
　春？　秋？　花？　月？
是等の物がまだ存るや？
曾つて我が愛と共に逍遥せし、
楽しき野山の影は如何にせし？
摘みし野花？　聴きし渓《たに》の楽器？
あ、是等は余の最も親愛せる友なりし！
　有る——無し——の答は無用なり、
　常に余が想像には現然たり、

羽あらば帰りたし、も一度、
貧しく平和なる昔のいほり。

第十四

冬は厳しく余を悩殺す、
壁を穿つ日光も暖を送らず、
日は短し！　して夜はいと長し！
寒さ瞼《まぶた》を凍らせて眠りも成らず。
然れども、いつかは春の帰り来らんに、
好し、顧みる物はなしとも、破運の余に、
たゞ何心なく春は待ちわぶる思ひする、
余は獄舎《ひとや》の中より春を招きたり、高き天《そら》に。
遂に余は春の来るを告られたり、

鶯に！　鉄窓の外に鳴く鶯に！
知らず、そこに如何なる樹があるや？
梅か？　梅ならば、香の風に送らる可きに。
美くしい声！　やよ鶯よ！
余は飛び起きて、
　僅に鉄窓に攀《よ》ぢ上るに――
鶯は此響には驚ろかで、
　獄舎の軒にとまれり、いと静に！
余は再び疑ひそめたり……此鳥こそは
真《まこと》に、愛する妻の化身ならんに。
鶯は余が幽霊の姿を振り向きて
　飛び去らんとはなさずして
再び歌ひ出でたる声のすゞしさ！
　余が幾年月の欝《うさ》を払ひて。

卿《おんみ》の美くしき衣は神の恵みなる、
卿の美くしき調子も神の恵みなる、
卿がこの獄舎《ひとや》に足を留めるのも
また神の……是《こ》は余に与ふる恵なる、
　然り！　神は鶯を送りて、
余が不幸を慰むる厚き心なる！
　嗚呼夢に似てなほ夢ならぬ、
余が身にも……神の心は及ぶなる。
思ひ出す……我妻は此世に存《あ》るや否？
彼れ若し逝きたらんには其化身なり、
我愛はなほ同じく獄裡に呻吟《さまよ》ふや？
若し然らば此鳥こそ彼れが霊《たま》の化身なり。
自由、高尚、美妙なる彼れの精霊《たま》が
この美くしき鳥に化せるはことわりなり、

斯くして、再び余が憂欝を訪ひ来る――
誠の愛の友！　余の眼に涙は充ちてけり。

第十五

鶯は再び歌ひ出でたり、
　余は其の歌の意《こゝろ》を解き得るなり、
百種《もゝくさ》の言葉を聴き取れば、
　皆な余を慰むる愛の言葉なり！
浮世よりか、将《は》た天国より来りしか？
余には神の使とのみ見ゆるなり。
嗚呼左《さ》りながら！　其の練《な》れたる態度《ありさま》
恰《あた》かも籠の中より逃れ来れりとも――
　若し然らば……余が同情を憐みて

来りしか、余が伴《とも》たらんと思ひて？
鳥の愛！　世に捨てられし此身にも！
鶯よ！　卿《おんみ》は籠を出でたれど、
　余は死に至るまでは許されじ！
余を泣かしめ、又た笑《ゑ》ましむれど、
　卿の歌は、余の不幸を救ひ得じ。
我が花嫁よ、……否な鶯よ！
　お丶悲しや、彼は逃げ去れり
　嗚呼是れも亦た浮世の動物なり。
若し我妻ならば、何《な》ど逃去らん！
余を再び此寂寥《せきれう》に打ち捨て丶、
この惨憺《さんたん》たる墓所《はかしよ》に残して
――暗らき、空しき墓所――
其処《そこ》には腐れたる空気、

湿りたる床のいと冷たき、
余は爰《こゝ》を墓所と定めたり、
生《いき》ながら既に葬られたればなり。
　死や、汝何時《いつ》来《きた》る？
　永く待たすなよ、待つ人を、
余は汝に犯せる罪のなき者を！

第十六

鶯は余を捨て、去り
余は更に怏鬱《あううつ》に沈みたり、
春は都に如何なるや？
確かに、都は今が花なり！
斯く余が想像《おもひ》中央《なかば》に

久し振にて獄吏は入り来れり。
遂に余は放《ゆる》されて、
大赦の大慈《めぐみ》を感謝せり。
門を出《いづ》れば、多くの朋友、
　集ひ、余を迎へ来れり、
中にも余が最愛の花嫁は、
　走り来りて余の手を握りたり、
彼れが眼にも余が眼にも同じ涙——
　又た多数の朋友は喜んで踏舞せり、
先きの可愛《かは》ゆき鶯も爰《こゝ》に来りて
　再び美妙の調べを、衆《みな》に聞かせたり。

蝶のゆくへ

舞ふてゆくへを問ひたまふ、
　心のほどぞうれしけれ、
秋の野面をそこはかと、
　尋ねて迷ふ蝶が身を。

行くもかへるも同じ関、
　越え来し方に越えて行く。
花の野山に舞ひし身は、

花なき野辺も元の宿。

前もなければ後もまた、
「運命《かみ》」の外には「我」もなし。
ひら〳〵と舞ひ行くは、
夢とまことの中間《なかば》なり。

双蝶のわかれ

ひとつの枝に双《ふた》つの蝶、
羽を収めてやすらへり。

露の重荷に下垂る、、
　草は思ひに沈めり。
秋の無情に身を責むる、
　花は愁ひに色褪めぬ。

言はず語らぬ蝶ふたつ、
斉しく起ちて舞ひ行けり。

うしろを見れば野は寂し、
前に向へば風冷《さむ》し。
過ぎにし春は夢なれど、
迷ひ行衛は何処ぞや。

同じ恨みの蝶ふたつ。
重げに見ゆる四《よつ》の翼《はね》。
双び飛びてもひえわたる、
秋のつるぎの怖ろしや。
雄《を》も雌《め》も共にたゆたひて。

もと来し方へ悄《しを》れ行く。
もとの一枝《ひとえ》をまたの宿、
暫しと憩ふ蝶ふたつ。
夕告《ゆふつ》げわたる鐘の音に、
おどろきて立つ蝶ふたつ。
こたびは別れて西ひがし、
振りかへりつゝ去りにけり。

みゝずのうた

この夏行脚してめぐりありけるとき、或朝ふとおもしろき草花の咲けるところに出でぬ。花を眺むるに余念なき時、わが眼に入れるものあり、これ他の風流漢ならずして一蚯蚓なり。をかしきことありければ記しとめぬ。

わらじのひものゆるくなりぬ、
まだあさまだき日も高からかに、
ゆうべの夢のまださめやらで、
いそがしきかな吾が心、さても雲水の
身には恥かし夢の跡。

つぶやきながら結び果て、立上り、
歩むとすれば、いぶかしきかな、
われを留むる、今を盛りの草の花、
わが魂は先づ打ち入りて、物こそ忘れめ、
この花だにあらばうちもえ死なむ。

そこはふは誰《た》ぞ、わが花の下を、
答へはあらず、はひまはる、
わが花盗む心なりや、おのれくせもの、
思はずこぶしを打ち挙げて
うたんとすれば、「やよしばし。

「おのれは地下に棲みなれて

花のあぢ知るものならず、
今朝わが家を立出でゝより、
あさひのあつさに照らされて、
今唯だ帰らん家を求むるのみ。

「おのれは生れながらにめしひたり、
いづこをば家と定むるよしもなし。
朝出る家は夕べかへる家ならず、
花の下にもいばらの下にも
わが身はえらまず宿るなり。

「おのれ生れながらに鼻あらず、
人のむさしといふところをおのれは知らず、
人のちりあくた捨つるところに

われは極楽の露を吸ふ、
こゝより楽しきところあらず。

「きのふあるを知らず
あすあるをあげつらはず、
夜こそ物は楽しけれ、
草の根に宿借りて
歌とは知らず歌うたふ。」

やよやよみゝず説くことを止めて
おのがほとりに仇あるを見よ、
智慧者のほまれ世に高き
蟻こそ来たれ、近づきけれ、
心せよ、いましが家にいそぎ行きね。

「君よわが身は仇を見ず、
さはいへあつさの堪へがたきに、
いざかへんなん、わが家に、
そこには仇も来らまじ、安らかに、
またひとねむり貪らん。」

そのこといまだ終らぬに、
かしこき仇は早や脊に上れり、
こゝを先途と飛び躍る、
いきほひ猛し、あな見事、
仇は土にぞうちつけらる。

あな笑止や小兵者、

今は心も強しいざまからむ、
うちまはる花の下、
惜しやいづこも土かたし、
入るべき穴のなきをいかん。

またもや仇の来らぬうちと
心せくさましをらしや、
かなたに迷ひ、こなたに惑ひ、
ゆきてはかへり、かへりては行く、
まだ帰るべき宿はなし。

やがて痍《いたみ》もおちつきし
敵はふたゝびまとひつく、
こゝぞと身を振り跳ねをどれば、

もろくも再びはね落され、
こなたを向きて後退《あとじ》さる。

二つ三つ四ついつしかに、敵の数の、
やうやく多くなりけらし、
こなたは未だ家あらず、
敵の陣は落ちなく布きて、
こたびこそはと勇むつはもの。

疲れやしけむ立留まり、
こゝをいづこと打ち案ず、
いまを機会《しほ》ぞ、かゝれと敵は
むらがり寄るを、あはれ悟らず、
たちまち脊には二つ三つ。

振り払ひて行かんとすれば、
またも寄せ来る新手のつはもの、
踏み止りて戦はんとすれば
寄手は雲霞のごとくに集りて、
幾度跳ねても払ひつくせず。

あさひの高くなるまゝに、
つちのかわきはいやまして、
のどをうるほす露あらず、
悲しやはらばふ身にしあれば
あつさこよなう堪へがたし。

受けゝる手きずのいたみも

たゝかふごとになやみを増しぬ。
今は払ふに由もなし、
為すまゝにせよ、させて見む、
小兵奴らわが脊にむらがり登れかし。

得たりと敵は馳せ登り、
たちまちに脊を蓋ふほど、
くるしや許せと叫ぶとすれど、
声なき身をばいかにせむ、
せむ術なくてたふれしまゝ。

おどろきあきれて手を差し伸れば
パッと散り行く百千の蟻、
はや事果しかあはれなる、

先に聞し物語に心奪はれて、
救ひ得させず死なしけり。

ねむごろに土かきあげ、
塵にかへれとはうむりぬ。
うらむなよ、凡そ生とし生けるもの
いづれ塵にかへらざらん、
高きも卑きもこれを免《のが》れじ。

起き上ればこのかなしさを見ぬ振に、
前にも増せる花の色香、
汝《いまし》もいつしか散らざらむ、
散るときに思ひ合せよこの世には
いづれ絶えせぬ命ならめや。

和歌四首

月前の柳

まねく手はほそくたゆめど空とほくなびかぬ月のうらめしきかな

花間蝶

心ありやなしやはしらず花のうちにうさをはなれぬ蝶ぞゆかしき

雨後の花

雨すぎてうらめしげなる花のおもちるまで友とちぎらざりしに

あさしとな契りとがめそうきよにははなれがたきもはなれやすきを

厭世詩家と女性

恋愛は人世の秘鑰《ひやく》なり、恋愛ありて後人世あり、恋愛を抽き去りたらむには人生何の色味かあらむ。然るに尤も多く人世を観じ、尤も多く人世の秘奥を究むるといふ詩人なる怪物の尤も多く恋愛に罪業を作るは、抑も如何なる理ぞ。古往今来詩家の恋愛に失する者、挙げて数ふ可からず、遂に女性をして嫁して詩家の妻となるを戒しむるに至らしめたり、詩家豈無情の動物ならむ、否、其濃情なる事、常人に幾倍する事著るし、然るに綢繆《ちうびう》終りを全うする者尠きは何故ぞ、ギヨオテの鬼才を以て、後人をして彼の頭は黄金、彼の心は是れ鉛なりと言はしめしも、其恋愛に対する節操全からざりければなり。バイロンの嵩峻を以ても、彼の貞淑寡言の良妻《むすめ》をして狂人と疑はしめ、去つて以太利に飄泊するに及んでは、妻ある者、女ある者をしてバイロンの出入を厳にせしめしが如き。或はシエレイの合歓未だ久しからざるに妻は去つて自ら殺し、郎も亦た天命を全うせざりしが如き。彼の高厳荘重なるミルトンまでも一度は此轍を履んとし、嶢崅《げうかく》豪逸なるカーライルさへ死後に遺筆を梓するに至りて、合歓団欒ならざりし醜を発見せられぬ。其他マルロー、ベン・ジヨンソン以下を数へなば、誰か詩人の妻たるを怖れぬ者のあるべき。

思想と恋愛とは仇讐なるか、安んぞ知らむ、恋愛は思想を高潔ならしむる嬭母なるを。エマルソン言へることあり、尤も冷淡なる哲学者と雖、恋愛の猛勢に駆られて逍遥徘徊せし少壮なりし時の霊魂が負ふたる債を済す事能はずと。恋愛は各人の胸裡に一墨痕を印して、外には見ゆ可からざるも、終生抹する事能はざる者となすの奇跡なり。然れども恋愛は一見して卑陋暗黒なるが如くに其実性の卑陋暗黒なる者にあらず。恋愛を有せざる者は春来ぬ間の樹立の如く、何となく物寂しき位地に立つ者なり、而して各人各個に人生の奥義の一端に入るを得るは、恋愛の時期を通過しての後なるべし。夫れ恋愛は透明にして美の真を貫ぬく、恋愛あらざる内は社会は一個の他人なるが如くに頓着あらず、恋愛ある後は物のあはれ、風物の光景、何となく仮を去つて実に就き、隣家より我家に移るが如く覚ゆるなれ。

蓋し人は生れながらにして理性を有し、希望を蓄へ、現在に甘んぜざる性質あるなり。社会の segment 奝縁《いんえん》に苦しめられず真直に伸びたる小児は、本来の想世界に生長し、実世界を知らざるものなり。然れども生活の一代に実世界と密接し、抱合せられざる者はなけむ、必ずや其想世界即ち無邪気の世界と実世界即ち浮世又は娑婆と称する者と相争ひ、相睨む時期に達するを免れず。実世界は強大なる勢力なり、想世界は社界の不調子を知らざる中にこそ成立すべけれ、既に浮世の刺衝に当りたる上は、好しや苦戦搏闘するとても遂には弓折れ箭尽くるの非運を招くに至るこそ理の数なれ。此時、想世界の敗将気沮み心疲れて、何物をか得て満足を求めんとす、労力義務等は実世界の遊軍にして常に想世界を覗ふ者、其他百般の事物彼に迫つて剣槍相接爾す、彼を援くる者、彼を満足せしむる者、果して何物とかなす、曰く恋愛なり、美人を天の一方に思求し、輾転反側する者、実に此際に起るなり。生理上にて男性なるが故に女性を慕ひ、女性なるが故に男性を慕ふのみとするは、人間の価格を禽獣の位地に遷す者なり。春心の勃発すると同時に恋愛を生ずると言ふは、古来、似非小説家の人生を卑しみて己れの卑陋なる理想の中に縮少したる毒弊なり、恋愛豈単純なる思慕ならんや、想世界と実世界との争戦より想世界の敗将をして立籠らしむる牙城となるは、即ち恋愛なり。

此恋愛あればこそ、理性ある人間は悉く悩死せざるなれ、此恋愛あればこそ、実世界に乗入る慾望を惹起するなれ。コレリツヂが「ロメオ・エンド・ジユリヱツト」を評する中に、ロメオの恋愛を以て彼自身の意匠を恋愛せし者となし、第一の愛婦なる「ロザリン」は自身の意匠の仮物なりと論ぜるは、盖し多くの、愛情を獣慾視して実性を見究めざる作家を誡しむるに足る可し。

恋愛は剛愎なるバイロンを泣かせしと言ふ微妙なる音楽の境を越えて広がれり。恋愛は細微なる美術家と称へられたるギヨオテが企る事能はざる純潔なる宝玉なり、彼の雄邁にして輭優《せんいう》を兼ねたるダンテをして高天卑土に絶叫せしめたるも、其最大誘因は恋愛なり。彼の痛烈悲酸なる生涯を終りたるスウイフトも恋愛に数度の敗れを取りたればこそ、彼の如くにはなりけれ。嗚呼恋愛よ、汝は斯くも権勢ある者ながら、爾の哺養し、爾の切に需めらるゝ詩家の為に虐遇する所となる事多きは、如何に慨歎すべき事ならずや。

女性を冷罵する事、東西厭世家の平《つね》なり。釈氏も力を籠めて女人を罵り、沙翁も往々女人に関して慊《あきた》らぬ語気を吐けり。我露伴子の「一口剣」を草するや、巧に阿蘭を作りて作家の哲学思想を発揮し、更に「風流悟」に於て其解脱を説きたる所、余の尤も服する所なり。蓋し女性は感情的の動物なり、詩家も亦た男性中の女性と言ふ可き程に感情に富める者なり。深夜火器を弄して閨中の人を愕かせしバイロン、必らずしも狂人たりしにあらざる可し、蓋し女性は或意味に於て甚だ偏狭頑迷なる者なり、而して詩家も亦た、或点より観れば之に似たる所あるを免れず。蓋し女性は優美繊細なる者なり、而して詩家も亦た其思想に於ては優美繊細を常とする者なり、豪逸雄壮なる詩句を迸出する時に於ても、詩家は優美を旨とするものなるを以て、自ら女性に似たるところあるを免れず。其他生理学上に於て詳に詩家の性情を検察すれば、神経質なるところ、執着なるところ等、類同の個条盖し数ふるに遑あらざる可し。是等の類同なる諸点あるが故に、同性相忌むところよりして、詩家は遂に綢繆を全うする事能はざる者なるか。夫れ或は然らむ、然れども余は別に説あり、請ふ識者に問はむ。

合歓綢繆を全うせざるもの詩家の常ながら、特に厭世詩家の多きを見て思ふ所あり。抑も人間の生涯に思想なる者の発萌し来るより、善美を希ふて醜悪を忌むは自然の理なり、而して世に熟せず、世の奥に貫かぬ心には、人世の不調子不都合を見初むる時に、初理想の甚だ齟齬せるを感じ、実世界の風物何となく人をして惨惻たらしむ。智識と経験とが相敵視し、妄想と実想とが相争戦する少年の頃に、浮世を怪訝し、厭嫌するの情起り易きは至当の理なりと言ふ可し。人生ながらにして義務を知るものならず、人生れながらに徳義を知るものならず、義務も徳義も双対的の者にして、社界を透視したる後、「己れ」を明見したるの後に始めて知り得可き者にして、義務徳義を弁ぜざる純樸なる少年の思想が、始めて複雑解し難き社界の秘奥に接する時に、誰か能く厭世思想を胎生せざるを得んや。誠信は以て厭世思想にかつ事を得べし、然れども誠信なる者は真に難事にして、ポーロの如き大聖すら、嗚呼われ罪人なるかなと嘆じたる事ある程なれば、厭世の真相を知りたる人にして之に勝つほどの誠信あらん人は、凡俗ならざる可し。ポープの楽天主義の如きは盖し所謂解脱したる楽天にして、其曾つて唱ひし詞句に「凡ての自然は妙術なれば汝の能く解する所ならじ、凡ての偶事は指呼に従ふものにして汝の関する所ならじ、凡ての不和は遂に調和なる事も汝が会し得る所ならじ、一部に悪と思はるゝ所のものは全部に善、傲慢に訊《と》ふ勿れ、誤理に惑はさるゝ勿れ、凡そ一真理の透明なるあらば其の如何なる者なるを問はず、必らず善なるを疑ふ勿れ。」と云ふ一節あり。盖し斯の如きは人世の圧威を自力を以て排斥したりと思惟する者にして、抑も経験の結果なり。凡そ経験なきの思想には斯の如き解脱、思ひも寄らぬ事なり。

偖《さ》て誠信の以て厭世に勝つところなく、経験の以て厭世を破るところなき純一なる理想を有てる少壮者流の眼中には、実世界の現象悉く仮偽なるが如きに見ゆ可きか、曰く否、中に一物の仮偽ならず見ゆる者あり、誠実忠信「死」も奪ふ可らずと見ゆる者あり、何ぞや、曰く恋愛なり、情は闘争すべき質を以て生れたる元素なれども、其恋愛の域に進む時は、全然平和調美の者となり、知らず知らず一女性の中に円満を画かしむ、情人相対する時は天地に強敵なく、不平も不融和も悉く其席を開きて、真美の天使をして代て坐せしむ。少《わか》き思想の実世界の蹂躙する所となる事多し、特に所謂詩家なる者の想像的脳髄の盛壮なる時に、実世界の攻撃に堪へざるが如き観あるは、止むを得ざるの事実なり。況んや沈痛凄惻人生を穢土なりとのみ観ずる厭世家の境界に於てをや。曷《な》んぞ恋愛なる牙城に拠る事の多からざるを得んや、曷んぞ恋愛なる者を其実物よりも重大して見る事なきを得んや。恋愛は現在のみならずして一分は希望に属する者なり、即ち身方となり、慰労者となり、半身となるの希望を生ぜしむる者なり。夫れ厭世家は此世に属する者とし言はゞ名誉にもあれ、利得にもあれ、王者の玉冠にもあれ、鉄道王の富栄にもあれ、一の希望を置くところあらざるなり、故にこの世の希望と厭世家とは氷炭相容れざるの中なる可し。然るに恋愛なる一物のみは能く彼の厭世家の呻吟する胸奥に忍び入る秘訣を有し、奇しくも彼をして多少の希望を起さしむる者なり、情の性は沈静なるを得ざる者なり、其の一たび入るや人の心を攪乱するを以て常とす。況してや平生激昂しやすき厭世家の想像は、この誠実なる恋愛に遭ひて脆くも咄嗟の間に、奇異なる魔力に打ち勝たれ、根もなき希望を醸し来り、全心を挙げて情の奴とするは見易き道理なり。

恋愛は一たび我を犠牲にすると同時に我れなる「己れ」を写し出す明鏡なり。男女相愛して後始めて社界の真相を知る、細小なる昆虫も全く孤立して己が自由に働かず、人間の相集つて社界を為すや相倚托し、相抱擁するによりて、始めて社界なる者を建成し、維持する事を得るの理も、相愛なる第一階を登つて始めて之を知るを得るなれ。独り棲む中は社界の一分子なる要素全く成立せず、双個相合して始めて社界の一分子となり、社界に対する己れをば明らかに見る事を得るなり。

男女既に合して一となりたる暁には、空行く雲にも顔あるが如く、森に鳴く鳥の声にも悉く調子あるが如く、昨日といふ過去は幾十年を経たる昔日の如く、今日といふ現在は幾代にも亘る可《べき》実存の如くに感じ、今迄は縁遠かりし社界は急に間近に迫り来り、今迄は深く念頭に掛けざりし儀式も義務も急速に推しかけ来り、俄然其境界を代へしめて無形より有形に入らしめ、無頓着より細心に移らしめ、社界組織の網縄に繋がれて不規則規則にはまり、換言すれば想世界より実世界の擒《とりこ》となり、想世界の不羈を失ふて実世界の束縛となる、風流家の語を以て之を一言すれば婚姻は人を俗化し了する者なり。然れども俗化するは人をして正常の位地に立たしむる所以にして、上帝に対する義務も、人間に対する義務も、古へ人が爛熳たる花に譬へたる徳義も、人の正当なる地位に立つよりして始めて生ずる者なる可けれ、故に婚姻の人を俗化するは人を真面目ならしむる所以にして、妄想減じ、実想殖ゆるは、人生の正午期に入るの用意を怠らしめざる基ゐなる可けむ。

　厭世家が恋愛に対すること常人よりも激切なるの理由、前に既に述べたり。怪しきかな、恋愛の厭世家を眩せしむるの容易なるが如くに、婚姻は厭世家を失望せしむる事甚だ容易なり。そも〳〵厭世家なるものは社界の規律に遵ふこと能はざる者なり、社界を以て家となさゞる者なり、「世に愛せられず、世をも愛せざる者なり」（I love not the world, nor the world me.）縄墨の規矩に掣肘せらるゝこと能はざる者なり、「普通の快楽は以て快楽と認められざる者なり」（My pleasure is not that of the world etc.）一言すれば彼等が穢土と罵るこの娑婆に於て、社界といふ組織を為す可き資格を欠ける者なり。故に多くの希望を以て、多くの想像を以て入りたる婚姻の結合は、彼等をして敵地に蹈入らしめたるが如きのみ。彼等が明鏡の裡に我が真影の写るを見て、益厭世の度を高うすべきも、婚姻の歓楽は彼等を誠信と楽天に導くには力足らぬなり。

彼等は人世を厭離するの思想こそあれ、人世に羈束せられんことは思ひも寄らぬところなり、婚姻が彼等をして一層社界を嫌厭せしめ、一層義務に背かしめ、一層不満を多からしむる者、是を以てなり。かるが故に始に過重なる希望を以て入りたる婚姻は、後に比較的の失望を招かしめ、惨として夫婦相対するが如き事起るなり。

女性は感情の動物なれば、愛するよりも、愛せらるゝが故に愛すること多きなり。愛を仕向けるよりも愛に酬ゆるこそ、其の正当の地位なれ。葛蘿《かつら》となりて幹に纏ひ纔《まつ》はるが如く男性に倚るものなり、男性の一挙一動を以て喜憂となす者なり、男性の愛情の為に左右せらるゝ者なり。然るに不幸にして男性の素振に己れを嫌忌するの状あるを見ば、嫉妬も萌すなり、廻り気も起るなり、恨み苦みも生ずるなり、男性の自ら繰戻すにあらざれば、真誠の愛情或は外れて意外の事あるに至る可し。而して既に社界を厭へるもの、破壊的思想に充ちたるもの、世俗の義務及び徳義に重きを置かざるもの、即ち彼の厭世詩家に至りては、果して能く女性に対する調和を全うし得可きや。

夫れ詩人は頑物なり、世路を闊歩することを好まずして、我が自ら造れる天地の中に逍遥する者なり。厭世主義を奉ずる者に至りては、其造れる天地の実世界と懸絶すること甚だ遠しと云ふ可く、婚姻によりて実世界に擒せられたるが為にわが理想の小天地は益狭窄なるが如きを覚えて、最初には理想の牙城として恋愛したる者が、後には忌はしき愛縛となりて我身を制抑するが如く感ずるなり。此に至つて釈氏をして惑哉肉眼吾今観之、従頭至足無一好也と罵り、又た、其内甚臭穢、外為厳飾容、加又含毒螫劇如蛇与龍と叫び、更に又た、婦人非常友、如灯焔不停、彼則是常怨猶如画石文云々等の語を発せしめ、東洋の厭世教をして長く女性を冷遇するの積弊を起さしめたり。

婚姻と死とは、僅に邦語を談ずるを得るの稚児より墳墓に近づく迄、人間の常に口にする所なりとは、ヱマルソンの至言なり。読本を懐にして校堂に上るの小児が、他の少女に対して互に面を赧うすることも、仮名を便りに草紙読む幼な心に既に恋愛の何物なるかを想像することも、皆な是人生の順序にして、正当に恋愛するは正当に世を辞し去ると同一の大法なる可けれ。恋愛によりて人は理想の聚合を得、婚姻によりて想界より実界に擒せられ、死によりて実界と物質界とを脱離す、抑も恋愛の始めは自らの意匠を愛する者にして、対手なる女性は仮物なれば、好しや其愛情益発達するとも遂には狂愛より静愛に移るの時期ある可し、此静愛なる者は厭世詩家に取りて一の重荷なるが如くになりて、合歓の情或は中折するに至は、豈惜む可きあまりならずや。バイロンが英国を去る時の咏歌の中に、「誰れか情婦又は正妻のかこちごとや空涙を真事とし受くる愚を学ばむ」と言出けむも、実に厭世家の心事を暴露せるものなる可し。同作家の「婦人に寄語す」と題する一篇を読まば、英国の如き両性の間柄厳格なる国に於てすら、斯の如き放言を吐きし詩家の胸奥を覗ふに足る可けむ。

鳴呼不幸なるは女性かな、厭世詩家の前に優美高妙を代表すると同時に、醜穢なる俗界の通弁となりて其嘲罵する所となり、其冷遇する所となり、終生涙を飲んで、寝ねての夢、覚めての夢に、郎を思ひ郎を恨んで、遂に其愁殺するところとなるぞうてけれ、うたてけれ。「恋人の破綻して相別れたるは、双方に永久の冬夜を賦与したるが如し」とバイロンは自白せり。

蓮華草

咲くも迅し散るも迅し春の花、たのしみしも速しかなしみしも速し人の恋。定まりなき世に定まりあるものを求め、心なきものに心あらんことを願ふ、人の迷ひのはかなさよ。

村雨は空に宿なきものか、など人の袂を犯すこと多き。ぬるゝことをたのしむ燕ならば、雨の中をいとはまじ。美くしく濁りなき優しの魂に、その雨のかゝりがちなるは何たる事ぞ。訝かれば訝かるべし世のならひ、何の譬ぞ美と醜とは。

友と連立ちて広尾に遊びたるは、「一村雨《ひとむらさめ》」を読みたる同じ日なり。野面を見渡すかぎり、美くしきむしろを布きつめたる花の心は、さていかに。誰が為めに？　造化は汝にありて至美をあらはすに、汝は虚心にて野にかゞやくか、または摘む人の手を招き寄せて、自ら散るを早むるか、摘む人に罪ありと言はゞ、摘まるゝ者にも罪はあるべし。兎角、野の奥の人の浮かれ来ぬあたりに咲ける花やめでたかるべし。

摘むものに真心あれかし、摘まるゝものにもまことあれよ、と祈るなり。花は散るべし、いつまでか恋の影に人は迷はむ、春の魅力長かれと願ふは愚なり、花は散るべき時に惜しむべからず、花は散るとも人のまことは常にのこるべし。造化の美を宿す汝は幸なるかな、然はあれども汝が美は汝の皮膚にありと思ふなかれ、皮膚の全く腐爛して後に汝にのこるべきものあり、これぞ我が慕ふ美なるぞかし。われは汝が露の涙をもてひとつ〳〵の珠と為すものにあらず、吾は汝が声をもて悉く天女の楽なりとする者にあらず、惟だ折々に汝の中懐より溢れ出る造化の美を見る時に、汝を天界のものと崇む。わが恋は即ち是なり。

村雨の汝が袂に降り易きは是非もなし、降らば降らせよ、心なき世に心ありとは思ひたがへぞ、恨みは人にあり、天には何をか喞《かこ》つべき。この世は譬にあらず、まことなり、譬の中にまことを見るが智なるべし。摘むものにも摘まるゝものにも、天は拘はるところなし、心せよ、摘む者と摘まるゝもの。散らぬ間を傲り顔なる花も、散るべき花に迷ひ浮るゝものも、同じく春に翫弄《もてあそ》ばるゝなり、うたてやな。

我牢獄

もし我にいかなる罪あるかを問はゞ、我は答ふる事を得ざるなり、然れども我は牢獄の中にあり。もし我を拘縛する者の誰なるを問はゞ、我は是を知らずと答ふるの外なかるべし。我は天性怯懦にして、強盗殺人の罪を犯すべき猛勇なし、豆大の昆虫を害ふても我心には重き傷痍を受けたらんと思ふなるに、法律の手をして我を縛せしむる如きは、いかでか我が為し得るところならんや。政治上の罪は世人の羨むところと聞けど我は之を喜ばず、一瞬時の利害に拘々として、空しく抗する事は、余の為す能はざるところなればなり。我は識らず、我は悟らず、如何なる罪によりて繋縛の身となりしかを。

然れども事実として、我は牢獄の中にあるなり。今更に歳の数を算ふるもうるさし、兎に角に我は数尺の牢獄に禁籠せられつゝあるなり。我が投ぜられたる獄室は世の常の獄室とは異なりて、全く我を孤寂に委せり、古代の獄吏も、近世の看守も、我が獄室を守るものにあらず。我獄室の構造も大に世の監獄とは差へり、先づ我が坐する、否坐せしめらるゝ所といへば、天然の巌石にして、余を囲むには堅固なる鉄塀あり、余を繋ぐには鋼鉄の連鎖あり、之に加ふるに東側の巌端には危ふく懸れる倒石ありて我を脅かし、西方の鉄窓には巨大なる悪蛇を住ませて我を怖れしめ、前面には猛虎の檻ありて、我室内に向けて戸を開きあり、後面には彼の印度あたりにありといふ毒蝮の尾の鈴、断間なく我が耳に響きたり。

我は生れながらにして此獄室にありしにあらず。もしこの獄室を我生涯の第二期とするを得ば、我は慥かに其一期を持ちしなり。その第一期に於ては我も有りと有らゆる自由を有ち、行かんと欲するところに行き、住《とゞ》まらんと欲する所に住まりしなり。われはこの第一期と第二期との甚だ相懸絶する者なる事を知る、即ち一は自由の世にして、他は牢囚の世なればなり、然れども斯くも懸絶したるうつりゆきを我は識らざりしなり、我を囚へたるもの、誰なりしやを知らざりしなり、今にして思へば夢と夢とが相接続する如く、我生涯の一期と二期とは懵々《ぼう〳〵》たる中にうつりかはりたるなるべし。我は今この獄室にありて、想ひを現在に寄すること能はず、もし之を為すことあらば我は絶望の淵に臨める嬰児なり、然れども我は先きに在りし世を記憶するが故に希望あり、第一期といふ名称は面白からず、是を故郷と呼ばまし、然り故郷なり、我が想思の注ぐところ、我が希望の湧くところ、我が最後をかくるところ、この故郷こそ我に対して、我が今日の牢獄を厭はしむる者なれ、もしわれに故郷なかりせば、もしわれにこの想望なかりせば、我は此獄室をもて金殿玉楼と思ひ了しつゝ、楽き娑婆世界と歓呼しつゝ、五十年の生涯、誠に安逸に過ぐるなるべし。

我は我天地を数尺の大さと看做すなり、然れども数尺と算するも人間の業に外ならず、之を数万尺と算ふるも同じく人間の業なり、要するに天地の広狭は心の広狭にありて存するなり、然るに怪しくも我は天地を数尺の広さとして、己れが坐するところを牢獄と認む、然り牢獄なり、人間の形せる獄吏は来らずとも折々に見舞ひ来るもの、是れ一種の獄吏に外ならず、名誉是なり、権勢是なり、富貴是なり、栄達是なり、是等のもの、我に対する異様の獄吏にてあるなり。

彼等は我に対しては獄吏と見ゆれども、或一部の人には天使の如くにあるなり、彼等が人々を折檻する時に、人々は無上の快楽を感ずるなり、我眼曇れるか、彼等の眼盲ひたる乎、之を断ずる者は誰ぞ。

デンマルクの狂公子を通じて沙翁の歌ひたる如くに、我は天と地との間を蠕《は》ひめぐる一痴漢なり、崇重なる儀容をなし、威厳ある容貌を備へ、能く談じ、能く解し、能く泣き、能く笑ふも、人間は遂に何のたはれごとなるべきやを疑へり、然り、我が五十年の生涯に万物の霊長として傲るべき日は幾日あるべき、我は我を卑うするにあらず、我自ら我を高うせんとするにもあらず、唯だ我が本我のいかに荘厳を飾らしむるも、遂に自を欺くに忍びざるなり。

我は如何に禅僧の如くに悟つてのけんと試むるとも、我が心宮《しんきゆう》を観ずること甚深なればなるほど、我は到底悟つてのけること能はざるを知る、風流の道も我を誘惑する事こそあれ、我をして心魂を委ねて、趣味と称する魔力に妖魅せらる、に甘んぜしめず。常に謂へらく、人間はいかにいかなる高尚の度に達するとも、畢竟するに或種類の偶像に翫弄せらる、に過ぎず、悟るといふも、悟ること能はざるが故に悟るなり、もし悟るといふことを全然悟らざるといふ事に比ぶれば、多少は静平にして澹乎たる妙味ありと雖、是も一種の階級のみ、人間は遂に、多く弁ぜざれば多く黙し、多く泣かざれば多く笑ひ、一の偶像に就かざれば他の偶像を礼す、一の獄吏に笞責《ちせき》せられざれば他の獄吏の笞責に遭ふ、これも是非なし、獄吏と天使とを識別すること能はざる盲眼をいかにせむ。

奇しきかな、我は吾天地を牢獄と観ずると共に、我が霊魂の半塊を牢獄の外に置くが如き心地することあり。牢獄の外に三千乃至三万の世界ありとも、我には差等なし、我は我牢獄以外を我が故郷と呼ぶが故に、我が想思の趣くところは広濶なる一大世界あるのみ、而して此大世界にわれは吾が悲恋を湊中すべき者を有せり。捕はれてこの牢室に入りしより、凡ての記憶は霧散し去り、己れの生年をさへ忘じ果てたるにも拘はらず、我は一個の忘ずること能はざる者を有せり、啻《たゞ》に忘ずること能はざるのみならず、数学的乗数を以て追々に広がり行くとも消ゆることはあらず、木葉は年々歳々新まり行くべきも、我が悲恋は新たまりたることはなくしていや茂るのみ、江水は時々刻々に流れ去れども、我が悲恋はよどみよどみて漫々たる洋海をなすのみ、不思議といふべきは我恋なり。

もし我が想中に立入りて我恋ふ人の姿を尋ぬれば、我は誤りたる報道を為すべきにより、言はぬ事なり、言はぬ事なり、雷音洞主《ライヲンドウしゆ》が言へりし如く我は彼女の三百幾つと数ふる何《ど》の骨を愛づると云ふにあらず、何の皮を好しと云ふにあらず、おもしろしと云ふにあらず、楽しと云ふにあらず、我は白状す、我が彼女と相見し第一回の会合に於て、我霊魂は其半部を失ひて彼女の中に入り、彼女の霊魂の半部は断れて我中に入り、我は彼女の半部と我が半部とを有し、彼女も我が半部と彼女の半部とを有することゝなりしなり。然れども彼女は彼女の半部と我の半部とを以て、彼女の霊魂となすこと能はず、我も亦た我が半部と彼女の半部とを以て、我霊魂と為すこと能はず、この半裁したる二霊魂が合して一になるにあらざれば彼女も我も円成せる霊魂を有するとは言ひ難かるべし。然るに我はゆくりなくも何物かの手に捕はれて窄々《さくさく》たる囚牢の中にあり、もし彼女をして我と共にこの囚牢の中にあらしめば、この囚牢も囚牢にあらずなるべし、否な彼女とは言はず、前にも言へりし如く我が彼女を愛するは其骨にあらず、其皮にあらず、其魂にてあれば、我は其魂をこの囚牢の中に得なむと欲ふのみ。

日光を遮断する鉄塀は比しく彼女をも我より離隔して、雁の通ふべき空もなし、夢てふもの世にたのむべきものならば、我は彼女と相談る時なきにあらず、然れどもその夢もはかなや、始めて我をたばかりて、後にはおそろしき悪蛇の我を巻きしむるに終る事多し。眠りを甘きものと昔しの人は言ひけれど、我は眠りの中に熱汗に浴することあり。或時は、我手して露の玉に湿ふ花の頭をうち破る夢を見、又た或時は、春に後れて孤飛する雌蝶の羽がひを我が杖の先にて打ち落す事もあり、かつて暴《あ》らかりしものを、彼女に会ひてより和らげられし我が心も、度々の夢に虎伏す野に迷ひ、獅子吼ゆる洞に投げられしより、再び暴れに暴れて我ながらあさましき心となれり。眠りはしかく我に頼めなき者となりしかど、もし現《うつゝ》の味気なきに較ぶれば、欺かるゝ丈も慰めらるゝひまあるなり。

現に於ける我が悲恋は、雪風凛々たる冬の野に葉落ち枝折れたる枯木のひとり立つよりも、激しかるべし。然り、我は已でに冬の寒さに慣れたり、慣れしと云ふにはあらねど、我はこれに怖るゝ心を失ひたり、夏の熱さにも我は我が腸を沸かす如きことは無くなれり、唯だ我九腸を裂きて又た裂くものは、我が恋なり、恋ゆゑに悩《もだ》ゆるにあらず、牢獄の為に悶ゆるなり、我は籠中にあるを苦しむよりも、我が半魂の行衛の為に血涙を絞るなり。雷音洞主の風流は愛恋を以て牢獄を造り、已れ是に入りて然る後に是を出でたり、然れども我が不風流は、牢獄の中に捕繫せられて、然る後に恋愛の為に苦しむ、我が牢獄は我を殺す為に設けられたり、我も亦た我牢獄にありて死することを憂ひとはせざれども、我をして死す能はざらしむるもの、則ち恋愛なり、而して彼は我を生かしむることをもせず、空《かこ》しく我をして彼のデンマルクの狂公子の如く、我母が我を生まざりしならばと打ち喞たしむるのみ。

春や来しと覚ゆるなるに、我牢室を距ること数歩の地に、黄鳥の来鳴くことありて、我耳を奪ひ、我魂を奪ひ、我をしてしばらく故郷に帰り、恋人の家に到る思ひあらしむ、その声を我が恋人の声と思ふて聴く時に、恋人の姿は我前にあり、一笑して我を悩殺する昔日の色香は見えず、愁涙の蒼頰に流れて、紅ゐ闌干たるを見るのみ。

軒端数分の間隙よりくゞり入るは、世の人の嫦娥とかあだなすなる天女なれども、我が意中人の音信を伝へ入るゝことをなさねば、我は振りかへり見ることもせず。いづこの庭にうゑたる花にやあらむ、折にふれては妙なるかをりを風がもて来ることもあれど、我が恋ふ人の魂をこゝに呼び出すべき香にてもなければ、要もなし。気まぐれものゝ蝙蝠風勢が我が寂寥の調を破らんとてもぐり入ることもあれど、捉へんには竿なし、好し捉ふるとも、我が自由は彼の自由を奪ふことによりて回復すべきにあらず、況《ま》して我恋人の姿を、この見苦しき半獣半鳥よりうつし出づることの、望むべからざるをや。

是の如きもの我牢獄なり、是の如きもの我恋愛なり、世は我に対して害を加へず、我も世に対して害を加へざるに、我は斯く籠囚の身となれり。我は今無言なり、膝を折りて柱に凴《もた》れ、歯を咬み、眼を瞑しつゝあり。知覚我を離れんとす、死の刺は我が後に来りて機を覗へり。「死」は近づけり、然れどもこの時の死は、生よりもたのしきなり。我が生ける間の「明」よりも、今ま死する際の「薄闇」は我に取りてありがたし。暗黒！ 暗黒！ 我が行くところは関《あづか》り知らず。死も亦た眠りの一種なるかも、「眠り」ならば夢の一つも見ざる眠りにてあれよ。をさらばなり、をさらばなり。

透谷庵主、透谷橋外の市寓に倦みて、近頃高輪の閑地に新庵を結べり。樹幽《かすか》に水清く、尤も浄念を養ふに便あり。適《たま》ま「女学雑誌」の拡張に際して、主筆氏の許すところとなりて、旧作を訂し紙上に載せんとす。こは其第一なり、もしそれ全篇の佶倔聱牙《きつくつがうが》にして、意義も亦た諒し難きところ多きに至りては、余の文藻に乏しきの罪として、深く責め玉はざらんことを願ふ。ただ篇中の思想の頑癖に至りては、或は今日の余の思想とは異るところなり、友人諸君の幸にして余が為に甚《いた》く憂ひ玉はざらんことを。

（著者附記）

星　夜

昼もし長からば物を思ふひまなくて好かるらむ、否、夜もし長からば楽しき夢を結ぶ事もありて好かるらむ。昼にはわれ昼の思ひあり、夜にはわれ夜の思ひあり、いづれを安き時と定めん由はなけれど、もし昼と夜との境なる薄暗の惨憺たる時の苦がさを思へば、われは事務繁き昼か、夢長き夜か、の一を楽しまんとするなり。

始めて彼女を見たるは厚生館に音楽会のありし時、その時、彼女は七草を散らしたる裾模様を着て、皎々たる素手を伸べ、金石の音を唇頭に転ばしてアルトの独誦をなしたり、喝采の声湧くが如くに起りて、動揺めきわたる中に一曲を唱し終りて坐に就きしが、やがて友らしき令嬢と共に見えずなりぬ。次に彼女を見たるは、我友人なる某新聞の記者が松の三日に歌留多会を催ふして少年男女を招きける時、その時の一座にも彼女は加はり居りて、小捻の糸の縁の端、同じ組に膝を并べて二た口三口言葉を交はすも不思議なるかな、迷ひの始め。

其後同じ記者を訪ひたる時に、彼女が姓名をそれとなく問ひ試みたるに、記者は何心なく彼が在りたる学校、彼の家、彼の性質までも問はず語り。これを始めとして、折々彼女の噂さをする我言葉に流石こもれるものありしを見てとりし我友は、或夜の閑談に我為に周旋の労を辞せざるべしと言ひ出でぬ。兎も角もして玉へと応へて別れたるが、此時より我夜は長くなりぬ。

頃は春の初めなり、我友は満面に香はしき笑を湛へて根岸近き我閑宅を音づれ来ぬ。履脱より上ると斉しく我肩を一二撃して、「これより君の家に永久の春は宿らむ、うぐひすの鳴音を家内にて聞くは楽しからずや」。我友は彼女の父に縁故あるを以て明白に我が今日の位地を語り、我将来の希望を告げ、世に頼母しき男なりと言ひて、其愛女を嫁すべき機会至れるを促がしたるなり、彼女の父は始終黙聴し居たりしが、我が従来の品行などを我友の説き終りたる後に漸く、兎も角も娘の心中もあればと言ひて、其日の我友の労力は済みしが、幾日か経し後に娘も他意なければと言ひおこしたれば、車を飛ばして吉報を齎らし来りしなり。斯くして約は結びたれど、彼女は未だ修むべき学業のあればとて、尚ほ一年程は合歓の礼を挙げぬ事となりぬ。

もし我が彼女に会はぬ前の事を思へば、わびしげなる野中の松に風の当り易きが如く、世の事物に感触する事多かりし、彼女の情を得たる後は物として春の色を帯びぬはなく、自ら怪しみて霞の中に入りたるかと思はるゝ程に、苦く辛らく面白からぬ物に隔たりて、甘く美くししく優しき物のみ近づきぬ。

肥え太りたる駒にうち乗りて春の野に遠乗したる時、菜の花の朝日に照りかゞやきたる畦を過ぎて、緩々《ゆるく》と流るゝ小河の岸に優々と駒を立てたる心地は、此恋の真味なり。

彼女が学校の帰り途などに我家を過ぎりて安否を問ひ呉るゝ時、我はまことの友を得たるうれしさに、後は斯くよ、斯くして斯くよなど、将来の事業を打ち開けて語りなどしつゝ、彼女の嗜める音楽の道に就きて談話する事もありて、その楽しさは、その甘さは、言《ことば》もて得尽くすべくもあらず。

翻々《ひらく》と蝶の花上に舞ふ頃となれば、我も浮かるゝ恋の羽なきを恨み、彼女が許に使ひして郊外に筇《つゑ》を曳くべきに伴になりてよと、甘たれたる文を届けて呼び寄せたる事もあり、緑新らしく添ひたる松の樹蔭に小憩して、清く甘まき物語の尽くべき時もなし、自らも怪しむ程に多弁になりて、聴く人あらばをかしと思はんなどうち笑ひし事もあり。その人の現前《プレゼンス》は我に取りて「光」の如く、暗夜を照らす「月」の如く、よろづの曇れる思想は妖魅の日光に会ひて消ゆるが如くに我を離れ去りて、一面の玲瓏たる玉路我前に開きて、我行住に世ならぬ自由を供すと観ぜしは偽言《いつはり》ならず。鳥の声も昨日に異なれる妙韻を吟ずるやうに覚え、花の色も昨日とは異種なる天然の霊妙をあらはすと見え、歩々人境の外に出で、語々天外の香を薫じ、景状すべからざる楽寂の境地に長き春の日を暮らして、黄昏の家路の旅は疲れ果てたる夢の中にあり。斯かるもの、我が迷ひ入りし春にてあるなり、我は迷ふと云ふ字を好まず、然れども過ぎ去りたる今日より昨日の事を思ひかへせば、迷はざりしと弁ずるも要なし、明らかに我は春といふ魔に翫弄せられてありしなり、いかにとなれば、月は五度ほど円くなりてまた欠けたる後、彼女の母なる人より、我に一書を送りて其の愛女を我霊魂より引き裂けり。その文言を見れば唯だ、彼のごとき者を差上ては御為にならずと存ずる故に、とあるのみ。

彼女よりは一言の音信もあらず、母に同意したるか、又は母の同意を促したるなるか、かつて我が事業を打明て語りたる時に楽しさうなる面《かほ》して、我が肩に凴りたりし時の躑躅園の歓意は、彼の遊女の売色の笑ひにも似たる一時の仮造より出でしものなりしか、否な左程の下品の女子とは誰が目にも見ゆべき道理なし、我が恋に盲したる目の咎にもあらじ、そも何者か我が外に彼女の情を釣りたる人のあるか、左る悪性の男に容易く靡くべき無智のものとは思はれず。

何か言ひおこすならむと待ちに待ちたる日の数も三日を過ぎて、礫の音もなし、腹立たしさにその人の写真を取出で、眼を閉ぢながら引裂きてうち捨てんとするに、あやにくに閉ぢたる眼の自然に開らけて、其人を見れば会ひし日の笑顔にて我前に立ちけり。笑顔かと思へば涙あり、涙あるかと思へば浮き浮きしたる無邪気の顔となりてうつれり。はては楊弓場あたりに見る紅粉に腐りたる面の色をうち傲《ほこ》りて、我を尻目に見るかとうつりて、思はず持ちたる手を離れハタと机に音すれば、忽ち元の恋人なり。信じつ疑ひつ、迷ひつ晴れつ、夜一夜燈火の油の燃えつくるまで、取り出しては仕舞ひ、仕舞ひてはまた取出しつ、自らも怪しむほどに狂はしく意志の弱き男となりぬ。

明くる朝早暁に家僕を呼醒して、彼人の家に最後の使者とならせぬ。咲きのこりたる山吹の花を揉み散らして彼人の写真と幾通の彼人の手書とを封じこみて送りかへしたり。そのかへりに我が写真と我が書状とを送りこしぬ、この書状の中には月と共に醒めて夜越しに書きたるものもありけり。

我は婦人の情の斯くも変はり易きものなる事を、信ぜんと欲して信ずる能はず。男心を夏の空に譬ふるは、男に情なしと云ふ意味にや、男に情なしと言ふ意味を夏の空に寓する事をなさば、女に情なき事をいかなる言葉もて言ひ尽さんや、否々我は彼女に忘れられたりとは知れども、彼女を以て我を欺きたるものなりと言ふことはなすまじ、我を欺きたるもの、彼女の如くにして彼女にあらず、彼女を囲みたる春の色こそ我を迷はしたるものにてありけれ。彼女の双眸の内に、われは我が情思を投げ入れて其反酬を求むるに切なりし時を回顧すれば、惘然として我が現在の境界を知る能はず。再《ま》たの夜は来れり、古今の雑書を乱抽して眼を紙上に注げども、心は遠く枯野を馳せめぐれり、今朝散らしたる山吹の花片の落ちて坐上にあるを拾ひあげ、鉛刀《こがたな》を右手に持ちて細々に切断し、断又断、針の頭ほどに細断して、窓の外に投げやりぬ、どこへ散り、どこへ落ちしか、花の行方は。

この夜はいつになく蒸し苦しくて寝られず、上野の鐘の響近う聞ゆれど、数ふるもうるさし、我が書斎は荒れはてたる広野の如く、我が枕は冷え凍りたる野中の巌にも似たり。輾転又輾転、幾度か夢に入らんとして現にかへり、くる〳〵と一つの思ひをめぐり来て、復た同じ思ひにかへる、うるさや〳〵と払ひかける瞬時のみ妄想は消ゆれど、あとは再び悲しき恋といふも、おぞましや、忘れはてん、忘れん、忘れん、会はぬ昔時よと胸の中に声を励ましても流石に表には出し兼ね、やがてすや〳〵と眠りたりしと覚えしが、自からの鼻息に驚きて飛び起《た》てば、胸のあたりを毒蛇に固く緊められしと見しは、是も夢なりき。

余りの事にあきれ果て、左らば「眠り」を床の中に求めず、空の景色にても眺めて、眼はともあれ心丈にても安ませばやと、障子を静かに推し開らき、雨戸をひらきて空を見れば、月は西へ西へと落ちゆきて、慕ひしもの、影はなく、茫々たる虚空に無数の星屑の炳々たるあるのみ。

我友某、楽しき春に入りたりと告げし後、われ「春駒」と題する韻文をつくりて吉辰の式場に朗読の栄を得んと申込み置きたり。然るに故ありてこの約破れて、我「春駒」も用なくなりたるは是非もなし。頃日「春駒」を飜作して紙上に載せんと企てしが、筆力渋滞して、幾度か稿を更へぬれども遂に成らず。却つて「星夜」一篇を得たり、これも我が旧稿の中に数へられん事を願ふなり。

透谷生附記。

秋窓雑記

第一

かなしきものは秋なれど、また心地好きものも秋なるべし。春は俗を狂せしむるに宜れど、秋の士を高うするに如かず。花の人を酔はしむると月の人を清ましむるとは、自から味を異にするものあり。喜楽の中に人間の五情を没了するは世俗の免かるゝ能はざるところながら、われは万木凋落の期に当りて、静かに物象を察するの快なるを撰ぶなり。

第二

希望は人を欺き易きものぞ。今年の盛夏、鎌倉に遊びて居ること僅かに二日、思へらく此秋こそは爰に来りて、よろづの秋の悲しきを味ひ得んと。図らざりき身事忙促として、空しく中秋の好時節を紅塵万丈の裡に過さんとは。然れども秋は鎌倉に限るにあらず、人間到るところに詩界の秋あり。欺き易き希望を駕御するの道は、斯にこそあれ。

第　三

我庵も亦た秋の光景には洩ざりける。咽なきやぶるばかりのひよどりの声々、高き梢に聞ゆるに、窓を開きてそこかこゝかとうち見れば、そこにもあらず、こゝにもあらず、窓を閉ぢて書を披けば一層高く聞ゆめり。鳥の声ぞと聞けば鳥の声なり、秋の声ぞと聞けば、おもしろさ読書の類にあらず。

第　四

病みて他郷にある人の身の上を気遣ふは、人も我もかはらじ、左れど我は常に健全なる人のたま〳〵床に臥すを祝せんとはするなり。病なき人の道に入ることの難きは、富めるものゝ道に入り難きに比しからむ。世には躰健かなるが為に心健かならざるもの多ければ、常に健やかなるものゝ十日二十日病床に臥すは、左まで恨むべき事にあらず、況《ま》してこの秋の物色に対して、命運を学ぶにこよなき便あるをや。斯く我は真《ま》意《ごゝろ》を以て微恙ある友に書き遣れり。

第　五

萩薄我が庭に生ふれど、我は在来の詩人の如く是等の草花を珍重すること能はず。我は荒漠たる原野に名も知れぬ花を愛づるの心あれども、園芸の些《さ》技《ぎ》にて造詣したる矮少なる自然の美を、左程にうれしと思ふ情なし。左は言へど敢て在来の詩人を責むるにもあらず、又た自己の愛するところを言はんとにもあらず、唯だ我が秋に対する感の一として記するのみ。

第　六

鴉こそをかしきものなれ。わが山庵の窓近く下り立ちて、我をながし目に見やりたるのち、追へども去らず、叱すれども驚かず、やゝともすれば脚を立て首を揚げて飛去らんとする景色は見すれど、わが害心なきを知ればにや、たゞちよろ〳〵と歩むのみ。浮世は広ければ、斯る曲物を置きたりとて何の障りにもなるまじけれど、その芥ある処に集り、穢物あるところに群がるの性あるを見ては、人間の往々之に類するものの多きを想ひ至りて聊か心《むね》悪くなりたれば、物を抛ぐる真似しけるに、忽ちに飛去りぬ。飛去る時かあ、かあ、と鳴く声は我が局量を嘲る者の如し。実に皮肉家と云ふもの、文界のみにはあらざりけり。

第七

夜更けて枕の未だ安まらぬ時蟋蟀の声を聞くは、真の秋の情なりけむ。その声を聞く時に、希望もなく、失望もなく、恐怖もなく、欣楽もなし。世の心全く失せて、秋のみ胸に充つるなり。松虫鈴虫のみ秋を語るにあらず。古書古文のみ物の理を我に教ふるにあらず。一蟋蟀の為に我は眠を惜まれて、物思ひなき心に思を宿しけり。

第八

芭蕉の葉色、秋風を笑ひて籬を盖へる微かなる住家より、ゆかしき音の洩れきこゆるに、仇心浮きて其が中を覗ひ見れば、年老いたる盲女の琵琶を弾ずる面影凜乎として、俗世の物ならず。その律調の端正なること、今の世の浮華なる音楽に較ぶべからず。うれしき事に思ひぬ。

第九

紅葉館は我庵の後にあり。古風の茶亭とは名のみにて、今の世の浮世才子が高く笑ひ、低く語るの場所なり。三絃の音耳を離れず、踏舞の響森を穿ちて来る。その音の卑しく、其響の険なるは、幾多世上の趣味家を泣かすに足る者あるべし。紳士の風儀久しく落ちて、之を救済するの道未だ開けず。悲いかな。

第　十

わが幻住のほとりに、情しらぬもの多く住むにやあらむ、わがうつりてより未だ月の数も多からぬに三度までも猫を捨てたるものあり。一たびは朝早く我机辺に泣くを見出し、二度目には雨ふりしきる日に垣の外より投入れられぬ。三度目は我が居らざりし時の事なれば知らず、浮世の辛らきは人の上のみにあらずと覚えたり。

第　十一

今の世の俳諧士は憐れむべきものなるかな。我庵を隔つること杜ひとつ、名宗匠其角堂永機住めり、一日人に誘はれて訪ひ行きつ。閑談稍久しき後、彼の導くまゝに家の中あちこちと見物しけるが、華美を尽すといふ程にはあらねど、よろづ数奇を備へて粋士の住家とは何人も見誤らぬべし。間数も不足なき程にあれば何をか喞《かこ》つべきと思ふなるに、俳翁頻りに其狭陋なるをつぶやきて止まず。一向に心得ねば、笑つて翁に言ひけるやう、御先祖其角の住家より狭しと思すにやと。俳士をして俗に媚ぶるの止むを得ざるに至らしめたるものあるは、余と雖之を知らぬにあらねど、高達の士の俗世に立つことの難きに思ひ至りて、黙然たること稍しばしなりし。

鬼心非鬼心（実聞）

悲しき事の、さても世には多きものかな、われは今読者と共に、しばらく空想と虚栄の幻影を離れて、まことにありし一悲劇を語るを聞かむ。

語るものはわがこの夏霎時《しばらく》の仮の宿とたのみし家の隣に住みし按摩男なり。ありし事がらは、そがまうへなる禅寺の墓地にして、頃は去歳の初秋とか言へり。

二本榎に朝夕の烟も細き一かまどあり、主人は八百屋にして、かつぎうりを以て営とす、そが妻との間に三五ばかりなる娘ひとりと、六歳になりたる小児とあり、夫は実直なる性なれば家業に懈《おこた》ることなく、妻も日頃謹慎の質にして物多く言はぬほど糸針の道には心掛ありしとのうはさなり。かゝればかまどの烟細しとは言ひながら、其日其日を送るに太き息吐《つ》く程にはあらず、折には小金貸し出す勢ひさへもありきと言ふものもありけり。

妻の何某はいつの頃よりか、何となく気欝の様子見え始めたれど、家内のものは更なり、近所合壁のやからも左したる事とは心附かず、唯だ年長けたる娘のみはさすが、母の気むづかしげなるを面白からず思ひしとぞ。世のありさま、三四年このかた金融の逼迫より、種々の転変を見しが、別して其日かせぎの商人の上には軽からぬ不幸を生ぜしも多かり。正直をもて商売するものに不正の損失を蒙らせ、真面目に道を歩むものに突当りて荷を損ずるやうの事、漸く多くなれりと覚ゆ。かの夫妻未だ左したる困厄には陥らねど、思はしからぬが苦情の元なれば、時として夫婦顔を赤めるなどの事もありしとぞ。裡家《うらや》風情の例として、其日に得たる銭をもて明日の米を買ふ事なれば、米一粒の尊さは余人の能く知るところにあらず。或日の事とて妻は娘を家に残しつ、小児を携へて出で行きしが、米買ふ銭を算へつゝ、ふと其口を洩れたる言葉は「もしこの小児なかりせば、日々に二銭を省くことを得べきに」なりし。之を聞きたる小娘は左までに怪しみもせざりし。その容貌にも殊更に思はるゝところはあらざりしとなむ。

このあたりの名寺なる東禅寺は境広く、樹古く、陰欝として深山に入るの思あらしむ。この境内に一条の山径あり、高輪より二本榎に通ず、近きを択むもの、こゝを往還すること、なれり。累々たる墳墓の地、苔滑らかに草深し、もゝちの人の魂魄無明の夢に入るところ。わがかしこに棲みし時には、朝夕杖を携へて幽思を養ひしところ。又た無邪気の友と共に山いちごの実を拾ひて楽みしところなり。

家を出で、程久しきに、母も弟も還ること遅し、鴉は杜に急げども、帰らぬ人の影は破れし簷《のき》の夕陽の照光《ひかり》にうつらず。幾度か立出で丶、出で行きし方を眺むれど、沈み勝なる母の面《おもぶせ》は更なり、此頃とんぼ追ひの仲間に入りて楽しく遊びはじめたる弟の形も見えず。日は全く暮れぬれども未だ帰らず。案じわびて待つうちに、雨戸の外に人の音しければ急ぎ戸を開くに、母ひとり茫然として立てり。その様子怪しげに見えはせしもの丶、いかに悲しき事のありけんとは思ひもよらず。弟は、と問へば、しばし黙然たりしが、何かは知らず太息《ためいき》と共に、あれは殺して来たよ、と答へぬ。

始めは戯れならむと思ひしが、その容貌の青ざめたるさへあるに、夜の事とて共に帰らぬ弟の身の不思議さに、何処にてと問ひければ、東禅寺裡にて、と答ふ。驚ろき呆れて、半ば疑ひながらも、母の言ひたるところに、走り行きて見れば、こはいかに、無残や一人の弟は倒《さかし》まに、墓の門なる石桶にうち沈められてあり。其傍になまぐさき血の迸りか丶れる痕を見たりと言へば、水にて殺せしにあらで、石に撃つけてのちに水に入たりと覚えたり。気も絶え入んほどに愕き惑ひしが、走り還りて泣き叫びつ丶、近隣の人を呼けれぱ、漸く其筋の人も来りて死躰の始末は終りしが、殺せし人の継《まゝ》しき中にもあらぬ母の身にてありながら、鬼にもあらぬ鬼心をそしらぬものもなかりけり。

東禅寺寺内より高輪の町に出でんとする細径に覆ひか丶れる一老松あり。昼は近傍の頑童《わらべ》等こゝに来りて、松下の細流に小魚を網する事もあれど、夜に入りては蛙のみ雨を誘ひて鳴き騒げども、その濁れる音調を驚ろき休ます足音とては、稀に聞くのみなり。寺内に棲みける彼の按摩、その業の為にはかゝる寂寥《さびしさ》にも慣れたれば、夜出でゝ夜帰るに、こはさといふもの未だ覚え知らず、五月雨の細々たる陰雨の中に一二度は彼燐火をも見たれど、左して怖るゝ心も起らじと言へり。

雨少しくそぼちて、桐の青葉の重げに垂るゝ一夜、暮すぎて未だ程もあらせず、例の如く家を出でゝ彼の老松の下に来掛りし時、突然片影より顕はれ出るものありと見る間に、わが身にひたとかじりつき、逃げんとするも逃げられず、胆潰れながらも、其人を見れば、髪は乱れて肩にからみ、色は夜目にも青白ろく、鬼にやあらむ人にやあらむ、と思ふばかり、身はわな〳〵とふるひて、振り離さん程の力もなくなれり。さてやうやく気を沈めて其人の態をつく〴〵打ち眺むれば、まがふ方なき狂女なり。さては鬼にもあらずと心稍々《やゝ》安堵したれば、何故にわれを留むるやと問ひしに、唯ださめ〴〵と泣くのみなり。再三再四問ひたる後に、答へて曰ふやう、妾《わらは》は今宵この山のうしろまで行かねばならずと。何用あつて行くやと問ひければ、そこにて児を殺したる事あれば、こよひは我も共に死なむと思ひてなり。この言を聞きて、さては前日の児殺よなと心附きたれば、更に気味あしく、いかにもして振離して逃げんとすれど、狂女の力常の女の腕にあらず、しばしがほどは或は賺《すか》しつ或はなだめつ、得意客は待ちあぐみてあらむに、いかにせばやと案じわづらふばかりなり。いかに言ふとも一向に聞き入れず、死なねば済まずとのみ言ひ募りて、捕へし袖を挽きて、吾を彼の山中に連れ行んとす。もし愈々死なむとならば独り行きても宜からずやと言へば、ひとりにては寂しき路を通ひがたしと言ふ。幸にも、この時角燈の光微かにかなたに見えければ、声を挙げて巡行の査官を呼び、茲に始めて蘇生の思ひを為せり。

始は査官言を尽して説き諭しけれど、一向に聞入れねば、止むことを得ずして、他の査官を傭ひ来りつ、遂に警察署へ送り入れぬ。

彼女は是より精神病院に送られしが、数月の後に、病全く愈えて、その夫の家に帰りけれど、夫妻とも、元の家には住まず、いづれへか移りて、噂のみはこのあたりにのこりけるとぞ。以上は我が自から聞きしところなり。但し聞きたるは、この夏の事、筆にものして世の人の同情を請はんと思ひたちしは、今日土曜日の夜、秋雨紅葉を染むるの時なり。

殺さんと思ひたちしは偶然の狂乱よりなりし、されども、斯の如き悲劇の、斯くの如き徒爾の狂乱より成りし事を思へば、まがつびの魔力いかに迅且大ならずや。親として子を殺し、子として親を殺す、大逆不道此の上もあらず、然るに斯般の悪逆の往々にして世間に行はるゝを見ては、誰か悽惻として人間の運命のはかなきを思はざらむ。狂女心底より狂ならず、醒め来りて一夜悲悼に堪へず、児の血を濺《そゝ》ぎしところに行きて己れを殺さんとす、己れを殺す為に、その悲しき場所に独り行くことを得ず、却つて路傍の人を連れ立てんことを請ふ、狂にして狂ならず、狂ならずして猶ほ狂なり、あわれや子を思ふ親の情の、狂乱の中に隠在すればなるらむ。その狂乱の原《もと》はいかに。渠《かれ》が出でがけに曰ひし一言、深く社会の罪を刻めり。

昨夜は淵明が食を乞ふの詩を読みて、其清節の高きに服し、今夜は惨憺たる実聞をものして、思はず袖を湿らしけり。知らぬうちとて、黙思逍遥の好地と思ひしところ、この物語を聞きてよりは、自からに足をそのあたりに向けずなりにき。かの地に住みし時この文を作らず、却つて今の菴《いほり》にうつりて之を書くは、わが悲悼の念のかしこにては余りに強かりければなり。思へば世には不思議なるほどに酸鼻のこともあるものかな。

富嶽の詩神を思ふ

空《くう》を望んで駿駆《しゆんく》する日陽、虚に循《したが》つて警立する候節、天地の運流、いつを以て極みとはするならん。

朝《あした》に平氏あり、夕に源氏あり、飄忽《へうこつ》として去り、飄忽として来る、一潮山を噬《か》んで一世紀没し、一潮退き尽きて他世紀来る、歴史の載するところ一潮毎に葉数を減じ、古苔《こたい》蒸し尽くして英雄の遺魂日に月に寒し。

嗟吁人生の短期なる、昨日の紅顔今日の白頭。忙々促々として眼前の事に営々たるもの、悠々綽々《しやくしやく》として千載の事を慮《はか》るもの、同じく之れ大暮の同寝。霜は香菊を厭はず、風は幽蘭を容さず。忽ち逝き忽ち消え、邈冥《ばくめい》として踪《たづ》ぬべからざるを致す。

墳墓何の権かある。宇内を睥睨《へいげい》し、日月を叱咤せし、古来の英雄何すれぞ墳墓の前に弱兎の如くなる。誰か不朽といふ字を字書の中に置きて、而して世の俗眼者流をして縦《ほしいまゝ》に流用せしめたる。嗚呼墳墓、汝の冷々たる舌、汝の常に餓ゑたる口、何者をか噬まざらん、何物をか呑まざらん、而して墳墓よ、汝も亦た遂に空々漠々たり、水流滔々として洋海に趣けど、洋海は終に溢れて大地を包まず、冉々《ぜん〳〵》として行暮する人世、遂に新なるを知らず、又た故なるを知らず。

花には花に弄せられざるもの誰ぞ、月には月に翫《もてあそ》ばれざるもの誰ぞ、風狂も亦た一種の変調子、風狂も亦た一種の変調子なりとせば、人間いかにして変調子ならざる事を得む。暗冥なる「死」の淵に、相及び相襲《つ》ぎて沈淪するもの、果して之れ人間の運命なるか。舌能く幾年の久しきに弁ぜん。手能く幾年の長きに支へん。弁ずるところ何物ぞ。支ふるところ何物ぞ。わが筆も亦た何物ぞ。言ふ勿れ、蓊鬱《をううつ》たる森林、幾百年に亘りて巨鷲を宿らすと。言ふ勿れ、豊公の武威、幾百世を盖ふと。嗟何物か終に尽きざらむ。何物か終に滅せざらむ。寤めざるもの誰ぞ、悟らざるもの誰ぞ。損喪せざるもの竟に何処にか求めむ。

寤《ご》果して寤か、寐《び》果して寐か、我是を疑ふ。深山夜に入りて籟あり、人間昼に於て声なき事多し。寤むる時人真に寤めず、寐る時往々にして至楽の境にあり。身躰四肢必らずしも人間の運作を示すにあらず、別に人間大に施為するところあり。ひそかに思ふ、終に寤ざるもの真の寤か。終に寐せざるもの真の寐か。此境に達するは人間の容易《たや》すく企つる能はざるところなり。

愛すべきものは夫れ故郷なるか、故郷には名状すべからざるチヤームの存するあり。

風流雅客を嘲るもの、邦家を知らざるの故を以て彼等を貶《へん》せんとする事多し。故郷は之れ邦家なり、多情多思の人の尤も邦家を愛するは何人か之を疑はむ。孤剣提げ来りて以太利の義軍に投じ、一命を悪疫に委したるバイロン、我れ之を愛す。」請ふ見よ、羅馬死して羅馬の遺骨を幾千万載に伝へ、死して猶ほ死せざる詩祖ホーマーを。」邦家の事曷《いづく》んぞ長舌弁士のみ能く知るところならんや、別に満腔の悲慨を涵《たた》へて、生死悟明の淵に一生を憂ふるものなからずとせんや。

俗物の尤も喜ぶところは憂国家の称号なり。而して自称憂国家の作するところ多くは自儘なり。彼等は僻見多し、彼等は頑曲多し。彼等は復讐心を以て事を成す。彼等は盲目の執着を以て業を急ぐ。彼等は夢幻中の虚想を以て唯一の理想となす。彼等の慷慨、彼等の憂国、多くは彼等の自ら期せざる渦流に巻き去られて終ることあるものぞ。

朽ちざるものいづくにある、死せざるものいづくにある。われ答を俟ちて躊躇せり、而して答遂に来らず。朽ちざるに近きものいづくにかある。死せざるに近きものいづくにかある。われこの答へを聞かんが為に過去の半生を逍遥黙思に費やせり。而して遂にその一部分を聞けりと思ふは、非か、非ならざるか。

天地の分れし時ゆ、神さびて高く貴き駿河なる富士の高嶺を、天の原振りさけ見れば渡る日の、影も隠ろひ、照る月の、光も見えず、白雲もい行憚り時じくぞ雪

は降りける、語り継ぎ云ひ継ぎ行かん富士の高嶺は。（赤人）

白雲、黒雲、積雪、潰雪《くわいせつ》、閃電《せんでん》、猛雷、是等のものを用役し、是等のものを使僕し、是等のものを制御して而して恒久不変に威霊を保つもの、富嶽よ、夫れ汝か。渡る日の影も隠ろひ、照る月の光も見えず、昼は昼の威を示し、夜は夜の威を示す、富嶽よ汝こそ不朽不死に邇《ちか》きものか。汝が山上の浮雲よりも早く消え、汝が山腹の電影よりも速に滅する浮世の英雄、何の戯れぞ。いさましや汝の山麓を西に馳する風、こゝろよや汝の山嶺を東に飛ぶ風。流転の力汝に迫らず、無常の権《ちから》汝を襲はず。「自由」汝と共にあり、国家汝と与に樹てり、何をか畏れとせむ。

遠く望めば美人の如し。近く眺れば威厳ある男子なり。アルプス山の大欧文学に於ける、わが富嶽の大和民族の文学に於ける、淵源するところ、関聯するところ、豈寡《あにすくな》しとせんや。遠く望んで美人の如く、近く眺めて男子の如きは、そも我文学史の証しするところの姿にあらずや。アルプスの崇厳、或は之を欠かん、然れども富嶽の優美、何ぞ大に譲るところあらん。われはこの観念を以て我文学を愛す。富嶽を以て女性の山とせば、我文学も恐らく女性文学なるべし。雪の衣を被ぎ、白雲の頭巾を冠りたる恒久の佳人、われはその玉容をたのしむ。

尽きず朽ちざる詩神、風に乗り雲に御して東西を飄遊《へういう》し玉へり。富嶽駿河の国に崛《くつ》起《き》せしといふ朝、彼は幾億万里の天涯よりその山巓に急げり、而して富嶽の威容を愛するが故に、その殿居に駐まり棲みて、遂に復た去らず。是より風流の道大に開け、人麿赤人より降つて、西行芭蕉の徒、この詩神と逍遥するが為に、富嶽の周辺を往返して、形なく像なき紀念碑を空中に構設しはじめたり。詩神去らず、この国なほ愛すべし。詩神去らず、人間なほ味あり。

人生に相渉るとは何の謂ぞ

繊巧細弱なる文学は端なく江湖の嫌厭を招きて、異しきまでに反動の勢力を現はし来りぬ。愛山生が徳川時代の文豪の遺風を襲ひて、「史論」と名くる鉄槌を揮ふことになりたるも、其の一現象と見るべし。民友社をして愛山生を起たしめたるも、江湖をして愛山生を迎へしめたるも、この反動の勢力の欝悖《うつぼつ》したる余りなるべし。

反動は愛山生を載せて走れり。而して今や愛山生は反動を載せて走らんとす。彼は「史論」と名くる鉄槌を以て撃砕すべき目的を拡めて、頻りに純文学の領地を襲はんとす。反動をして反動の勢を縦にせしむるは余も異存なし、唯だ反動を載せて、他の反動を起さしむるまで遠く走らんとするを見る時に、反動より反動に漂ふの運命を我が文学に与ふるを悲しまざる能はず。愛山生は、文章即ち事業なる事を認めて、「頼襄論」の冒頭に宣言せり。何が故に事業なりや。愛山生は之を解いて曰く、第一、為す所あるが為なり。第二、世を益するが故なり。第三、人世に相渉るが故なりと。

而して彼は又た文章の事業たるを得ざる条件を挙げて曰く、第一、空を撃つ剣の如きもの。第二、空の空なるもの。第三、華辞妙文の人生に相渉らざるもの。而して彼は此冒頭を結びて曰く「文章は事業なるが故に崇むべし、吾人が頼襄を論ずる、即ち渠の事業を論ずるなり」と。

大丈夫の一世に立つや、必らず一の抱く所なくんばあらず、然れども抱く所のもの、必らずしも見るべきの功蹟を建立するにはあらず。建築家の役々として其業に従ふや、幾多の歳月を費して後、確かに巍《ぎ》乎《こ》たる楼閣を起すの算あり。然れども人間の霊魂を建築せんとするの技師に至りては、其費やすところの労力は直ちに有形の楼閣となりて、ニコライの高塔の如く衆目を引くべきにあらず。衆目衆耳の聳動《しょうどう》することなき事業にして、或は大に世界を震ふことあるなり。

天下に極めて無言なる者あり、山嶽之なり、然れども彼は絶大の雄弁家なり、若し言の有無を以て弁の有無を争はゞ、凡ての自然は極めて憫れむべき唖児なるべし。然れども常に無言にして常に雄弁なるは、自然に加ふるものなきなり。人間に若し自然の如く無言なるものあらば、愛山生一派の論士は其の傍に来りて、爾何ぞ能く言はざると嘲らんか。

人間の為すところも亦斯の如し。極めて拙劣なる生涯の中に、尤も高大なる事業を含むことあり。極めて高大なる事業の中に、尤も拙劣なる生涯を抱くことあり。見ることを得る外部は、見ることを得ざる内部を語り難し。盲目なる世眼を盲目なる儘に睨ましめて、真摯なる霊剣を空際に撃つ雄士は、人間が感謝を払はずして恩沢を蒙むる神の如し。天下斯の如き英雄あり、為す所なくして終り、事業らしき事業を遺すことなくして去り、而して自ら能く甘んじ、自ら能く信じて、他界に遷るもの、吾人が尤も能く同情を表せざるを得ざるところなり。

吾人は記憶す、人間は戦ふ為に生れたるを。戦ふは戦ふ為に戦ふにあらずして、戦ふべきものあるが故に戦ふものなるを。戦ふに剣を以てするあり、筆を以てするあり、戦ふ時は必らず敵を認めて戦ふなり、筆を以てすると剣を以てすると、戦ふに於ては相異なるところなし、然れども敵とするもの、種類によつて、戦ふもの、戦を異にするは其当なり。戦ふもの、戦の異なるによつて、勝利の趣も亦た異ならざるを得ず。戦士陣に臨みて敵に勝ち、凱歌を唱へて家に帰る時、朋友は祝して勝利と言ひ、批評家は評して事業といふ、事業は尊ぶべし、勝利は尊ぶべし、然れども高大なる戦士は、斯の如く勝利を携へて帰らざることあるなり、彼の一生は勝利を目的として戦はず、別に大に企図するところあり、空を撃ち虚を狙ひ、空の空なる事業をなして、戦争の中途に何れへか去ることを常とするものあるなり。

斯の如き戦は、文士の好んで戦ふところのものなり。斯の如き文士は斯の如き戦に運命を委ねてあるなり。文士の前にある戦場は、一局部の原野にあらず、広大なる原野なり、彼は事業を齎らし帰らんとして戦場に赴かず、必死を期し、原頭の露となるを覚悟して家を出るなり。斯の如き戦場に出で、斯の如き戦争を為すは、文士をして兵馬の英雄に異ならしむる所以にして、事業の結果に於て、大に相異なりたる現象を表はすも之を以てなり。

愛山生が、文章即ち事業なりと宣言したるは善し、然れども文章と事業とを都会の家屋の如く、相接近したるもの、如く言ひたるは、不可なり。敢て不可といふ。何となれば、聖浄にして犯すべからざる文学の威厳は、「事業」といふ俗界の「神」に近づけられたるを以て損ずべければなり、八百万づの神々の中に、事業といふ神の位地は甚だ高からず。文学といふ女神は、或は老嬢《ヲールド・ミツス》にて世を送ることあるも、卑野なる神に配することを肯んぜざるべければなり。

京山、種彦、馬琴の三文士を論《あげつら》ひて、京山を賞揚せられたるは愛山生なり。其故いかにといふに、馬琴は己れの理想を歌ひて馬琴の文学を銜ひたるに過ぎず、種彦は人品高尚にして俗情に疎きところあり、馬琴によりては当時の社会を知るには役に立たず、種彦は平民に縁遠きが故に不可なり、独り京山に到りては、番頭小僧までも写実して残すところなきが故に重んずべきなりと、斯く愛山生は説けり。天下の衆生をして悉く愛山生の如き史論家ならしめば、当時の社会を知るの要を重んじて、京山をも、西鶴をも、最上乗の作家として畏敬するなるべし。天下の衆生をして悉く愛山生の如き平民論者ならしめば、山東家の小説は凡ての他の小説を凌ぐことを得べきこと必せり。

然れども文学は事業を目的とせざるなり、文学は人生に相渉ること、京山の写実主義ほどになるを必須とせざるなり、文学は敵を目掛けて撃ちかゝること、山陽の勤王論の如くなるを必須とせざるなり、最後に文学は必らずしも一人若しくは数百人の敵、見るべきの敵を目掛けて撃つを要せざるなり、撃といふ字は山陽一流の文士にこそ用あれ、愛山の所謂空の空を目掛けて大に撃つ文士に、何の用かあらむ。山陽も撃てり、山陽の撃ちたる戦は、今日に於て人に記憶せらるゝなり、然れども其の撃ちたるところは、愛山生の言ふ如く直接に人生に相渉れり、人生に相渉るが故に人生を離るゝ事も亦た速ならんとす。源頼朝は能く撃てり、然れども其の撃ちたるところは速かに去れり、彼は一個の大戦士なれども、彼の戦場は実に限ある戦場にてありし、西行も能く撃てり、シエクスピーアも能く撃てり、ウオーヅオルスも能く撃てり、曲亭馬琴も能く撃てり、是等の諸輩も大戦士なり、而して前者と相異なる所以は前者の如く直接の敵を目掛けて限ある戦場に戦はず、換言すれば天地の限なきミステリーを目掛けて撃ちたるが故に、愛山生には空の空を撃ちたりと言はれんも、空の空の空を撃ちて、星にまで達せんとせしにあるのみ。行いて頼朝の墓を鎌倉山に開きて見よ、彼が言はんと欲するところ何事ぞ。来りて西行の姿を「山家集」の上に見よ。孰《いづ》れか能く言ひ、孰れか能く言はざる。

然れども、文士は世を益せざるべからず、西行馬琴の徒が益したるところ何物ぞと、斯く愛山生は問はむか。

文学のユチリチー論、今日に始まりたるにあらず、吾等の先祖に勧善懲悪説あり、吾等の同時代に平民的批評家としての活用論者を、愛山生に得たるも故なきにあらず、硝子は水晶に比して活用の便あり、以て窓戸を装ふべし、以て洋燈のホヤとなすべし、天下普く其の活用の便を認むるを得るなり。然れども天下の愚人が水晶といふ活用の便に乏しきものに向つて、高価を払ふは何ぞや。水晶を買ふものをして、数十金を出して露店の硝子玉を買はしめんとする神学を創見するものあらば、余は疑はず、水天宮に参詣する衆生は争ひ来りて其説法を聴聞するなるべし。京山をして、山陽をしてこのテンプルの偶像たらしめば、カーライルをして「英雄崇拝論」に一題を欠きたりしを、地下に後悔せしむることあるべし。

吉野山に遊覧して、歎息するものあり、曰く、何ぞ桜樹を伐りて梅樹を植ゑざる、花王樹は何の活用に適するところあらむ、梅樹の以て千金の利を果実によつて得るに如かんやと、一人ありて傍より容喙して曰へらく、梅樹は得るところの利に於て甘藷を作るに如かず、他の一人は又た曰く、甘藷は市場に出ての相場極めて廉なり、亜米利加種の林檎を植ゆるに如かずと。われは是等の論者が利を算するの速なるを喜び、真理を認むるの確なるを謝するに吝《やぶさか》ならざらんと欲す、然れども吉野山を以て活用論者の手に委ぬるは、福沢先生を同志社の総理に推すことを好まざると同じく好まざるなり。

肉の力は肉の力を撃つに足るべし、死したるもの、死したるものを葬むるを得るといふ真理は、ナザレの人の子も之れを説けり。然れども死したるもの、葬むることを得ざるものあるは、肉の力の撃砕することを得ざるものあると共に、他の一側に横はれる真理なり。一人の敵を学ぶの非なるは、万人の敵を学びても猶ほ失敗したる項羽すら、之を発見せり。万人の敵を学ぶは百万人の敵を学ぶに如かざればならむ。百万人の敵を学びたる（仮定して）漢王も、亦た「死朽」といふ不可算の敵の前には、無言にして仆れたり。「死朽」といふ敵に対して、吾人は吾人の刀剣を揮ふこと、愛山生の所謂英雄剣を揮ふ如くするも、成敗の数は始めより定まりてある如く、吾人は自然（力としての）の前に立ちて脆弱なる勇士にてあるなり。

「力《フオース》」としての自然は、眼に見えざる、他の言葉にて言へば空の空なる銃槍を以て、時々刻々「肉」としての人間に迫り来るなり。草薙の剣は能く見ゆる野火を薙ぎ尽したりと雖、見えざる銃槍は、よもや薙ぎ尽せまじ。英雄をして剣を揮はしむるは、見る可き敵に当ればなり、文章をして京山もしくは山陽の如く世を益するが為めと、人世に相渉らしむるが為に戦はしむるは、見るべき実（即ち敵）に当らしむるが為なり。

然れども空の空なる銃槍を迎へて戦ふには、空の空なる銃槍を以てせざるべからず、茲に於て霊の剣を鋳るの必要あるなり。

自然は吾人に服従を命ずるものなり、「力」としての自然は、吾人を暴圧することを憚らざるものなり、「誘惑」を向け、「慾情」を向け、「空想」を向け、吾人をして殆ど孤城落日の地位に立たしむるを好むものなり、而して吾人は或る度までは必らず服従せざるべからざる「運命」、然り、悲しき「運命」に包まれてあるなり。項羽は能く虞美人に別るゝことを得たれども、吾人は此の悲しき「運命」と一刻も相別るゝを得ざるものなり。然れども自然は吾人をして「失望落胆」の極、遂に甘んじて自然の力に服従し了するまでに、吾人を困窘《こんきん》せしめざるなり。爰に活路あり、活路は必らずしも活用と趣を一にせず、吾人をして空虚なる英雄を気取りて、力としての自然の前に、大言壮語せしむるものは我が言ふ活路にあらず、吾人は吾人の霊魂をして、肉として吾人の失ひたる自由を、他の大自在の霊世界に向つて縦に握らしむる事を得るなり。自然は暴虐を専一とする兵馬の如きにあらず、一方に於て風雨雷電を駆つて吾人を困《くる》しましむると同時に、他方に於ては、美妙なる絶対的のものをあらはして吾人を楽しましむるなり。風に対しては戸を造り、雨に対しては屋根を葺き、雷に対しては避雷柱を造る、斯くして人間は出来得る丈は物質的の権《ちから》を以て自然の力に当るべしと雖、かくするは限ある権をもて限なき力を撃つの業にして、到底限ある権を投げやりて、自然といふもの、懐裡に躍り入るの妙なるには如かざるなり。爰に於て吉野山は、活用論者の睹易からざる活機を吾人に教ふるなり。「願はくは花の下にて春死なむそのきさらぎの望月のころ」と歌ひたる詩人が、活用論者の知ること能はざる大活機を看破したるは、即ち爰にあるなり。

宗教なし、サブライムなしと嘲けられたる芭蕉は、振り向きて嘲りたる者を見もせまじ、然れども斯く嘲りたる平民的短歌の史論家（同じく愛山生）と時を同うして立つの悲しさは、無言勤行の芭蕉より其詞句の一を仮り来つて、わが論陣を固むるの非礼を行はざるを得ず。古池の句は世に定説ありと聞けば之を引かず、一層簡明なる一句、余が浅学に該当するものあれば、暫らく之を論ぜんと欲す。其は、

明月や池をめぐりてよもすがら

の一句なり。

池の岸に立ちたる一個人は肉をもて成りたる人間なることを記憶せよ。彼はすべての愛縛、すべての執着、すべての官能的感覚に囲まれてあることを記憶せよ。彼は限ある物質的の権をもて争ひ得る丈は、是等無形の仇敵と搏闘したりといふことを記憶せよ。彼は功名と利達と事業とに手を出すべき多くの機会ありたることを記憶せよ。然るに彼は人世に相渉るの事業に何事をも難しとするところなかりしことを記憶せよ。然るに彼は自ら満足することを得ざりしなり、自ら勝利を占めたりと信ずることを得ざり

しなり、浅薄なる眼光を以てすれば勝利なりと見るべきものをも、彼は勝利と見る能はざりしなり。爰に於て彼は実を撃つの手を息めて、空を撃たんと悶きはじめたるなり。彼は池の一側に立ちて、池の一小部分を睨むに甘んぜず、徐々として歩みはじめたり。池の周辺を一めぐりせり。一めぐりにては池の全面を睨むに足らざるを知りて、再回せり。再回は池の全面を睨むに足りしかど、池の底までを睨らむことを得ざりしが故に、更に三回めぐりたり、四回めぐりたり、而して終によもすがらめぐりたり。池は即ち実なり。而して彼が池を睨みたるは、暗中に水を打つ小児の業に同じからずして、何物をか池に写して睨みたるなり。何物をか池に打ち入れて睨みたるなり。何物にか池を照さしめて睨みたるなり。睨みたりとは、視る仕方の当初を指して言ひ得る言葉なり。視る仕方の後を言ふ言葉はAnnihilationの外なかるべし。彼は実を忘れたるなり、彼は人間を離れたるなり、彼は肉を脱したるなり。実を忘れ、肉を脱し、人間を離れて、何処にか去れる、杜鵑の行衛は、問ふことを止めよ、天涯高く飛び去りて、絶対的の物、即ちIdeaにまで達したるなり。

彼は事実の世界を忘れたるにあらず、池をめぐりて両三回するは実を見貫く心ありてなり、実は自然の一側なり、而して実を照らすものも亦た自然の他の一側なり、実は吾人の敵となりて、吾人に迫ることを為せども、他の一側なる虚は、吾人の好友となりて、吾人を導きて天涯にまで上らしむるなり、池面にうつり出たる団々たる明月は、彼をして力としての自然を後へに見て、一躍して美妙なる自然に進み入らしめたり。

サブライムとは形の判断にあらずして、想の領分なり、即ち前に云ひたる池をめぐりてよもすがらせる如き人の、一躍して自然の懐裡に入りたる後に、彼処にて見出すべき朋友を言ふなり、この至真至誠なる朋友を得て、而して後、夜を徹するまで池をめぐるの味あるなり。池をめぐるはNothingnessをめぐるにあらず、この世ならぬ朋友と共に、逍遥遊するを楽しむ為にするなり。

造化主は吾人に許すに意志の自由を以てす。現象世界に於て煩悶苦戦する間に、吾人は造化主の吾人に与へたる大活機を利用して、猛虎の牙を弱め、倒崖の根を堅うすることを得るなり。現象以外に超立して、最後の理想に到着するの道、吾人の前に開けてあり。大自在の風雅を伝道するは、此の大活機を伝道するなり、何ぞ英雄剣を揮ふと言はむ。何ぞ為すところあるが為と言はむ。何ぞ人世に相渉らざる可からずと言はむ。空の空の空を撃つて、星にまで達することを期すべし、俗世をして俗世の笑ふまゝに笑はしむべし、俗世を済度するは俗世に喜ばるゝが為ならず、肉の剣はいかほどに鋭くもあれ、肉を以て肉を撃たんは文士が最後の戦場にあらず、眼を挙げて大、大、大の虚界を視よ、彼処に登攀して清涼宮を捕握せよ、清涼宮を捕握したらば携へ帰りて、俗界の衆生に其一滴の水を飲ましめよ、彼等は活きむ、嗚呼、彼等庶幾《こひねがは》くは活きんか。

自然の力をして縦に吾人の脛脚を控縛せしめよ、然れども吾人の頭部は大勇猛の権《ちから》を以て、現象以外の別乾坤にまで挺立せしめて、其処に大自在の風雅と逍遥せしむべし。彼の物質的論家の如きは、世界を狭少なる家屋となして、其家屋の内部を整頓せるの外には一世の能事なしとし、甘じて爰に起臥せんとす、而して風雨の外より犯す時、雷電の上より襲ふ時、慄然として恐怖するを以て自らの運命とあきらめんとす。霊性的の道念に逍遥するものは、世界を世界大の物と認むることを知る、而して世界大の世界を以て、甘心自足すべき住宅とは認めざるなり。世界大の世界を離れて、大大の実在《リアリチイ》を現象世界以外に求むるにあらずんば、止まざるなり。物質的英雄が明晃々たる利剣を揮つて、狭少なる家屋の中に仇敵と接戦する間に、彼は大自在の妙機を懐にして無言坐するなり。

悲しきLimitは人間の四面に鉄壁を設けて、人間をして、或る卑野なる生涯を脱することと能はざらしむ。鵬の大を以てしても蜩《せみ》の小を以てしても、同じくこの限を破ること能はざるなり。而して蜩の小を以て自らその小を知らず、鵬の大を以て自ら其の大を知らず、同じく限に縛せらるゝを知らず欣然として自足するは、慣れむべき自足なり。この憫れむべき自足を以て現象世界に処して、快楽と幸福とに欠然たるところなしと自信するものは、浅薄なる楽天家なり。彼は狭少なる家屋の中に物質的論客と共に坐を同くして、泰平を歌はんとす。歌へ、汝が泰平の歌を。

然れども斯の如き狭屋の中には、味もなき「義務」双翼を張りて、極めて得意になるなり。剛健なる「意志」其の脚を失ひて、幽霊に化するなり。訳もなき「利他主義」は荘厳なる黄金仏となりて、礼拝せらるゝなり。「事業」といふ匠工は唯一の甚五郎になるなり、「快楽」といふ食卓は最良の哲学者になるなり。ペダントリーといふ巨人は、屋根裡に突き上るほどの英雄になるなり。凡ての霊性的生命は此処を辞して去るべし。人間を悉く木石の偶像とならしむるに屈竟の社殿は、この狭屋なるべし。この狭屋の内には、菅公は失敗せる経世家、桃青は意気地なき遁世家、馬琴は些々たる非写実文人、西行は無慾の閑人となりて、白石の如き、山陽の如き、足利尊氏の如き、仰向すべきは是等の事業家の外なきに至らんこと必せり。

頭をもたげよ、而して視よ、而して求めよ、高遠なる虚想を以て、真に広濶なる家屋、真に快美なる境地、真に雄大なる事業を視よ、而して求めよ、爾のLongingを空際に投げよ、空際より、爾が人間に為すべきの天職を捉り来れ、嗚呼文士、何すれぞ局促として人生に相渉るを之れ求めむ。

山庵雑記

其一

夢見まほしやと思ふ時、あやにくに夢の無き事あり、夢なかれと思ふ時、うとましき夢のもつれ入ることあり。寤むる時、亦た斯の如し、意《おも》はざらんと思ふに意ひ、意はんと思ふに意はず。左りとて意の如くならぬをば意の如くせまじと思ふにもあらず、静に傾き尽きなんとする月を見れば、よろづ意の儘にならぬものぞなき、徐ろに咲き出らん花を待つに、よろづ心に任せぬものぞなき。如意却つて不如意。不如意却つて如意。悲しむも何かせむ。歓ぶも何かせむ。「無心」を傭ひ来つて、悲みをも、歓びをも、同じ意界に放ちやりてこそ、まことの楽は来るなれ。

其　二

早暁臥床を出で、心は寤寐《ごび》の間に醒め、意ひは意無意《いむい》の際にある時、一鳥の弄声を聴けば、忽として我れ天涯に遊び、忽として我塵界に落るの感あり。我に返りて後其声を味へば、凡常の野雀のみ、然るも我が得たる幽趣は地に就けるものならず。爰に於て私《ひそか》に思ふは、感応は我を主として、他を主とせざるを。

其　三

人間の心中に大文章あり、筆を把《と》り机に対する時に於てよりも、静黙冥坐する時に於て、燦爛たる光妙ある事多し。心中の文章より心外の文章を綴るは善し、心外の文章を以て心中の文章を装はんとするは、文字の賊なるべし。古へより卓犖《たくらく》不羈の士、往々にして文章を事とするを喜ばず、文字の賊とならんより心中の文章に甘んじたればならむ。

其　四

身心を放ちて冥然として天造に任ぜんか、身心を収めて凝然として寂定に帰せんか、或は猖狂、或は枯寂、猖狂は猖狂の苦味あり、枯寂は枯寂の悲寥《ひれう》あり、魚躍り鳶舞ふを見れば聊か心を無心の境に駆ることを得、雨そぼち風吹きさそふにあひては、忽ち現身の心に還る、自然は我を弄するに似て弄せざるを感得すれば、虚も無く実もなし。

其　五

世にありがたき至宝は涙なるべし。涙なくては情もなかるらむ。涙なくては誠もなかるらむ。狂ひに狂ひしバイロンには涙も細縄ほどの役にも立ざりしなるべけれど、世間おほかたのものを繋ぎ止むるはこの宝なるべし。遠く行く情人の足を踏み止まらすもの、猛く勇む雄士の心を弱くするもの、情差《たが》ひ歓薄らぎたる間柄を緊め固うするもの、涙の外には求めがたし。人世涙あるは原頭に水あるが如し。世間もし涙を神聖に守るの技に長けたる人を挙げて主宰とすることあらば、甚《いた》く悲しきことは跡を絶つに幾《ちか》からんか。

其　六

「麤《あら》く斫《き》られたる石にも神の定めたる運あり。」とは沙翁の悟道なり。静かに物象を観ずれば、物として定運なきにあらず。誰か恨むべき神を知りそめたる。誰か喞《かこ》つべき仏を識りそめたる。心を物外に抽かんとするは未だし、物外、物内、何すれぞ悟達の別を画かむ。運命に黙従し、神意に一任して、始めて真悟の域に達せんか。

其　七

孤雲野鶴を見て別天地に逍遥するは詩人の至快なり。然れども苦海塵境を脱離して一身を挺出せんとするは、人間の道にあらず。苦海塵境に清涼の気を輸び入るゝにあらざれば、詩人は一の天職を帯びざる放蕩漢にして終らんのみ。

其　八

他を議せんとする時、尤も多く己れの非を悟る。頃者《ちかごろ》、激する所ありて、生来甚だ好まざる駁撃の文を草す。草し終りて静に内省するに、人を難ずるの筆は同じく己れを難ぜんとするに似たり。是非曲直軽《かろ》しく判し難し。如かず、修練鍛磨して叨《みだ》りに他人の非を測らざることをつとむるに。

其　九

大なる「悔改《くいあらため》」は、又た一個の大信仰なり。罪の罪たるを知らざるより大なる罪はなし、とはカーライルに聞くところなり。昨日の非を知りて明日の是を期するは、信仰に入るの要緘にして、罪人の必らず自殺すべしとせざるは之をもてなり。罪の重荷は忘れざるによつて忘るゝを得べし、忘れたる重荷はいつまでも重荷なり。悔改の生涯は即ち信仰の生涯なるか。

日本文学史骨

第一回　快楽と実用　明治文学管見の一

明治文学も既に二十六年の壮年となれり、此歳月の間に如何なる進歩ありしか、如何なる退歩ありしか、如何なる原素と如何なる精神が此文学の中に蟠りて、而して如何なる現象を外面に呈出したるか、是等の事を研究するは緊要なるものなり、而して今日まで未だ此範囲に於て史家の技倆を試みたるものはあらず、唯だ「国民新聞」の愛山生ありて、其の鋭利なる観察を此範囲に向けたるあるのみ。余は彼の評論に就きて満足すること能はざるところあるにも係らず、其気鋭く胆大にして、幾多の先輩を瞠若せしむる技倆に驚ろくものなり。余や短才浅学にして、敢て此般の評論に立入るべきものにあらねども、従来「白表女学雑誌」誌上にて評論の業に従事したる由来を以て、聊か見るところを述べて、明治文学の梗概を研究せんと欲するの志あり。余が曩《さき》に愛山生の文章を評論したる事あるを以て、此題目に於て再び戦を挑まんの野心ありなど思はゞ、此上なき僻事なるべし。之れ余が日本文学史骨を著はすに当りて、予め読者に注意を請ふ一なり。

余は之れより日本文学史の一学生たらんを期するものにて、素より、この文学史を以て独占の舞台など、せん心掛あるにはあらず、斯く断りするは、曾つて或人に誤まられたることあればなり、余は学生として、誠実に研究すべきことを研究せんとするものなれば、縦令如何なることありて他人の攻撃に遭ふことありとも、之に向つて答弁するものと必せず、又容易に他人の所論を難ずる等の事なかるべし。且つ美学及び純哲学に於て極めて初学なる身を以て、文学を論ずることなれば、其不都合なる事多かるべきは、呉々も予め断り置きたる事なり。加ふるに閑少なく、書籍の便なく、事実の蒐集思ふに任せぬことのみなるべければ、独断的の評論をなす方に自然傾むき易きことも、亦た予め諒承あらんことを請ふになむ。

特に山路愛山先生に対して一言すべきことあり。爰にて是を言ふは奇しと思ふ人あらんかなれど、余は元来余が為したる評論に就きて親切なる教示を望みたるものなるに、愛山君は余が所論以外の事に向て攻撃の位地に立たれ、少しも満足なる教示と見るべきはあらず、余は自ら受けたる攻撃に就きて云々するの必要を見ざれば、其儘に看過したり。本より、文学の事業なることは釈義といふ利刀を仮り来らずとも分明なることにして、文学が人生に渉るものなることは何人といへ雖、之を疑はぬなるべし。愛山先生若しこの二件を以て自らの新発見なりと思はゞ、余輩其の可なるを知らず。余は右の二件を難じたるものにあらず、余が今日の文学の為に、聊か真理を愛するの心より、知交を辱《かたじけな》うする愛山君の所説を難じたるは、豈に虚空なる自負自傲の念よりするものならんや。これを以て、余は愛山君の反駁に答ふることをせざりし。然るに豈図らんや、其他にも余が所論を難ぜんとしてか、或は他に為にする所ありてか、人生に相渉らざるべからずといふ論旨の分明に解得せらるゝ論文の、然も大家先生等の手に成りて出でしを見るに至らんとは。若し此事にして余が所説に対して、或は余が所説に動かされて、出でたるものなりとするを得ば、余は至幸至栄なるを謝するに吝《やぶさか》ならざるべし。然れども、極めて不幸なりと思ふは、余は是等の文章に対して返報するの権利なきこと是なり。文学が人生に相渉るものなることは余も是を信ずるなり、恐らく天地間に、文学は人生に相渉るべからずと揚言する愚人は無かるべし。但し余が難じたるは、(1)世を益するの目的を以て、(2)英雄の剣を揮ふが如くに、(3)空の空を突かんとせずして、或的を見て、(4)華文妙辞を退けて、而して人生に相渉らざるべからずと論断したるを難じたるなり。故に余は以上の条件を備へざる人生相渉論ならば、奈何なる大家先生の所説なりとも、是に対して答弁するの権利なきなり。然れども余自ら「山庵雑記」に言ひし如く、是非真偽は容易に皮相眼を以て判別すべきものならざるに、余が文章の疎雑なりしが為め、或は意気昂揚して筆したりしが為か、斯も誤読せらるゝに至りたるは極めて残念の事と思ふが故に、余は不肖を顧みず、浅膚を厭はず、是より「評論」紙上に於て、出来得る丈誤読を免かるゝ様に、明治文学の性質を論ずるの栄を得んとす。之を為すは、本より愛山君の所説を再評するが為にはあらざるも、若し余が信ずるところに於て君の教示を促すべきことあらば、請ふ自ら寛うして、之を垂れよ。

余は先づ明治文学の性質を以て始めんとす。而して、明治文学の性質を知らんが為には、如何なる主義が其中に存するかを見ざるべからず。純文界にも、批評界にも、或は時事界にも、済々たる名士羅列するを見る。然れども余は存生中の人を評論するに於て、二箇のおもしろからぬ事あるを慮るなり、其一は、もし賞揚する時に諛言と誤まられんか、若し非難する時に訐評《こうひやう》と思はれんか、の恐れあり。其二は、自らの主義、人間はPassionの動物なれば、少くとも自家の私見、善く言ひて主義なるものに拘泥することなき能はず、故に若し一の私見と他の私見と撞着したる時に、近頃流行の罵詈評論に陥ることなきにしもあらず。之を以て余は敢て現存の大家に向つて直接の批評を加へざるべしと雖、もし余が観察し行く原質《エレメント》の道程に於て相衝当する事あらば、避くべからざる場合として之を為すことあるべし。

余は「明治文学管見」の第一として、「快楽《プレジユーア》」と「実用《ユチリチー》」とを論ずべし。「快楽」と「実用」とは疑もなく「美」の要素なり、必らずしもプレトーを引くには及ばず。

マシユー・アーノルドは、「人生の批評としての詩に於ては、詩の理、詩の美の定法に応ふかぎりは、人生を慰め、人生を保つことを得るなり」と云へり。

文学が一方に於て、人生を批評するものなることは、余も之を疑はず。然れども、アーノルドの言ふ如く、人生の批評としての詩は又た詩の理と詩の美とを兼ねざるべからず。吾人文学を研究するものは、単に人生の批評のみを事とせずして、詩の理と詩の美とをも究むるにあらざれば不可なるべし。

人生を慰むるといふ事より、Pleasure なるものが、詩の美に於て、欠くべからざる要素なる事を知るを得べし。人生を保つといふ事より Utility なるものが、詩の理に於て、欠くべからざる要素なる事を知るべし。真に人生を慰め、真に人生を保つには、真に人生を観察し、人生を批評するの外に、真に人生を通訳することもなかるべからず。人生を通訳するには、人生を知覚せざるべからず。故に天賦の詩才ある人は、人間の性質を明らかに認識するの要あるなり。然らざればヂニアスは真個の狂人のみ、靴屋にもなれず、秘書官にもなれぬ白痴のみ。

人生（Life）といふ事は、人間始まつてよりの難問なり、哲学者の夢にも此難問は到底解き尽くす可らずとは、古人も之を言へり。若し夫れ、社界的人生などの事に至りては、或は鋭利なる観察家の眼睛にて看破し得ることもあるべけれど、人生のVitalityに至りては、全能の神の外は全く知るものなかるべし。故に詩人の一生は、黙示の度に従ひて、人生を研究するものにして、感応の度に従ひて、人生を慰保するものなるべし。

快楽と実用とは、主観に於ては美の要素なりと雖、客観に於ては美の結果なり、内部にありては、美を構成するものなりと雖、外部の現象に於ては美の成果なり。この二要素を論ずるに先ちて吾人は、

人生何が故に美を要するか

に就きて一言せざるべからず。

音楽何の為に人生に要ある。絵画何が故に人生に要ある。極めて些末なる装飾品まても、何が故に人生に要ある。何が故に歌ある。何が故に詩ある。何が故に温柔なる女性の美ある。何が故に花の美ある。何が故に山水の美ある。是等の者はすべて遊惰放逸なる人間の悪習を満足せしむるが為に存するものなるか。もし然らんには、人生は是等の凡ての美なくして成存することを得べし。然るに古往今来、尤とも蛮野なる種族に、尤も劣等なる美の観念を有し、尤も進歩せる種族に、尤も優等なる美の観念を有するは、何が故ぞ。尤も蛮野なる種族にも、必らず何につけてか美を求むるの念

ある事は、明白なる社界学上の事実なり、或は鳥吟を摸擬し、或は美花を粗末なる仕方にて摸写するなどの事は、極めて劣拙の人種にも是あるなり。又た、尤も幼稚なる嬰児にても、美くしき玩弄品《トイス》を見ては能く笑ひ、音楽の響には耳を澄ます事は、普通なる事実なり。之を以て見れば文明といふ怪物が、人間を遊惰放逸に駆りたるよりして、始めて美の要を生じたりと見るの僻見なることは、多言せずして明らかなるべし。美は実に人生の本能に於て、本性に於て、自然に願欲するものなることは認め得べきことなり。斯の如く美を願欲するには、人生の本能、人性の本性に於て、然り、といふ事を知り得たらば、吾人は、一歩を進めて、

人生は快楽を要するものなりや否や

の一問を解かざるべからず。

快楽は何の為に、人生に要ある。人生は快楽なくして、生活し得べきものなるべきや。ピユリタニズムの極端にまで攀ぢ登りて見ても、唯利論の絶頂にまで登臨して見ても、人生は何事か快楽といふものなくては月日を送ること能はざるは、常識といふ活眼先生に問ふまでもなく、明白なる事実なり。

快楽は即ち慰藉（Consolation）なり。詳に人間生活の状態を観よ、蠢々《しゅん〱》喁々《ぎょう〱》として、何のおもしろみもなく、何のをかしみもなきに似たれど、其実は、個々特種の快楽を有し、人々異様の慰藉を領するなり。放蕩なる快楽は飲宴好色なり、着実なる快楽は

晏居閑楽なり、熱性ある快楽は忠孝仁義等の目的及び希望なり、誠実なる快楽は家を斉へ生を理するにあり。然れども是等は、特性の快楽を挙げたるのみ、若し通性の快楽をいふ時は、美くしきものによりて、耳目（Sight and hearing）を楽しますことにあり。耳には音を聞き、目には物を睹る、之れ快楽を願欲するの最始なり。然れどもマインド（智、情、意）の発達するに従ひて、この簡単なる快楽にては満足すること能はざるが故に、更に道義《モーラル》の生命《ライフ》に於て、快楽を願欲するに至るなり。道義の生命に於て快楽を願欲するに至る時は、単に自然の摸倣《ネーチユーアイミテーシヨン》を事とする美術を以て真正の満足を得ること能はざるは必然の結果なるが故に、創造的天才《クリエチーフジニアス》の手に成りたる美を愛好するに至ることも、亦た当然の成行なり。美は始めより同じものにして、軽重増減あるものにあらざれど、美術の上に於ては、進歩すべきものなること是を以てなり。而して此観察点より推究する時は、尤も進歩したるモーラル・ライフ（道義の生命）を有つものは、尤も健全にして、尤も円満なる美を願欲するものなることは、判断するに難からじ。而して、社界進歩の大法を以て之を論ずる時は、尤も完全なる道義の生命を有する国民が尤も進歩したる有様にある事は、明白なる事実なれば、従つて又た、尤も円満なる快楽を有し、尤も完全なる美を願欲する人種が尤も進歩したる国家を成すことは、容易に見得べき事なり。吾人は更に、道義的生命（ライフといふ字は人生と訳するも可なり）が快楽に相渉る関係に就きて一言せざる可からず。

道義《モーラル》といふ字を用ふるには、宗教及哲学に訴へて、其字義を釈説すること大切なるべし、然れども吾人は序言に於て断りしたる如く、成る可く平民的に（平民的といふ言、爰に用ふるを得るとすれば）、雑誌評論らしき、普通の諒解にうちまかせて、この字を用ふるなり。

人生は、フヒジカルに於て進歩すると同時に、モーラルにも進歩するものなり、Physical world の拡まり行くと共に Moral world も拡まり行くものなり。故に其必要とする快楽に於ても亦た、単に耳目を嬉ばすといふのみにては足らぬ様になるなり。加ふるに智情意の発達と共に、各種各様の思想を生ずるが故に、其の必要とする快楽も彼等の発達したる智情意を満足せしむる程の者たらざるべからず。かるが故に、道義的人生に相渉るべき適当の快楽なくしては、道義自身も槁《か》れ、人生自身も味なきに至らん事必せり。爰に於て、道義の生命の中心なる霊魂を以て、美の表現の中心なる宇宙の真美を味ふの必要起るなり。宇宙の真美は、或はサブライムといひ、或はビユーチフルと言ひ、審美学家の孜々として討究しつ、ある問題にして、容易に論入すべきものにあらず。但し余は、「人生に相渉るとは何の謂ぞ」と題する一文の中に其一端を論じたる事あれば、就いて読まれん事を請ふになむ。是より、

「快楽」と「実用」との双関

に就きて一言せむ。

「快楽」と「実用」とは特種の者にして、極めて密接なる関係あるものなり。実用を離れたる快楽は、絶対的には全然之なしと断言するも不可なかるべし。快楽の他の意味は慰藉《コンソレーション》なる事は前にも言ひたり。慰藉といふ事は、孤立《アイソレーテツド》したる立脚点《スタンドポイント》の上に立つものにあらずして、何物にか双対するものなり。エデンの園に住みたる始祖には、慰藉といふもの、必要は無かりし。之あるは人間に苦痛ありてよりの事なり。故に、

人生何が故に苦痛あるか

の一問を解くの止むべからざるを知る。

曰く、欲《パツシヨン》なる魔物が、人生の中に存すればなり。凡ての罪、凡ての悪、凡ての過失は欲あるが故にこそあるなれ。而して、罪、悪、過失等の形を呈せざる内部の人生に於て、欲と正義と相戦ひつゝある事は、苟くも人生を観察するに欠くべからざる要点なり。この戦争が人生の霊魂に与ふる傷痍は、即ち吾人が道義の生命に於て感ずる苦痛なり。この血痕、この紅涙こそは、古昔より人間の特性を染むるものならずんばあらず。かるが故に、必要上より、「慰藉」といふもの生じ来りて、美しきものを以て、欲を柔らかにし、其毒刃を鈍くするの止むなきを致すなり。然れどもすでに必要といふ以上は、慰藉も亦た、多少実用の物ならざるにあらず。試に一例を挙て之を説かん。

梅花と桜花との比較

梅花と桜花とは東洋詩人の尤も愛好するものなり。梅花は、其の華に於ては、単に

慰藉の用に当つべきのみ、然れども、其果に於ては、実用のものとなるなり。斯の如く、固有性に於て慰藉物なるもの、附属性に於て実用品たることあり（之と反対の例《ヴァイスヴァーサ》をも見よ）。桜花は果を結ばざるが故に、単に慰藉の用に供すべきのみなるかと問ふに、貴人の園庭に於て必らず無くてはならぬものとなり居るところよりすれば、幾分かは実用の性質をも備へてあるなり。（梅桜と東洋文学との関係に就きては他日詳論することあるべし）これと同じく家具家材の実用品と共に或種類の装飾品も亦た、多少実用の性質あるなり。屏風は実用品なり、然れども、白紙の屏風といふものを見たる事なきは何ぞや。装飾と実用との相密接するは、之を以て見るべし。之より、

実用の起原

に就きて一言すべし。

この問題は至難なるものなり。然れども、極めて雑駁に、極めて独断的に之を解けば、前に「快楽」の起原に就きて曰ひたる如く、人間は欲の動物なるが故に、その欲と調和したる度に於て、自家の満足を得る為に、意と肉とを適宜に満足せしむるが為に、必要とする器物もしくは無形物を願求するの性あること、之れ実用の起原なり。而して人文進歩の度に応じて「実用」も亦進歩するものなる事は、前に言ひたると同じ理法にて明白なり。人文進歩とは、物質的人生《フヒジカル・ライフ》と、道義的人生《モーラール・ライフ》との両像に於て進歩したるものなるが故に、「実用」も其の最始に於ては、単に物質的需用を充たすに足

りし者が追々に、道義的需用を充たすに至るべき事は当然の順序なり。他の側面より見る時は野蛮人と開化人との区別は、道義性の発達したりしと否とにありといふも、不可なかるべし。爰に於て道義的人生に相渉るべき文学なるものは、人間の道義性を満足せしむるほどのものならざるべからざる事は、認め得べし。之より、

道義的人生の実用

とは何ぞやの疑問にうつるべし。

人間を正当なる知識に進ましむるもの（学理）其一なり、人間を正当なる道念に進ましむるもの（倫理）其二なり、人間を正当なる位地に進ましむるもの（美）其三なり。

斯の如く概説し来りたるところを以て、吾人は、快楽と実用との上に於て吾人が詩と称するもの、地位を瞥見する事を得たり。快楽即ち慰藉は、道義的人生に欠くべからざるものたると共に、実用も亦た道義的人生に欠くべからざるものなる事を見たり。但し慰藉は主として道義的人生に渉る性を有し、実用は客観に於ては物質的人生に渉ると雖、前にも言ひし如く、到底主観に於ては道義的人生にまで達せざるべからざるものなり（此事に就きては恐らく詳論を要するなるべし）。

余は「快楽」と「実用」との性質に就き、及び此二者が人生と相渉れる関係に就きて、粗略なる解釈を成就したり。是より、

「快楽」と「実用」とが文学に関係するところ如何

に進むべし。

快楽と実用とは、文学の両翼なり、双輪なり、之なくては鳥飛ぶ能はず、車走る能はず。然れども快楽と実用とは、文学の本躰にあらざるなり。快楽と実用とは美の的(Aim)なり。美の結果(Effect)なり。美の功用(Use)なり。「美」の本躰は快楽と実用とにあらず。これと共に、詩の広き範囲に於ても、快楽と実用とは、其的、其結果、其功用に過ぎずして、他に詩の本能ある事は疑ふ可からざる事実なるべしと思はる。

若し事物の真価を論ずるに、其的、其結果、其功用のみを標率とする時は、種々なる誤謬を生ずるに至るべし、本能、本性を合せて、其結果、其功用、其的、を観察するにあらざれば、余輩其の可なるを知らず。故に文学を評論するには、少くとも其本能本性に立ち入りて、然る後に功用、結果、目的等の陪審官に諮はざるべからず。

快楽と実用とは詩が兼ね備へざるべからざる二大要素なることは、疑ふまでもなし。然れども詩《ポエトリー》が必らず、この二大要素に対して隷属すべき地位に立たざるべからずとするは、大なる誤謬なり。

吾人が日本文学史を研究するに当りて、第一に観察せざる可からざる事は、如何なる主義《プリンシプル》、如何なる批評眼、如何なる理論《セオリー》が、主要《アーソリチー》の位地を占有しつゝ、ありしかにあり。

而して吾人は不幸にも、世益主義（世道人心を益せざるべからずといふ論）、勧懲主義（善を勧め悪を懲らすべしといふ論）、及び目的主義（何か目的を置きて之に対して云々すべしといふ論）、等が古来より尤も多く主要の位地に立てるを見出すなり。斯の如くにして、神聖なる文学を以て、実用と快楽に隷属せしめつゝ、ありたり。宜なるかな、我邦の文運、今日まで憐れむべき位地にありたりしや。

余は次号に於て、徳川時代の文学に、「快楽」と「実用」との二大区分《クラシフヒケーション》ある事。平民文学、貴族文学の区別ある事。倫理と実用との関係。等の事を論じて、追々に明治文学の真相を窺はん事を期す。（病床にありて筆を執る。字句尤も不熟なり、請ふ諒せよ。）

第二回　精神の自由

明治文学

管見之二

造化万物を支配する法則の中に、生と死とは必らず動かすべからざる大法なり。凡そ生あれば必らず死あり。死は必らず、生を躡《お》うて来る。人間は「生」といふ流れに浮びて「死」といふ海に漂着する者にして、其行程も甚だ長からず、然るに人間の一生は「生」より「死」にまで旅するを以て、最後の運命と定むべからざるものあるに似たり。人間の一生は旅なり、然れども「生」といふ駅は「死」といふ駅に隣せるものにして、この小時間の旅によりて万事休する事能はざるなり。生の前は夢なり、生の後も亦た夢なり、吾人は生の前を知る能はず、又た死の後を知る能はず、然れども僅かに現在の「生」を覗ひ知ることを得るなり、現在の「生」は夢にして「生」の後が寤なるべきや否や、吾人は之をも知る能はず。

吾人が明らかに知り得る一事あり、其は他ならず、現在の「生」は有限なること是れなり、然れども其の有限なるは人間の精神《スピリット》にあらず、人間の物質なり。世界は意味なくして成立するものにあらず、必らず何事かの希望を蓄へて進みつゝあるなり、然らざれば凡ての文明も、凡ての化育も、虚偽のものなるべし。世界の希望は人間の希望なり、何をか人間の希望といふ、曰く、個の有限の中にありて彼の無限の目的に応はせんこと是なり。有限は囲環の内にありて其中心に注ぎ、無限は方以外に自由なり、有限は引力によりて相結び、無限は自在を以て孤立することを得るなり、而して人間は実に有限と無限との中間に彷徨するもの、肉によりては限られ、霊に於ては放たるゝ者にして、人間に善悪正邪あるは畢竟するに内界に於て有限と無限との戦争あればなり、帰一《ユニチー》を求むるものは物質なり、調和を需むるものは物質なり、而して精神に至りては始めより自由なるものなり、始めより独存するものなり。

人間は活動す、而して活動なるものは「我」を繞りて歩むものにして、「我」を離るゝ時は万籟静止するものなり、自己の「我」は生存を競ふものなり、法の「我」は真理に趣くものなり、然れども人間の種族は生存を競ふの外に活動を起すこと稀なり、愛国若くは犠牲等の高尚なる名の下にも、究極するところ生存を競ふの意味あり、人は何事をか求むるものなり、人は必らず情を離れざるものなり、人は自己を愛するものなり、倫理道徳を守る前に人間は必らず自己の意欲に僕婢たるものなり、斯の如く意の世界に於て人間は禁囚せられたる位地に立つものなり。

人生は斯の如く多恨なり、多方なり、然れども世界と共に存在し、世界と共に進歩する思想なるものは、羅針盤なくして航行するものにあらずと見えたり。吾人は夢を疑ふ、然れども夢なるもの全く人間を離れたるものにあらず、吾人は想像力を訝る、然れども想像力なるもの全く虚妄なるものにあらず、吾人は理想を怪しむ、然れども理想なるもの全く人間と関係なきものにあらず、夢や、想像力や、理想や、是れ等のものはスフヒンクスに属する妖術の種類にあらずして、何事をか吾人に教へ、何物をか吾人に黙示し、吾人をして水上の浮萍《うきくさ》の如く浪のまに〳〵漂流するものにあらざるを示すに似たり。且つ吾人は自ら顧みて己れを観る時に、何の希望もなく、何の目的もなく、在来の倫理に唯諾し、在来の道徳を墨守し、何事かの事業にはまりて一生を竟るを以て、自ら甘んずること能はざるものあるに似たり。怪しむべきは此事なり。

倫理道徳は人間を羈縛する墨縄に過ぎざるか。真人至人の高大なる事業は、境遇と周辺と場所とによりて生ずるに止まるか。人間の窮通消長は、機会《チャンス》なるもの、横行に一任するものなるか。吾人は諾する能はず。別に精神なるものあり、人間の覚醒は即ち精神の覚醒にして、人間の睡眠は即ち精神の睡眠なり、倫理道徳は人間を盲目ならしむるものにあらずして、人間の精神に愬ふるものならずんばあらず、高大なる事業は境遇等によりて（絶対的に）生ずるものにあらずして、精神の霊動に基くものならざるべからず、人間の窮通は機会の独断すべきものにあらずして、精神の動静に因するものならざるべからず。精神は自ら存するものなり、精神は自ら知るものなり、精神は自ら動くものなり、然れども精神の自存、自知、自動は、人間の内にのみ限るべきにあらず。之と相照応するものは他界にあり、他界の精神は人間の精神を動かすことを得べし、然れども此は人間の精神の覚醒の度に応ずるものなるべし。かるが故に人間を記録する歴史は、精神の動静を記録するものならざるべからず、物質の変遷は精神に次ぎて来るものなるが故に、之を苟且《かりそめ》にすべしと云にはあらねど、真正の歴史の目的は、人間の精神を研究するにあるべし。人生実に無辺なり、然も意味なき無辺にあらず、畢竟するに精神の自由の為に砂漠を旅するものなり、希望爰に存し、進歩爰に萌すなり、之なくんば凡ての事皆な虚偽なり。

文学は人間と無限とを研究する一種の事業なり、事業としては然り、而して其起因するところは、現在の「生」に於て、人間が自らの満足を充さんとする欲望を塡ぐ為にあるべし。文学は快楽を人生に備ふるものなり、文学は保全を人生に補ふものなり。

然れども歴史上にて文学を研究するには、そを人生の鏡とし、そを人生の欲望と満足の像影として見ざるべからず。人生は文学史の中に其骸骨を留むるものなり、その宗教も、その哲学も、文学史の中に散漫たる形にて残るもの也、その欲望も、其満足も、文学史の上には蔽ふべからざる事実となるなり、而して吾人は、その欲望よりも、其満足よりも、其状態よりも、第一に人生の精神を知らざるべからず、吾人は観察なるもの丶甚だ重んずべきを認む、然れども状態《ステート》を観察するに先ちて、赤裸々の精神を視ざるべからず、認識せざるべからず、然かる後にその精神の活動を観察せざる可からず。

精神は終古一なり、然れども人生は有限なり、有限なるもの丶中にありて無限なるもの丶趣きを変ゆ。東洋の最大不幸は、始めより今に至るまで精神の自由を知らざりし事なり。然れども此は東洋の政治的組織の上に言ふのみ、其宗教の上に於ては大なる差別あり。始めより全く精神の自由を知らず、且つ求めざるの国は必らず退歩すべきの国なり、必らず歴史の外に消ゆべきの国なり。政治と懸絶したる宗教に向つて精神の自由を求むるは、国民が政治を離るゝの徴なり。宗教にして若し政治と相渉ることなくんば、其邦の思想は必らず一方には極端なる虚想派を起し、一方には極端なる実際派を起さゞるべからず。吾人は他日、日本文学と国躰との関係を言ふ時に於て、此事を評論すべし、今は唯だ、日本の政治的組織は、一人の自由を許すと雖、衆人の自由を認めず、而して日本の宗教的組織は主観的に精神の自由を許すと雖、社界とは関係なき人生に於て此自由を享有するを得るのみにして、公共の自由なるものは、此上に成立することなかりしといふ事を断り置くのみ。

爰に於て、吾人は読者を促がして前号の題目に反らんことを請ふの要あり、人間は精神を以て生命の原素とするものなり、然れども人間生活の需要は慰藉と保全とに過ぐるなし、文学も其直接の目的は此二者を外にすること能はず。文学の種類は多々ありとも、この、直接の目的に外れたるものは文学にあらざるなり、而して何をか尤もこの目的に適ひたるものとすべきかは、此本題の外にあり。

徳川時代文学の真相は、其時代を論ずるに当りて詳かに研究すべし、然れども余は既に逆路より余の研究を始めたり、極めて粗雑に明治文学の大躰を知らんこと、余が今日の題目なり。父を知らずして能く児を知るは稀なり。之を以て余は今日に於て、甚だ乱雑なる研究法を以て、徳川文学が明治文学に伝へたる性質の一二を観察せんと欲す。

文学の最初は自然の発生なり、人に声あり、人に目あると同時に、文学は発生すべきものなり、然れども其発達は、人生の機運に伴ふが故に長育するものなり、能く人生を楽ましめ、能く人生に功あるものは、人間に連れて進歩すべき文学なり。之を以て一国民の文学は其時代を出ること能はざるなり、時代の精神は文学を蔽ふものなり、人は周囲によりて生活す、其声も、其目も、周囲を離るゝことは断じて之なしと云ふも不可なかるべし。

徳川氏の前には文学は仏門の手に属したり、而して仏門の人間を離れたりしは、当時の文学の人間を離れたる大原因となりて居たりき。徳川氏の覇業を建つるや、恰も漢土に於て儒教哲学の勃興せし時の事とて、文学の権を僧侶の手より奪ひ取ると同時に、儒教の趣味を満潮の如く注ぎ込みたり。然るに徳川氏の覇業は、性質の革命にあらずして形躰の革命に止まりしが故に、従つて起りたる文学の革命も、僧侶の手より儒者の手に渡りたるのみにして、其性質に於ては依然として国民の一半に充つべきものにてありたり、疑もなく文学は此時代に於て復興したり、然も其復興は仏と儒との入れ代りに過ぎずして、要するに高等民種に応用さすべきものたるに過ぎざりし。之に加ふるに徳川氏は文学を其政治の補益となすことに潜心したるが故に、儒教も亦た一種の徳川的儒教と化し了し、風化を補ひ世道を益し、徳川氏の時代に適ふべきものにあらざれば、文学として世に尚ばるべからざるが如き観をなせり。これ即ち徳川氏の時代にありて、高等民種（武士）の文学は甚だ倫理の圏囲に縛せられて、其範囲内に生長したる主因なり。

然れども倫理といふ実用を以て、文学の命運を縮むるは精神の許さゞるところなり。爰に於て俳諧の頓《には》かに、成熟するあり、更に又た戯曲小説等の発生するあり。戦乱罷んで泰平の来る時、文運は必らず暢達すべき理由あり、然れども其理由を外にして徳川時代の初期を視る時は、一方に於て実用の文学大に奨励せらるゝ間に、他方に於ては単に快楽の目的に応じたる文学の勃として興起したるを視るべし。武士は倫理に捕はれたり、而して平民は自由の意志《ウイル》に誘はれて、放縦なる文学を形成せり。爰に至りて平民的思想なるもの、始めて文学といふ明鏡の上に照り出づるものあり、これ日本文学史に特書すべき文学上の大革命なるべし。

吾人は此処に於て平民的思想の変遷を詳論せず、唯だ読者の記憶を請はんとすることは、斯の如く発達し来りたる平民的思想は、人間の精神が自由を追求する一表象にして、その帰着する処は、倫理と言はず、放縦と言はず、実用と言はず、快楽と言はず、最後の目的なる精神の自由を望んで馳せ出でたる最始の思想の自由にして、遂に思想界の大革命を起すに至らざれば止まざるなり。

維新の革命は政治の現象界に於て旧習を打破したること、万目の公認するところなり。然れども吾人は寧ろ思想の内界に於て、遥かに偉大なる大革命を成し遂げたるもののなることを信ぜんと欲す。武士と平民とを一団の国民となしたるもの、実に此革命なり、長く東洋の社界組織に附帯せし階級の縄を切りたる者、此革命なり。而して思想の歴史を攻究する順序より言はゞ、吾人は、この大革命を以て単に政治上の活動より生じたるものと認むる能はず、自然の理法は最大の勢力なり、平民は自ら生長して思想上に於ては、最早旧組織の下に黙従することを得ざる程に進みてありたり、明治の革命は武士の剣槍にて成りたるが如く見ゆれども、其実は思想の自動多きに居りたるなり。

明治文学は斯の如き大革命に伴ひて起れり、其変化は著るし、其希望や大なり、精神の自由を欲求するは人性の大法にして、最後に到着すべきところは、各個人の自由にあるのみ、政治上の組織に於ては、今日未だ此目的の半を得たるのみ、然れども思想界には制抑なし、之より日本人民の往かんと欲する希望いづれにかある、愚なるかな、今日に於て旧組織の遺物なる忠君愛国などの岐路に迷ふ学者、請ふ刮目して百年の後を見ん。

第三回　変遷の時代

明治文学
管見之三

残燈もろくも消えて徳川氏の幕政空しく三百年の業を遺し、天皇親政の曙光漸く升《のぼ》りて、大勢頓かに一変し、事々物々其相を改めざるはなし。加ふるに物質的文明の輸入堤を決するが如く、上は政治の機関より、下万民の生活の状態に至るまで、千枝万葉悉く其色を変へたり。

旧世界の預言者なる山陽、星巌、益軒、息軒等の巨人は、或は既に墳墓の中に眠り、或は時勢の狂濤に排されて、暁明星光薄く、而して、横井、佐久間、藤田、吉田等の改革的偉人も亦た相襲ぎて歴史の巻中に没し去り、長剣を横へて天下を跋渉せし昨日の浪人のみ時運の歓迎するところとなりて、政治の枢機を握り、既に大小の列藩を解綬し、続いて武士の帯刀を禁じ、士族と平民との名義上の区別は置けども、普天率土同一なる義務と同一なる権利とを享有し、均しく王化の下に沐浴すること、はなれり。

文学は泰平の賜物なり、戦乱の時代にありては文学は必らず、活動世界を離れたる場所に潜逸するものなり、足利氏の末世に於て即ち然り。然れども維新の戦乱は甚だ長からず、足利氏の末路に於て文学の庇護者たりし仏教は、此時に至りては既にその活力を失ひて、再び文学の庇護者たる名誉を荷ふ能はず。文学は却つて活動世界の従僕となりて、勤王家、慷慨家等の名士をして其政治上の事業に附帯せしむるに至りぬ。此処にて一言すべきことあり。吾人は文学なる者をして何時の時代に於ても、必らず政治と離隔せしめざるべからずと論ずるものにあらず。文学は時代の鏡なり、国民の精神の反響なり、故に天下の蒼生が朝夕を安ずること能はざる暁に当りて、超然身を脱して心を虚界に注ぐべしとするにあらず。畢竟するに詩文人は、其原素に於ては兵馬の人と異なるなきなり、之を詩人に形り、之を兵士に形るものは、時代のみ。国民は常に活動を欲するものなり、国民は常にその巨人を造るなり、国民は常にその巨人によつて其精神を吐くものなり、国民は常に其精神を吐きて、盛衰の運を迎ふるものなり、精神の枯るゝ時、巨人の隠るゝ時、活動の消ゆる時、国民は既に衰滅の徴を呈するものなり。之を以て、巨人は必らず国民の被造者にして、而して更に復た国民の造物者たらずんばあらず。国家事多ければ、必らず能く天下を理する人起るなり、国家徳乏しければ、必らず聖浄なる君子世に立つなり、国家安逸ならば、必らず彼の一国の公園とも云はるべき詩文の人起るなり、若し此事なくば国家は半ば死せるなり、人心は半ば眠りたるなり、希望全く無き有様に近きなり。読者よ誤解する勿れ、吾人は偏狭なる理論に頑守するものにあらず、吾人は国民をして、出来得る丈自由に其精神を発揮せしめんことを希望するものなり。宗教に哲学に、将た文学に、国民は常に其耳を傾けてあるなり、而して「時代」なる第二の造化翁は国民を率ゐて、その被造物なる巨人の説教を聞かしむるなり。

明治初期の思想は実に第二の混沌たりしなり。何が故に混沌といふ。看よ、従来の紀綱は全く弛みたりしにあらずや、看よ、天下の人心は、すべての旧世界の指導者を失ひて、就いて聴くべきものを有たざりしにあらずや、看よ、儒教道徳の大半は泰西の新空気に出会ひて、玉露のはかなく朝暉《てうき》に消ゆるが如くなりしにあらずや。然れども此混沌は原始の混沌の如くならず、速に他の組織を孕まんとする混沌なり、速に他の時代に入らんとする混沌なり。而して此混沌の中にありて、外には格別の異状を奏せざるも、内には明らかに二箇の大潮流が逆巻き上りて、一は東より、一は西より、必らず或処にて衝当るべき方向を指して進行しつゝあるを見るなり。

吾人をして、此相敵視せる二大潮流を観察せしめよ。

極めて解り易き名称にて之を言へば、其一は東洋思想なり、其二は西洋思想なり、然れども此二思想の内部精神を討《たづ》ぬれば、其一は公共的の自由を経験と学理とにより て確認し、且握取せる共和思想なり、而して其二は、長上者の個人的の自由のみを承認して、国家公共の独立自由を知らず、経験上にも学理上にも国家には中心となりて立つべきものあるを識れども、各個人の自己に各自の中心あることを認めざる族長制度的思想なり。

明治の革命は既に貴族と平民との堅壁を打破したり、政治上既に斯の如くなれば、国民内部の生命なる「思想」も亦た、迅速に政治革命の跡を追躡《つゐでふ》したり、此時に当つて横合より国民の思想を刺撃し、頭を挙げて前面を眺めしめたるものこそあれ、そを何ぞと云ふに、西洋思想に伴ひて来れる（寧ろ西洋思想を抱きて来れる）物質的文明、之なり。

福沢諭吉氏が「西洋事情」は、寒村僻地まで行き渡りたりと聞けり。然れども泰西の文物を説教するものは、泰西の機械用具の声にてありき、一般の驚異は自からに崇敬の念を起さしめたり、文武の官省は洋人を聘して改革の道を講じたり、留学生の多数は重く用ひられて一つの要路に登ること、なれり、而して政府は積年閉鎖の夢を破りて、外交の事漸く緒に就くに至れり、各国の商賈は各開港場に来りて珍奇実用の器物をひさげり、チヨンマゲは頑固といふ新熟語の愚弄するところとなれり、洋服は名誉ある官人の着用するところとなれり。天下を挙て物質的文明の輸入に狂奔せしめ、すべての主観的思想は、旧きは混沌の中に長夜の眠を貪り、新らしきは春草未だ萌え出るに及ばずして、モーゼなきイスラエル人は荒原の中にさすらひて、静に運命の一転するを俟てり。

斯の如き、変遷《トランジシヨン》の時代にありては、国民の多数はすべての預言者に聴かざるなり、而して思想の世界に於ける大小の預言者も亦た、国民を動かすに足るべき主義の上に立つこと能はざるなり。之を以て思想界に、若し勢力の尤も大なるものあらば、其は国民に向つて極めて平易なる教理を説く預言者なるべし。再言すれば敢て国民を率ゐて或処にまで達せんとする的の預言者は、斯かる時代に希ふ可からず。巧に国民の趨向に投じ、詳かに其の傾くところに従ひ、或意味より言はゞ国民の機嫌を取ることを主眼とする的の思想家より多くを得る能はず。爰に於て吾人は小説戯文界に於て、仮名垣魯文翁の姓名を没する能はず。更に高品なる戯文家としては成島柳北翁を推さゞるべからず。蓋し魯文翁の如きは徳川時代の戯作者の後を襲ぎて、而して此の混沌時代にありて放縦を極めたるものゝみ。柳北翁に至つては純乎たる混沌時代の産物にして、天下の道義を嘲弄し、世道人心を抛擲して、うろたへたる風流に身をもちくづしたるものなり。吾人は敢て魯文柳北二翁を詰責するものにあらず、唯だ斯かる混沌時代にありて、指揮者をもたざる国民の思想に投合すべきものは、悲しくも斯る種類の文学たることを明言するのみ。

眼を一方に転ずれば、彼三田翁が着々として思想界に於ける領地を拡げ行くを見るなり。文人としての彼は孳々《しゝ》として物質的知識の進達を助けたり、彼は泰西の文物に心酔したるものにあらずとするも、泰西の外観的文明を確かに伝道すべきものと信じたりしと覚ゆ。教師としての彼は実用経済の道を開きて、人材の泉源を造り、社会各般の機務に応ずべき用意を厳にせり。故に泰西文明の思想界に於ける密雲は一たび彼の上に簇まりて、而して後八方に散じたり。彼は実に平民に対する預言者の張本人なり。前号にも言ひし如く、維新の革命は前古未曾有の革命にして、精神の自由を公共的に振分けんとする革命にてあれば、此際に於て尤も多く時代に需めらるべきは、此目的に適ひたるものなるが故に、其第一着として三田翁は皇天の召に応じたるものなり。然れども吾人を以て福沢翁を崇拝するものと誤解すること勿れ、吾人は公平に歴史を研究せんとするものなり、感情は吾人の此場合に於て友とするものにあらず。吾人は福沢翁を以て、明治に於て始めて平民間に伝道したる預言者なりと認む、彼を以て完全なる預言者なりと言ふにはあらず。

福沢翁には吾人、「純然たる時代の驕児」なる名称を呈するを憚らず。彼は旧世界に生れながら、徹頭徹尾、旧世界を抛げたる人なり。彼は新世界に於て拡大なる領地を有すると雖、その指の一本すらも旧世界の中に置かざりしなり。彼は平穏なる大改革家なり、然れども彼の改革は寧ろ外部の改革にして、国民の理想を嚮導したるものにあらず。此時に当つて福沢氏と相対して、一方の思想界を占領したるものを、敬宇先生とす。

敬宇先生は改革家にあらず、適用家なり。静和なる保守家にして、然も泰西の文物を注入するに力を効せし人なり。彼の中には東西の文明が狭き意味に於て相調和しつゝあるなり。彼は儒教道教を其の末路に救ひたると共に、一方に於ては泰西の化育を適用したり。彼は其の儒教的支那思想を以てスマイルスの「自助論」を崇敬したり。彼に於ては正直なる採択あり、熱心なる事業はなし、温和なる崇敬はあり、執着なる崇拝はなし。彼をして明治の革命の迷児とならしめざるものは此適用、此採択、此崇敬あればなり。多数の漢学思想を主意とする学者の中に挺立して、能く革命の気運に馴致し、明治の思想の建設に与つて大功ありしものは、実に斯る特性あればなり。改革家として敬宇先生は無論偉大なる人物にあらざるも、保守家としての敬宇先生は、少くも思想界の一偉人なり。旧世界と新世界とは、彼の中にありて、稀有なる調和を保つことを得たり。

福沢翁と敬宇先生とは新旧二大潮流の尤も視易き標本なり、吾人は極めて疎略なる評論を以て此二偉人を去らんとす。爰に至つて吾人は眼を転じて、政治界の変遷を観察せざるべからず。

第四回　政治上の変遷

明治文学
管見之四

族長制度の真相は蛛網なり。その中心に於て、その制度に適する、すべての精神を蒐むるなり。而して数百数千の細流は其中心より出で、金環を周綴し、而して又た再び其の金環より中心に帰注するものなり。

斯の如き真相は吾人、之を我が封建制度の上にも同じく認むるなり。欧洲各国の歴史が一度経過したる封建制度と我が封建制度との根本の相違は、蓋し此点に於て存するなり。然れども尤も多く族長制度的封建を完成したるは、之を徳川氏に見るのみ。足利氏は終始事多くして、制度としては何の見るべきところもなし、北条氏は実権は之を保有せしにせよ、其状態は恰も番頭の主家を摂理するが如くなりしなり。源家に至りては極めて規模なく、極めて経綸なきものにして、藤原氏の如きは暫らく主家を横領したる手代のみ。藤原氏の時代には政権の一部分は猶皇室に属したり。源氏北条氏の時代に於ては、政権は既に大方武門に帰したりと雖、なほ文学宗教等は王室の周辺にあつまれり。降つて徳川氏に至りては、雄大なる規模を以て、政治をも、宗教をも、文学をも、悉くその統一権の下に集めたり。徳川氏は封建制度を完成したり、その「完成」とは即ち悉皆日本社会に当篏めたるものにして、再言すれば日本種族の精神が其制度に於て「満足」を見出すほどに完備したるなり。

徳川氏は封建としては、斯の如く完備したる制度を建設したり。故に徳川氏の衰亡は、即ち封建制度の衰亡ならざるべからず。日本民権は、徳川氏に於て、すべての封建制度の経験を積みたり、而して徳川氏の失敗に於て、すべての封建政府の失敗を見たり、天皇御親政は即ち其の結果なり。

徳川氏の失敗は封建制度の墜落となれり。明治の革命は二側面を有す、其一は御親政にして、其二は聯合躰の治者是なり。更に細説すれば、一方に於ては、武将の統御に打勝ちたる王室の権力あり。他方に於ては、一団躰の統治乱れて聯合したる勢力の勝利あり。征服者として天下を治めたる武断的政府は徳川氏を以て終りを告げ、広き意味に於て国民の輿論の第一の勝利を見たり。而して之を促がしたるものは外交問題なりしことを忘るべからず。

凡そ外交問題ほど国民の元気を煥発するものはあらざる也。之なければ放縦懶惰安逸虚礼等に流れて、覚束なき運命に陥るものなり。徳川氏の天下に臨むや、法制厳密にして注意極めて精到、之を以て三百年の政権は殆王室の尊厳をさへ奪はんとするばかりなりし、然るに彼の如くもろく仆れたるものは、好し腐敗の大に中に生じたるものあるにもせよ、吾人は主として之を外交の事に帰せざるを得ず。而して外交の事に就きても、盖し国民の元気の之に対して悖として興起したることを以て、徳川氏の根蔕を抜きたる第一因とせざるべからず。

　国民の精神は外交の事によつて覚醒したり。其結果として尊王攘夷論を天下に瀰漫せしめたり、多数の浪人をして孤剣三尺東西に漂遊せしめたり。幕府衰亡の顚末は、桜痴居士の精細なる叙事にて其実況を知悉するに足れり。吾人は之を詳論するの暇なし、唯だ吾人が読者に確かめ置きたき事は、斯の如く覚醒したる国民の精神は、啻《たゞ》に徳川氏を仆したるのみならず、従来の組織を砕折し、従来の制度を撃破し尽くすにあらざれば、満足すること能はざること之なり。

　明治政府は国民の精神の相手として立てり。国民の精神は明治政府に於て其の満足を遂げたり、爰に至つて外交の問題も一ト先づ其の局を結びたり、明治六七年迄は聯合したる勢力の結托鞏固にして、専ら破壊的の事業に力を注ぎたり、然れども明治政府の最初の聯合躰は、寧ろ破壊的の聯合組織にして、破壊すべき目的の狭まくなりゆくと共に、建設すべき事業に於て、相撞着するところなき能はず。爰に於て征韓論の大破綻あり、佐賀の変、十年の役等は盖し其の結果なるべし。之よりして政府部内にあるすべての競争は、聯合躰より単一躰に趣かんとする傾向に基けり、凡ての専制政躰に於て此事あり、吾人は独り明治政府を怪しまざるなり。

吾人の眼球を一転して、吾国の歴史に於て空前絶後なる一主義の萌芽を観察せしめよ。

即ち民権といふ名を以て起りたる個人的精神、是なり。この精神を尋ぬる時は、吾人奇くも其発源を革命の主因たりし精神の発動に帰せざるべからざる数多の理由を見出すなり。渠は革命の成功と共に、一たびは沈静したり、然れども此は沈静にあらずして潜伏なりき。革命の成るまでは、皇室に対し国家に対して起りたる精神の動作なりき。既に此目的を達したる後は、如何なる形にて、其動作をあらはすべきや。

国民は既に政治上に於ては、旧制を打破して、万民倶に国民たるの権利と義務を担へり。この「権利」と「義務」は、自からに発達し来れり、権義の発達は即ち個人的精神の発達なり。材能あるものは登用して政府の機務を処理すること丶なれり。而して材能なきものと雖も、一村一邑に独立したる権義の舞台となりて、個人的の自由を享有するものとなれり。富の勢力は纔《には》かに上騰したり。アビリチーの栄光漸くあらはれ来れり。必要は政府を促がして、法律の輸入をなさしめたり。之を要するに個人的精神は長大足の進歩を以て、狭き意味に於ける国家的の精神の領地を掠め去れり。国民の自由を保護すべき武器として、言論集会出版等の勢力漸くにして世に顕はれたり。政府未だ如何にして是等の新傾向に当るべきかを知らざりしなり。明治政府はひたすら聯合より単一に趣かんことに意を鋭くしたり。十年の役は聊か其目的を達したりと雖、なほ各種の異分子の相疾悪するもの政府部内に蟠拠するあれば、表面は堅固なる組織の如くなれど、其実極めて不安心なる国躰なりと云はざるを得ず。

内部生命論

人間は到底枯燥したるものにあらず。宇宙は到底無味の者にあらず。一輪の花も詳に之を察すれば、万古の思あるべし。造化は常久不変なれども、之に対する人間の心は千々に異なるなり。

造化は不変なり、然れども之に対する人間の心の異なるに因つて、造化も亦た其趣を変ゆるなり。仏教的厭世詩家の観たる造化は、悉く無常的厭世的なり。基督教的楽天詩家の観たる造化は、悉く有望的楽天的なり、彼を非とし、此を是とするは余が今日の題目にあらず。夫れ斯の如く変化なき造化を、斯の如く変化ある者とするもの、果して人間の心なりとせば、吾人豈人間の心を研究することを苟且にして可ならんや。

造化《ネーチユア》は人間を支配す、然れども人間も亦た造化を支配す、人間の中に存する自由の精神は造化に黙従するを肯ぜざるなり。造化の権《ちから》は大なり、然れども人間の自由も亦た大なり。人間豈に造化に帰合するのみを以て満足することを得べけんや。然れども造化も亦た宇宙の精神の一発表なり、神の形の象顕なり、その中に至大至粋の美を籠むることあるは疑ふべからざる事実なり、之に対して人間の心が自からに畏敬の念を発し、自からに精神的の経験を生ずるは、豈不当なることならんや、此場合に於て、吾人と雖、聊か万有的趣味を持たざるにあらず。

人間果して生命を持てる者なりや、生命といふは、この五十年の人生を指して言ふにあらざるなり、謂ふ所の生命の泉源なるものは、果して吾人々類の享有する者なりや。この疑問は人の常に思ひ至るところにして、而して人の常に軽んずる所なり、五十年の事を経綸するは、到底五十年の事を経綸せざるに若かざるなり、明日あるを知らずして今日の事を計るは、到底真に今日の事を計るものにあらざるなり、五十年の人生の為に五十年の計を為すは、如何に其計の大に、密に、妙に、精にあるとも、到底其計なきに若かざるなり。二十五年を労作に費し、他の二十五年を逸楽に費やすとせば、極めて面白き方寸なるべし、人間の多数は斯の如き夢を見て、消光するなり、然れども実際世界は決して斯の如き夢想を容るゝの余地を備へず。我が心われに告ぐるに、五十年の人生の外はすべて夢なりといふを以てせば、我は寧ろ勤労を廃し、事業を廃し、逸楽晏眠を以て残生を送るべきのみ。

吾人は人間に生命ある事を信ずる者なり。今日の思想界は仏教思想と耶教思想との間に於ける競争なりと云ふより、寧ろ生命思想と不生命思想との戦争なりと云ふを可とす。吾人が思想界に向つて微力を献ぜんと欲することは、耶蘇教の用語を以て仏教の用語を奪はんとするにあらず、耶蘇教の文明（外部の）を以て仏教の文明を仆さんとするにあらず、耶蘇教の智識を以て仏教の智識を破らんとするにあらず、吾人は生命思想を以て不生命思想を滅せんとするものなり、彼の用語の如き、彼の文明の如き、彼の学芸の如き、是等外部の物は、自然の淘汰を以て自然の進化を経べきなり、吾人の関する所爰にあらず、生命と不生命、之れ即ち東西思想の大衝突なり。

つら〳〵明治世界の思想界に於て、新領地を開拓したる耶教一派の先輩の事業の跡を尋ぬるに、宗教上の言葉にて、謂ふ所の生命の木なるものを人間の心の中に植ゑ付けたる外に、彼等は何の事業をか成さんや。洋服を着用し、高帽子を冠ることは思想界の人を労せずして、自然に之を為すなり。外部の文明を補益することは、何ぞ思想界の達士を煩はすことを要せんや。外部の文明は内部の文明の反影なり、而して東西二大文明の要素は、生命を教ふるの宗教あると、生命を教ふる宗教なきとの差異あるのみ。優勝劣敗に由つて起るところ、茲に存せずんばあらざるなり。平民的道徳の率先者も、社会改良の先覚者も、政治的自由の唱道者も、誰か斯民に生命を教ふる者ならざらんや、誰れか斯民に明日あるを知らしむる者にあらざらんや、誰か斯民に数々《さく〳〵》感々《せき〳〵》として今日にのみ之れ控捉せらるゝを警醒するものにあらざらんや。宗教としての宗教、彼れ何物ぞや、哲学としての哲学、彼れ何物ぞや、宗教を説かざるも生命を説かば、既に立派なる宗教にあらずや、哲学を談ぜざるも生命を談ぜば、既に立派なる哲学にあらずや。生命を知らずして信仰を知る者ありや、信仰を知らずして道徳を知る者ありや、生命を教ふるの外に、道徳なるもの、泉源ありや、凡そ生命を教ふる者は、既に功利派にあらざるなり、凡そ生命を伝ふる者は、既に曖昧派にあらざるなり、凡そ生命を知るものは、既に高蹈派にあらざるなり、危言流行の今日、世人自から惑ふこと勿らんことを願ふなり。

吾人をして去て文芸上に於ける生命の動機を論ぜしめよ。文芸は宗教若くは哲学の如く正面より生命を説くを要せざるなり、又た能はざるなり。文芸は思想と美術とを抱合したる者にして、思想ありとも美術なくんば既に文芸にあらず、美術ありとも思想なくんば既に文芸にあらず、華文妙辞のみにては文芸の上乗に達し難く、左りとて思想のみにては決して文芸といふこと能はざるなり、此点に於て吾人は非文学党の非文学見に同意すること能はず。先覚者は知らず、末派のポジチビズムに於て、文学をポジチーブの事業とするの余りに清教徒の誤謬を繰返さんとするに至らんことを恐るゝなり。

戯文世界の文学は、価値ある思想を含有せし者にあらざること、吾人と雖、之を視ざるにあらず、然れども戯文は戯文なり、何ぞ特更《ことさら》に之を以て今の文学を責むるの要あらんや。吾人を以て之を見れば、過去の戯文が、華文妙辞にのみ失したるは、華文妙辞の罪にあらずして、文学の中に生命を説くの途を備へざりしが故なり、請ふ、少しく徳川氏の美文学に就きて、之を言はしめよ。

すべての倫理道徳は必らず、多少、人間の生命に関係ある者なり。人間の生命に関係多きものは人間を益する事多き者にして、人間の生命に関係少なき者は、人間を益する事少なき者なり。徳川氏の時代にあつて、最も人間の生命に近かりしものは儒教道徳なりしことは、何人も之を疑はざるべし。然れども儒教道徳は実際的道徳にして、未だ以て全く人間の生命を教へ尽したるものとは言ふべからず。繁雑なる礼法を設け、種々なる儀式を備ふるも、到底 Formality に陥るを免かれざりしなり、到底貴族的に流るゝを免かれざりしなり、之を要するに其の教ふる処が、人間の根本の生命の絃に触れざりければなり。其時代に於ける所謂美文学なるものを観察するに至りては、吾人更に其の甚しきを見る、人間の生命の根本を愚弄すること彼等の如くなるは、吾人の常に痛惜する処なり。彼等は儀式的に流れたる、儒教道徳をさへ備へたるもの稀なり。彼等の多くは、卑下なる人情の写実家なり。人間の生命なるものは彼等に於ては、諧謔を逞ふすべき目的物たるに過ぎざりしなり、彼等は愛情を描けり、然れども彼等は愛情を尽さゞりしなり、彼等の筆に上りたる愛情は肉情的愛情のみなりしなり、肉情よりして恋愛に入るより外には、愛情を説くの道なかりしなり、プラトーの愛情も、ダンテの愛情も、バイロンの愛情も、彼等には夢想だもすること能はざりしなり。彼等は忠孝を説けり、然れども彼等の忠孝は、寧ろ忠孝の教理あるが故に忠孝あるを説きしのみ、今日の僻論家が勅語あるが故に忠孝を説かんとすると大差なきなり、彼等は人間の根本の生命よりして忠孝を説くこと能はざりしなり。彼等は節義を説けり、善悪を説けり、然れども彼等の節義も、彼等の善悪も、寧ろ人形を幷べたるものにして、人間の根本の生命の絃に触れたる者にあらざるなり。謂ふ所の勧善懲悪なるものも、斯る者が善なり、斯るものが悪なりと定めて、之に対する勧懲を加へんとしたる者にして、未だ以て真正の勧懲なりと云ふ可からず。真正の勧懲は心の経験の上に立たざるべからず、即ち内部の生命《インナーライフ》の上に立たざるべからず、故に内部の生命を認めざる勧懲主義は、到底真正の勧懲なりと云ふべからざるなり。彼等は世道人心を説けり、為すあるが為めに文を草すべきを説けり、世を益するが為めに文を草すべきを説けり、然れども彼等の世道人心主義も、到底偏狭なるポジチビズムの誤謬を免かれざりしなり、未だ根本の生命を知らずして、世道人心を益するの正鵠を得るものあらず。要するに彼等の誤謬は、人間の根本の生命を認めざりしに因するものなり、読者よ、吾人が五十年の人生に重きを置かずして、人間の根本の生命を尋ぬるを責むる勿れ、読者よ、吾人が眼に見うる的の事業に心を注がずして、人間の根本の生命を暗索するものを重んぜんとするを責むる勿れ、読者よ、吾人の中に或は唯心的に傾き、或は万有的に傾むくものあるを責むる勿れ、吾人は人間の根本の生命に重きを置かんとするものなり、而して吾人が不肖を顧みずして、明治文学に微力を献ぜんとするは、此範囲の中にあることを記憶せられよ。

明治の思想は大革命を経ざるべからず、貴族的思想を打破して、平民的思想を創興せざるべからず。吾人が敬愛する先輩思想家にして既に大に此般の事業に鉄腕を振ひたるものあり、吾人が若少の身分を以て是より進まんとするもの、豈に彼等の既に進みたる途に外れんや、吾人豈に人情以外に出でゝベベルの高塔を築かんとする者ならんや、若し夫れ人間の根本の生命を尋ねて、或は平民的道徳を教へ、或は社会的改良を図る者をしも、ベベルの高塔を砂丘に築くものなりと言ふを得ば、吾人も亦たベベルの高塔を築かんとする人足の一人たるを甘んぜんのみ。

文芸は論議にあらざること、幾度言ふとも同じ事なり。論議の範囲に於て、根本の生命を伝へんとするは、論議の筆を握れる者の任なり、文芸（純文学と言ふも宜し）の範囲に於て、根本の生命を伝へんとするは、文芸に従事するものゝ任なり。純文学は論議をせず、故に純文学なるもの無し、と言はゞ誰か其の極端なるを笑はざらんや。論議の範囲に於て、善悪を説くは、正面に之を談ずるなり。文芸の範囲に於て善悪を説くは、裡面より之を談ずるなり。

人性に上下なく、人情に古今なし、とは「観察論」の著者の名言なり。実にや詩人哲学者の言ふところは、人情が自ら筆を執つて万人の心に描きたるものに外ならざるなり。善と言ひ、悪と言ふも元より道徳学上の製作物にあらざること明らかなり。究竟するに善悪正邪の区別は人間の内部の生命を離れて立つこと能はず、内部の自覚と言ひ、内部の経験と言ひ、一々其名を異にすと雖、要するに根本の生命を指して言ふに外ならざるなり。詩人哲学者の高上なる事業は、実に此の内部の生命を語《セイ》るより外に、出づること能はざるなり。内部の生命は千古一様にして、神の外は之を動かすこと能はざるなり、詩人哲学者の為すところ豈に神の業を奪ふものならんや、彼等は内部の生命を観察する者にあらずして何ぞや（国民之友「観察論」参照）、然れども彼等が内部の生命を観察するは、沈静不動なる内部の生命を観るにあらざるなり、内部の生命の百般の表顕を観るの外に彼等が観るべき事は之なきなり、即ち人性人情のVarious Manifestationsを観るの外には、観るべき事は之なきなり。観は何処までも観なり、然れども此の場合に於ては観の中に知の意味あるなり、即ち、観の終は知に落つるなり、而して観の始も亦た知に出るなり、人間の内部の生命を観ずるは、其の百般の表顕を観ずる所以にして、霊知霊覚と観察との相離れざるは、之を以てなり。霊知霊覚なきの観察が真正の観察にあらざること、之を以てなり。

夫れヒユーマニチー（人性、人情）とは、人間の特有性の義なり。詩人哲学者は無論ヒユーマニチーの観察者ならずんばあらず、然れども吾人は恐る、民友子の「観察論」の読者には、或は詩人哲学者を以て単に人性人情の観察者なりと、誤解する者あらんことを。民友子の「観察論」を読みたる人は必らず又た民友子の「インスピレーシヨン」を読まざるべからず。然らずんば吾人民友子に対する誤解の生ぜんことを危ぶむなり。詩人哲学者は到底人間の内部の生命を解釈《ソルヴ》するものたるに外ならざるなり、而して人間の内部の生命なるものは、吾人之れを如何に考ふるとも、人間の自造的のものならざることを信ぜずんばあらざるなり、人間のヒユーマニチー即ち人性人情なるものが、他の動物の固有性と異なる所以の源は、即ち爰に存するものなるを信ぜずんばあらざるなり。生命！　此語の中にいかばかり深奥なる意味を含むよ。宗教の泉源は爰にあり、之なくして教あるはなし、之なくして道あるはなし。之なくして法あるはなし。真理！　世上所謂真理なるもの、果して何事をか意味する。ソクラテスも霊魂不朽を説かざれば、一個の功利論家を出る能はざるなり、孔子も道は邇《ちか》きにありと説かざれば、一個の藪医者たるに過ぎざりしなり。道は邇きにありと言ひたるもの、即ち、人間の秘奥の心宮を認めたるものなり。霊魂不朽を説きたるもの、即ち生命の泉源は人間の自造的にあらざるを認めたるものなり。内部の生命あらずして、天下豈、人性人情たる者あらんや。インスピレーシヨンを信ずるものにあらずして、真正の人性人情を知るものあらんや。五十年の人生を以て人性人情を解釈すべき唯一の舞台とする論者の誤謬は、多言を須《もち》ひずして明白なるべし。

　文芸上にて之を論ずれば、所謂写実派なるものは、客観的に内部の生命を観察すべきものなり。客観的に内部の生命の百般の顕象を観察する者なり。此目的の外に嘉賛すべき写実派の目的はあらざるなり。世道人心を益するといふ一派の写実論も、此目的を外れたらば何等の功益もあらざるなり。勧善懲悪を目的とする写実派も、此目的を外れたらば何の勧懲もあらざるなり。為すあるが為と言ひ、世を益するが為と言ふも、真正に此の目的に適はするより外なきなり。所謂理想派なるものは、主観的に内部の生命を観察すべきものなり。主観的に内部の生命の百般の顕象を観察すべき者なり。いかに高大なる極致を唱ふるとも、いかに美妙なる理想を歌ふとも、この目的の外に理想派の嘉賛すべき目的はあらざるなり。

理想とは何ぞや。理想派とは何ぞや。吾人は此小論文に於て、理想とは何ぞやを説かざるべし。然れども爰に一言せざるべからざることは、文芸の上にて言ふところのアイデアなる者は、形而上学に於て言ふところのアイデアとは、名を同うして物を異にする者なること之なり。形而上学にてアイデアリスト（唯心論者）といふものは、文芸上にてアイデアリスト（理想家）といふところの物とは全く別物なり。

文芸上にて理想派と謂ふところのものは、人間の内部の生命を観察するの途に於て、極致を事実《リアリチー》の上に具躰の形となすものなり。絶対的にアイデアなるものを研究するは形而上学の唯心論なれども、そのアイデアを事実《リアリチー》の上に加ふるものは文芸上の理想派なり。ゆゑに文芸上にては殆どアイデアと称すべきものはあらざるなり、其の之あるは、理想家が暫らく人生と人生の事実的顕象を離れて、何物にか冥契する時に於てあるなり、然れども其は瞬間の冥契なり、若しこの瞬間にして連続したる瞬間ならしめば、詩人は既に詩人たらざるなり。必らず組織的学問を以て研究する哲学者になるなり。詩人豈に斯の如き者ならんや。

瞬間の冥契とは何ぞ、インスピレーシヨン是なり、この瞬間の冥契ある者をインスパイアドされたる詩人とは云ふなり、而して吾人は、真正なる理想家なる者はこのインスパイアドされたる詩人の外には、之なきを信ぜんとする者なり。インスピレーシヨンを知らざる理想家もあらん、宗教の何たるを確認せざる理想家もあらん、然れども吾人は各種の理想家の中に就きて、斯の如きインスピレーシヨンを受けたる者を以て最醇最粋のものと信ぜんとするなり。インスピレーシヨンとは何ぞ、必らずしも宗教上の意味にて之を言ふにあらざるなり、一の宗教（組織として）あらざるもインスピレーシヨンは之あるなり。一の哲学なきもインスピレーシヨンは之あるなり、畢竟するにインスピレーシヨンとは宇宙の精神即ち神なるものよりして、人間の精神即ち内部の生命なるものに対する一種の感応に過ぎざるなり、吾人の之を感ずるは、電気の感応を感ずるが如きなり、斯の感応あらずして、曷《な》んぞ純聖なる理想家あらんや。

この感応は人間の内部の生命を再造する者なり、この感応は人間の内部の経験と内部の自覚とを再造する者なり。この感応によりて瞬時の間、人間の眼光はセンシユアル・ウオルドを離るゝなり、吾人が肉を離れ、実を忘れ、と言ひたるもの之に外ならざるなり、然れども夜遊病患者の如く「我」を忘れて立出るものにあらざるなり、何処までも生命の眼を以て、超自然のものを観るなり。再造せられたる生命の眼を以て。

再造せられたる生命の眼を以て観る時に、造化万物何れか極致なきものあらんや。然れども其極致は絶対的のアイデアにあらざるなり、何物にか具躰的の形を顕はしたるもの即ち其極致なり、万有的眼光には万有の中に其極致を見るなり、心理的眼光には人心の上に其極致を見るなり。

国民と思想

(1)　思想上の三勢力

一国民の心性上の活動を支配する者三あり、曰く過去の勢力、曰く創造的勢力、曰く交通の勢力。

今日の我国民が思想上に於ける地位を詳らかにせんとせば、少なくとも右の三勢力に訴へ、而して後明らかに、其関係を察せざる可からず。

「過去」は無言なれども、能く「現在」の上に号令の権を握れり。歴史は意味なきペーヂの堆積にあらず、幾百世の国民は其が上に心血を印して去れり、骨は朽つべし、肉は爛るべし、然れども人間の心血が捺印したる跡は、之を抹すべからず。秋果熟すれば即ち落つ、落つるは偶然にして偶然にあらず、春日光暖かにして、百花妍を競ふ、之も亦偶然にあらず、自然は意味なきに似て大なる意味を有せり、一国民の消長窮達を言ふ時に於て、吾人は深く此理を感ぜずんばあらず。引力によりて相繋纏する物質の力、自由を以て独自卓犖《たくらく》たる精神の力、この二者が相率ひ、相争ひ、相呼び、相結びて、幾千幾百年の間、一の因より一の果に、一の果より他の因に、転々化し来りたる跡、豈に一朝一夕に動かし去るべけんや。

然れ共「過去」は常に死に行く者なり。而して「現在」は恒に生き来るものなり。「過去」は運命之を抱きて幽暗なる無明に投じ、「現在」は暫らく紅顔の少年となりて、希望の袂に縋る。一は死て、一は生く、この生々死々の際、一国民は時代の車に乗りて不尽不絶の長途を輪転す。

何れの時代にも、思想の競争あり。「過去」は現在と戦ひ、古代は近世と争ふ、老いたる者は古を慕ひ、少きものは今を喜ぶ。思想の世界は限りなき四本柱なり。梅ケ谷も爰にて其運命を終りたり、境川も爰にて其運命を定めたり、凡そ爰に登り来るもの、必らず又た爰を去らざる可からず。この世界には永久の桂冠あると共に、永久の義罰あり。この世界には曾つて沈静あることなく、時として運動を示さゞるなく、日として代謝を告げざるはなし。主観的に之を見る時は、此の世界は一種の自動機関なり、自ら死し、自ら生き、而して別に自ら其の永久の運命を支配しつゝあるものなり。

一国民に心性上の活動あるは、自由党あるが故にあらず、改進党あるが故にあらず、彼等は劇場に演技する優人なれども、別に書冊の裡に隠れて、彼等の為に台帳を制する作者あるなり。偉大なる国民には必らず偉大なる思想あり。偉大なる思想は一投手、一挙足の間に発生すべきにあらず、寧《な》んぞ知らん、一国民の耐久的修養の力なるものを俟つにあらざれば、蓊鬱たる大樹の如き思想は到底期すべからざるを。

過去の勢力は之を軽んずべからず、然れども徒らに過去の勢力に頑迷して、乾枯せる歴史の槁木に夢酔するは豈に国民として、有為の好徴とすべけんや。創造的勢力は、何れの時代にありても之を欠く可からず。国民の生気は、その創造的勢力によつてトするを得べし。尤も多く保守的なるとき、尤も多く固形的なる時、国民は自然に墳墓を眺めて進みつゝあるなり、創造的勢力は、潮水を動かして、前進せしむるもの、之なくては思想豈に円滑の流動あらんや、之なくては国民豈に、進歩的生気あらんや。

創造的勢力と馬を駢べて、相馳駆するものあり、之を交通の勢力とす。今や、思想に対する世界は日一日より狭くなり行かんとす、東より西に動く潮あり、西より東に流るゝ潮あり、潮水は天為なり、人功を以て之を支へんとするは、痴人の夢に類するものなり。東西南北は、思想の側《サイズ》のみ、思想の城郭にあらざるなり、思想の最極は円環なり。叨《みだ》りに東洋の思想に執着するも愚なり、叨りに西洋思想に心酔するも痴なり、奔流急湍に舟を行るは難し、然れども舟師は能く富士川を下りて、船客の心を安うす、富士川を下るは難し、然れどもその尤も難きは、東西の二大潮が狂湧猛瀉して相撞突するの際にあり。此際に於て、能く過去の勢力を無みせず、創造的勢力と、交通の勢力とを鉄鞭の下に駆使するものあらば、吾人は之を国民が尤も感謝すべき国民的大思想家なりと言はんと欲す。

(2) 今の思想界に於ける創造的勢力

つら〳〵今の思想界を見廻せば、創造的勢力は未だ其の弦を張つて箭を交ふに至らず、却つて過去の勢力と、外来の勢力とが、勢を較して、陣前馬頻りに嘶くの声を聞く、戦士の意気甚だ昂揚して、而して民衆は就く所を失へるが如き観なきにあらずや。見よ、詩歌の思想界を嘲るものは、その余りに狭陋にして硬骨なきを笑ふにあらず。見よ、政治を談ずるものは、空しく論議的の虚影を追随して停まるところを知らざるにあらずや。見よ、デモクラシーは宿昔の長夜を攪破せんとのみ悶き、アリストクラシーは急潮の進前を妨歇せんとのみ噪ぐにあらずや。斯の如き事たる素より今の思想界の必当の運命たるべしと雖、心あるものの陰に前途の濃雲を憂ふるは、又た是非もなき事共かな。今の思想界は実に斯の如し、徒らに人間の手を以て造化の力を奪はんとする勿れ、進むべき潮水は遠慮なく進むべし、退くべき潮水は顧眄なく退くべし、直ちに馳せ、直ちに奔り、早晩大に相撞着することあるを期すべし、知らずや斯かる撞着の真中より、新たに生気悖々《ぼつ〳〵》たる創造的勢力の醸生し来るべき理あるを。

(3)　姉と妹

某の村に某の家あり、三千年の系図ありと誇称す。この家近き頃までは、全村の旧家として勢威赫々として犯すべからざるものありて存せり。然れども是れ山間の一小村にして、四囲層巒《そうらん》を以て繞らし、自然に他村と相隔絶したるの致せしのみ。今を距ること三十年、一度び他村との交通を開きてより、忽ち衰廃して前日の強盛は夢の如く、泡の如く、再び回へすべからざるものとなりぬ。この家に二個の娘子あり、姉は幼なきより隣村の某家に養はれて、人と成るまで家に帰らず、渠の養はれし家は、宝貨充実、生を理する事一々其機に投ぜざるなし、之を以て彼の芳紀正に熟するや、豊頬秀眉、一日人を幻するの態あり、或時人に伴はれて其の実家に帰り、その妹を見しに、風姿は聊も毀損するところなけれど、自ら痩弱にして顔色も光沢を欠けり。姉は頻りに己の美貌を以て妹に誇負するところあらんとす、妹即ち曰く、爾は躰健かに美形なりと雖、他家に寓して人となれり、我は躰弱く形又た醜くしと雖、祖先の家を守りて暫らくも爰を離れず、誇るべきところ我にあり、何ぞ爾の下にあらんやと。

姉の頭にはデモクラシー（共和制）と云へる銀簪燦然たり、インヂビヂユアリズム（個人制）といへる花釵きらめけり、クリスチアン・モラリチー、も亦た飾られたり、真に之れ絶世の美人なり。而して妹の頭には祖先の血によりて成りたる毛髪の外、何の有るなし。妹の形は悄然たり、姉の面は嬌妖たり。妹の未来は悲観的なり。姉の将来は希望的なり。姉を娶らんか、妹を招かんか。国民よ少しく省みよ、爾の中に爾の生気あらば、爾の中に爾の希望あらば、爾の中に爾の精神あらば、安くんぞ此の婚嫁によつて爾の大事を決せんとするを要せむ。この二娘子の一を娶らざるべからずと信ずる勿れ。止むなくんば多妻主義となりて、この二娘を合せ娶れよ、汝はこの婚嫁によりて爾の精神を失迷せしむべからず、然り、爾に大なる元気(Genius)の存するあり、一夫一妻となるも、一夫多妻となるも、爾の元気に於て若し欠損するなければ、爾は希望ある国民なり。

(4) 国民の一致的活動

凡そ一国民として欠く可からざるものは、其の一致的活動なり。活動、われは之を心性の上に於て云ふ、政事的活動の如きは我が関り知る所にあらざればなり。凡そ心性の活動あらずして、外部の活動あるはあらず、思想先づ動きて動作生ず、ルーソーあり、ボルテールあり、而して後に仏国の革命あり。国民の鞏固なる勢力は、必らず一致したる心性の活動の上に宿るものなり。此点より観察すれば、国民の生命を証するものは、実に其制度に於て、能く国民を一致せしむる舞台あると否とに存せり。何を以て、国民に心性上の結合を与へん。如何なる主義を以て、此の目的に適ひたるものとせん。如何なる信条を以て、此の目的に合ひたるものとせん。吾人は多言を須《もち》ひずして知る、尤も多く並等《びやうどう》を教ふるもの、尤も多く最多数の幸福を図るもの、尤も多くヒユーマニチーを発育するもの、尤も多く人間の運命を示すもの、即ち、此目的に適合する事尤も多き者なるを。斯の如く余はインヂビジユアリズムの信者なり、デモクラシーの敬愛者なり。然れども、

(5) 国民の元気

国民の元気は一朝一夕に於て転移すべきものにあらず。其の源泉は隠れて深山幽谷の中に有り、之を索むれば更に深く地層の下にあり、砥の如き山、之を穿つ可からず、安くんぞ国民の元気を攫取して之を転移することを得んや。思想あり、思想の思想あり、而して又た思想の思想を支配しつべきものあり、一国民は必らず国民を成すべき丈の精神を有すべきなり、之に加ふるに藪医術を以てし、之を率ゆるに軽業師の理論を以てするとも、国民は頑として之に従ふべからざるなり。渠を囲める自然は、渠に与ふるに天然の性情を以てし、渠に賦するに、特異の性格を以てす、是等の性情、是等の性格は、幾千年の間その国民の活動の泉源たりしなり、その国民の精神の満足たりしなり。国民も亦た一個の活人間なり、その中に意志《ウイル》あり、その中に自由《リバーチー》を求むるの念あり、国家てふ制限の中に在て其の意志の独立を保つべき傾向を有せずんば非ず。

以太利は如何に斧鉞《ふあつ》を加へて盛衰興亡の運命を悟らしむるも、其の以太利たるは依然として同じ、独逸も亦た斯の如し、仏蘭西も亦た斯の如し。国民の元気の存する処に其の予定の運命あり。死すべきか、生くべきか、嗚呼一国民も亦た無常の風を免れじ、達士世を観ずる時、宜しく先づ命運の帰するところを鑑むべし、若し我が国民にして、果して秋天霜満ちて樹葉、黄落の暁にありとせんか、須らく男児の如く運命を迎ふべし、然り、須らく男児の如く死すべし、国民も亦た其の天職あるなり、其の威厳あるなり、其の死後の名あるなり、其の生前の気節あるなり。之を破らず、之を折らず、而して能く生存競争の国際的関係を、全うし得るの道ありや否や。

デモクラシー（共和制）を以て、我国民に適用し、根本の改革をなさんとするが如きは、極めて雄壮なる思想上の大事業なり、吾人は其の成功と不成功とを論《あげつ》らはず、唯だ世人が如何に冷淡に此の題目を看過するかを怪訝しつ、ある者なり。吾人は寧ろ進歩的思想に与するものなり、然りと雖、進歩も自然の順序を履まざる可からず、進歩は転化と異なれり、若し進歩の一語の裡に極めて危険なる分子を含めることを知らば、世の思想家たる者、何ぞ相戒めて、如何に真正の進歩を得べきやを講究せざる。国民のヂニアスは、退守と共に退かず、進歩と共に進まず、その根本の生命と共に、深く且つ牢《かた》き基礎を有せり、進歩も若し此れに協はざるものならば進歩にあらず、退守も若し此れに合ざるものならば退守にあらず。

(6) 地平線的思想

政事の論議に従事し、一代の時流を矯正して、民心の帰向を明らかにする思想家、素より偏見僻説を頑守し、衆を以て天下を脅かす的の所謂政事家なるものに比較すべきにあらず。然れども其の説くところ概ね卑近にして、俚耳に入り易きの故を以て、人之を俗物と称す。吾人は、斯の如き俗物の感化が、今の米国を造り、今の所謂文明国なるものを造るに於て大なる力ありし事を信ずる者なり。凡そ適切なる感化を民衆に施こして、少歳月の中に大なる改革を成就すること、多くは謂ふ所の俗物なるもの丶力にあり、マコーレーも或意味に於ては俗物なり、ヱモルソンも或意味に於ては俗物なり、彼等は実に俗物なりしが故にグレートなりしなり。教養《カルチユーア》は素と自然を尊びて、真朴を主とするものなり、古より大人君子の成せしところ、蓋し之に過ぐるなきなり、平坦なる真理は遂に天下に勝つべし、此意味に於て吾人は所謂俗物なるものを崇拝するの心あり。然れども、爰に記憶せざるべからざることあり。世間幾多の平坦なる真理を唱ふるもの丶中には、平坦を名として濫りに他の平坦ならざるものを罵り、自から謂へらく平坦なるものにあらざれば真理にあらずと、斯の如きは即ち真理を見るの眼にあらずして、平坦を見るの眼なり。

思想界には地平線的思想と称すべき者あり、常に人世《アース》の境域にのみ目を注《あつ》め、社界を改良すと曰ひ、国の福利を増すと曰ひ、民衆の意向を率ゆと曰ひ、極て厖雑《ぼうざつ》なる目的と希望の中に働らきつゝあり。国民は尤も多く此種の思想家を要す、凡そ此種の思想家なき所には何の活動もなく、何の生命もなし、然れども記憶せよ、国民は此種の思想家のみを以て甘んずべきにあらざるを。真正のカルチユーアを国民に与ふるが為には、地平線的思想の外に、更に一物の要すべきあり。

(7)　高蹈的思想

吾人は之を高蹈的思想と呼ぶ、数週前に民友先生が言はれし高蹈派といふ文字と、其意味を同うするや否やを知らず。吾人は実に地平線的思想の重んずべきを知ると雖、所謂高蹈的思想なるもの、一日も国民に欠くべからざるを信ずるものなり。ヒユーマニチーを人間に伝ふるは、独り地平線的思想の任にあらず、道徳は到底固形の善悪論にあらざれば、プラトーの真善美も、ミルトンの虚想も、人間をして正当に人間たる位地に進ましむるに、浩大なる裨益あることを信ずるなり。ヒユーマニチーは社会的義務の為めにのみ存するにあらず、人間の性質《キヤラクター》は倫理道徳の拘束によりてのみ建設すべきものにあらず、純美を尋ね、純理を探る、世の詩人たり、学者たる者、優に地平線的思想家の預り知らざる所に於て、人類の大目的を成就しつゝあるにあらずや。

(8) 何をか国民的思想と謂ふ

必ずしも国民といふ題目を以て詩歌の材とするを、国民的思想といふにあらざるなり。マルセーユの歌に対して製りたる独逸祖国歌は非常の賞讃を得て、一篇の短歌能く末代の名を存せしと聞く。然れども是れ賞讃のみ、喝采のみ、一の国民の私に表せし同情のみ、未だ以て真正の詩歌界に於ける月桂冠とは云ふべからざるなり。吾人は「早稲田文学」と共に、少くとも国民大の思想を得んことを希望すること切なりと雖、世の詩歌の題目を無理遣りに国民的問題に限らんとする輩に向ひては、聊か不同意を唱へざる可からず。「国民之友」曾つて之を新題目として詩人に勧めし事あるを記憶す、寔《まこと》に格好なる新題目なり、彼の記者の常に斯般の事に炯眼なるは吾人の私に畏敬する所なれど、世には大早計にも之を以て詩人の唯一の題目なる可しと心得て、叨りに所謂高蹈的思想なるものを攻撃せんとする傾きあるは、豈に歎息すべき至りならずや。詩人は一国民の私有にあらず、人類全躰の宝匣なり、彼をして一国民の為に歌はしめんとするの余りに、彼が全世界の為に齎らし来りたる使命を傷《やぶ》らしめんとするは、吾人其の是なるを知らず。

然りと雖、詩人も亦た故国に対する妙高の観念なきにあらず、邦国の区劃は彼に於て左までの事にはあるまじきが、その天賦の気稟に於て、少くともその国民を代表する所なき能はず。之を以てバイロンは如何にその故国を罵るとも、英国の一民たるに於ては終始変るところなく、深く之を其の著作の上に印せり。之を以てレッシングは仏国の思想がライン河を渉りて、縦《ほしいまゝ》に其の郷国の思想を横領するを悪みて、大に国民の夢を醒したり。斯く詩人も亦た其の郷土の愛国者たるは、抜くべからざる天稟の存するあればなるべし。

詩人豈に国民の為にのみ産れんや、詩人豈に所謂国民的なる狭少なる偏見の中にのみ限られんや、然れども事実に於て、詩人も亦た愛国家なり、詩人も亦た国民の中に生くるものなり。拿翁《なをう》の侵略に遭ひて国亡び、家破れんとするに当りて、従容として、拿翁の玉座に近づき、彼をして言ふ可からざる敬畏の念を抱かしめたるギヨーテが、戦陣に臨みて雑兵の一人となり、尸《しかばね》を原頭に暴さゞるの故を以て、国民的ならずと罵るものあらば、吾人は其の愚を笑はずんばあらざるなり。

⑼ 創造的勢力の淵源

吾人は再び曰ふ、今日の思想界に欠乏するところは創造的勢力なりと。模倣、卑しき模倣、之れ国民の、尤も悲しむべき徴候なり、我は英国文学を唱道すと宣言し、我は独逸文学を唱道すと宣言し、我は仏国文学を唱道すと宣言す、その外に又た、我は英国思想を守ると曰ひ、我は米国思想を伝ふと曰ひ、我は何、我は何と、各々便利の思想に拠つて国民を率ゐんとす。而して又た、少しく禅道を謂ふものあらば、即ち固陋なりと罵り、少しく元禄文学を道《い》ふものあらば、即ち苟且《かりそめ》の復古的傾向なりと曰ふ。嗚呼不幸なるは今の国民かな。彼等は洋上を渡り来りたる思想にあらざれば一顧の価なしと信ずるの止むべからざるものあるか。彼等は摸倣の渦巻に投げられて、何時まで斯くてあらんとする。今日の思想界、達士を俟つこと久し、何ぞ奮然として起り、十九世紀の世界に立つて恥づるなき創造的勢力を、此の国民の上に打建てざる。復古、爾も亦た頼むべからず。消化、爾も亦た頼むべからず。誰か能く剛強なる東洋趣味の上に、真珠の如き西洋的思想を調和し得るものぞ、出でよ詩人、出でよ真に国民大なる思想家。外来の勢力と、過去の勢力とは、今日に於て既に多きに過ぐるを見るなり。欠くところのものは創造的勢力。

哀詞序

歓楽は長く留り難く、悲音は尽くる時を知らず。よろこびは春の華の如く時に順つて散れども、かなしみは永久の鼓吹をなして人の胸をとゞろかす、会ふ時のよろこびは別るゝ時のかなしみを償ふべからず。はたまた会ふ時の心は別るゝ時の心の万分の一にだも長からず。生を享け、人間に出でゝ、心を労して荊棘を過る、或は故なきに敵となり、或は故なきに味方となり、恩怨両つながら暴雨の前の蛛網に似て、徒らに啻《た》だ毛髪の細き縁を結ぶ、夕に笑ひしに因て朝に泣くの果を見つ、朝に泣きしに因つて更に又た夕に笑はんとす、斯の如きは憫れむべし、斯の如きは悲しむべし、斯の如きは厭ふべし、我れつらく世相を観ずるに、誰か亦た斯の如くならざらむ。娼婦の涕は紅涙と賞へられ、狼心の偽捨は慈悲と称へらる。友と呼び愛人といふも、はしなきもつれに脆くも水と冷ゆるは世の習ひなり、鷺を白しと云ひ、鴉を黒しといふも唯だ目にみゆるところを言ふのみ、人の心を尋ぬれば、よしなきことを諍ひては瞋恚《しんい》の焔を懐にもやし、露ほどの恨みも長しへに解くることなく人を毀はんと思ふ。右に行くものゝ袂は左に往くものゝ手に把られ、左に行くものも亦た右に往くものに支へらる。鴿《はと》の面をもてる者に蛇の心あり、美はしき果実に怖ろしき毒を含めることあり、洞に近ければ蚖蛇蟄し、林に入れば猛獣遊ぶ。二世といふ縁に二世あるは少なく、三世といふに三世あるも亦尠なし、まことの心にて契る誓ひは稀にして、唯だ目前の情と慾とに動くも亦たはかなき至りなり、讐と恩とに於て亦た斯の如し。必らず酬ふべしと思ふ程ならば、酬はずして自から酬ゆるものを。必らず忘れじといふ恩ならば、忘るゝとも自から忘るまじきを。讐には手をもて酬ひんと思ふこと多く、恩には口をもて報ずること多し。敵と味方に於いて亦た斯の如し。一時の利の為めに味方となるものは、又た一時の害の為めに離るるを易しとす。一時の害の為めに敵となるものは、又た一時の利の為めに味方となるを易しとす。西風には東に飛び、東風には西に揚がるは紙鳶なり、人の心も大方は斯くの如し。風の西に吹くを能く見るものを達識者と呼び、風の東に転ずるを看破するものあれば卓見家と称へんとす。勇者はその風に御して高く飛び、智者はその風を袋に蓄はへて後の用を為す。運よくして思ふこと図に当りなば傲然として人を凌ぎ、運あしくして躬蹙《みきはま》りなば憂悶して天を恨む。凌がるゝ人は凌ぐ人よりも真に愚かなりや、恨まるゝ天は恨む人の心を測り得べきや。斯の如きは世なり。斯の如きは人間なり。深く心を人世に置くもの、安くんぞ憂なきを得ん。

安くんぞ悲なきを得ん。甘露を雨《ふ》らす法の道も、世を滋《うる》ほすこと遅く、仁義の教も人の心をいかにせむ。天地の間に我が心を寄するものを求めて得ざれば、我が心は涸れなむ。

我はあからさまに我が心を曰ふ、物に感ずること深くして、悲に沈むこと常ならざるを。我は明然《あきらか》に我が情を曰ふ、美しきものに意を傾くること人に過ぎて多きを。然はあれども、わが美しと思ふは人の美くしと思ふものにあらず、わが物に感ずるは世間の衆生が感ずる如きにあらず。物を通じて心に徹せざれば、自ら休むことを知らず。形を鑿ちて精に入らざれば、自ら甘んずること難し。人われを呼びて万有的趣味の賊となせど、われは既に万有造化の美に感ずるの時を失へり。多くの絵画は我を欺けり、名匠の手に成るものと雖、多く我を感ぜしむる能はず。絵画既に然り、この不思議なる造化も、然り、造化も唯だ自然に成りたる絵画のみ。われは世の俗韻俗調の詩人が徒らに天地の美を玩弄するを悪むこと甚だし。然れども自ら顧みる時は、何が故に我のみは天地の美に動かさるゝことの少なきかを怪しまずんばあらず。動かさるゝこと少なきにあらず、多く動かされて多く自ら欺きたればなり。我は再び言ふ、われは美くしきものに意を傾くること人に過ぎて多きを。花のあしたを山に迷ひ、月のゆふべを野にくらすなど、人には狂へりと言はるゝも自から悟ることを知らず、人には愚なりと言はるゝとも自から賢からんことを冀はず。或時は蝶の夢の覚め易きを恨み、またある時は虫の音の夜を長うするを悲しむ。この恨み、この悲しみを何が故の恨み、何が故の悲しみぞと問ふも、蝶の夢は夢なればこそ覚め、虫の音は秋なればこそ悲しきなれ、と答ふるの外に答なきに同じ。嗚呼天地味ひなきこと久し、花にあこがるゝもの誰ぞ、月に嘯くもの誰ぞ、人世の冉々《ぜんぜん》として滅毀するを嗟し、惆として命運の私しがたきを慨す。

身は学舎にあり、中宵枕を排して、燈を剪りて亡友の為に哀詞を綴る。筆動くこと極めて遅く、涕零つること甚だ多し。相距ること二十余日、天と地の間に於てこの距離は幾何ぞ。(哀詞本文は未だ稿を完うせず)

万物の声と詩人

万物自から声あり。万物自から声あれば自から又た楽調あり。蚯蚓は動物の中に於て醜にして且つ拙なるものなり。然れども夜深々窓に当りて断続の音を聆《き》く時は、人をして造化の生物を理する妙機の驚ろくべきものあるを悟らしむ。自然は不調和の中に調和を置けり。悲哀の中に欣悦を置けり。欣悦の裡に悲哀を置けり。運命は人を脅かすなり、而して人を駆つて怯懦卑劣なる行為をなさしむるなり。情慾は人を誘ふなり、而して人を率ゐて我儘気随のものとなすなり。自然は広漠たる大海にして、人生は廷々たる浮島に似たり。風浪常時に四囲を襲ひ来りて、寧静なる事は甚だ稀なり。四節は追はずして駿馬の如くに奔馳し、草木の栄枯は輪なくして廻転する車の如し。自然は常変なり、須臾も停滞することあるなし。自然は常動なり、須臾も寂静あることなし。自然は常為なり、須臾も無為あることなし。その変、その動、その為、各自一個の定法の上に立てり、而して又た根本の法ありて之を支配するを見る。淵に臨みて静かに水流の動静を察するに、行きたるものは必らず反へる、反へれるものは必らず行く。若きもの必らず老ゆ、生あるもの必らず死す。苦あるものに楽あり、楽あるものに苦あり。造化は偏頗にして偏頗にあらず、私にして無私なり。差別の底に無差別あり。不平等の懐に平等あり。然り、造化の妙機は秘して其最奥にあるなり。人間の最奥なるところ、之を人間の空と言ひ、造化の最奥なるところ、之を造化の霊と言ふ。造化の最奥！　造化の霊！　そこに大平等の理あるなり。そこに天地至妙の調和あるなり。人間はいかほどに卑しく拙なくありとも、天地至妙の調和は、之によりて毀損せらる、ことなきなり。あはれ、この至妙の調和より、万物皆な或一種の声を放ちつゝあるにあらずや。

形の醜美を見て直ちに其醜美を決するは、未だ美を判ずるの最後にあらず。外極めて醜なるものにして、内極めて美なるものあり。外極めて美にして、内極めて醜なるものあり。醜と美とを判つは、必らずしも其形象に関はるにあらざるなり。形躰にあらはれたる醜美を断ずるは、独り眼眸のみ。眼眸は未だ以て醜美を断ずる唯一の判官となすべきにあらず。鼓膜亦た関つて力あるべきものなり。否、否、眼眸も鼓膜も未だ以て真に醜美を判ずべきものにあらざるなり。凡そ形の美は心の美より出づ。形は心の現象のみ。形を知るものは形なり、心を視るものは又た心ならざるべからず。造化は奇しき力を以て、万物に自からなる声を発せしむ、之を以て聊かその心を形状の外にあらはさしむ、之を以てその情を語らしめ、之を以てその意を言はしむ。無絃の大琴懸けて宇宙の中央にあり。万物の情、万物の心、悉くこの大琴に触れざるはなく、悉くこの大琴の音とならざるはなし。情及び心、一々其軌を異にするが如しと雖、要するに琴の音色の異なるが如くに異なるのみにして、宇宙の中心に懸れる大琴の音たるに於ては、均しきなり。個々特々の悲苦及び悦楽、要するにこの大琴の一部分のみ。悲しき時は独り悲しむが如くなれども、然るにあらず、凡てのもの、悲しむなり、喜ぶ時は独り喜ぶが如くなれども、然るにあらず、凡てのもの、喜ぶなり。「自然」は万物に「私情」あるを許さず。私情をして大法の外に縦《ほしいまま》なる運行をなさしむることあるなし。私情の喜は故なきの喜なり、私情の悲は故なきの悲なり、彼の大琴に相渉るところなければ、根なき萍《うきくさ》の海に漂ふが如きのみ。情及び心、個々特立して、而して個々その中心を以て、宇宙の大琴の中心に聯なれり。海も陸も、山も水も、ひとしく我が心の一部分にして、我れも亦た渠の一部分なり。渠も我も何物かの一部分にして、帰するところ即ち一なり。四節の更迭は、少老盛衰の理と果して幾程の差違かあらむ。樹葉の凋落は老衰の末後と如何の異別かあらむ。花笑ふ時に我も笑ひ、花落つる時に我も落つ。実熟する時に我も熟し、実墜つる時に我も墜つ。渠を支配する引力の法は、即ち我を支配する引力の法なり。渠を支配する生命の法は、即ち我を支配する生命の法なり。渠と我との間に「自然」の前に立ちて甚しき相違あることなし。法は一なり。

法に順ふものも亦た一なり。法と法に順ふものとの関係も亦た一なり。情及び心、漠として捕捉すべきやうなき如き情及び心、渠も亦た法の中にあり、渠も亦た法の下にあり。法の重きこと、斯の如し。斯に於て、凡ての声、情及び心の響なる凡ての声の一致を見る、高きも低きも、濁れるも清めるも、然り、此の一致あり、この一致を観て後に多くの不一致を観ず、之れ詩人なり。この大平等、大無差別を観じて、而して後に多くの不平等と差別とを観ず、之れ詩人なり。天地を取つて一の美術となすは之を以てなり。あらゆる声を取つて音楽となすは之を以てなり。詩人の前には凡ての物、凡ての事、悉く之れ詩なるは之を以てなり。多くの不一致の中の一不一致を取り、多くの不平等の中の一不平等を取り、多くの差別の中の一差別を取り、而して之に恋着するを知つて、彼の大一致、大平等、大差別に悟入すること能はざるものは、未だ以て天地の大なる詩たるを知らざるものなり。難いかな、詩人の業や。

道徳を論ずるの書は多し。宗教の名と其の教法を説くものは多し。然れども道徳は、未だ人間をして縦に製作せしむる程に低くならざるなり。宗教も亦た人間をして随意に料理せしむる程に卑しくならざるなり。道徳の底に一の道徳あり、宗教の底に一の宗教あるは、美術の底に一の美術あると相異なる所なからんか。要するにモーラリチーは一なるのみ。政治的に所謂道徳なりとするところの者、例せば儒教の如きもの、未だ以てモーラリチーの本然とは言ふべからず。宗派的に所謂道徳なりとするところのもの、未だ以てモーラリチーの本然と言ふべからず。宗教の中の宗教とすべきは、その人性、人情に感応する所多きにあり。モーラリチーも亦た、然らんか。美術も亦た然らんか。畢竟するに宗教も美術も、人心の上に臨める大感化力なるに於ては、相異なるところあるなし。然れどもラスキンの言へる如く、美術は道義を円満にするの力を有すれども、宗教の如く道義を創作することは能はず。宗教の天啓たるが如く、美術も亦た一種の天啓なり。宗教の高尚なる使命を帯びたる如くに、美術も亦た高尚なる使命を帯べり。ヒユーマニチーは其の唯一の目的なり。無より有を出すにあらず。有を取りて之を完うするものなり。尤も劣等なる動物より尤も高等なる動物を作るにあらず、尤も高等なる動物をして、その高等なる所以を自覚せしめ、その高等なる職分を成就せしむるにあり。宇宙の存在は微妙なる階級の上に立てり。一点之を傷くるあれば、必らずその責罰としての不調和あり。之れ即ち調和の中に、戦へる不調和の原意《エレメンツ》ある所以なり。微妙なる階級、微妙なる秩序、これありて万物悉く其の処を安んずるを得るなり。東に吹く風は再び西に吹き来る、気燥くところに雲自から簇まるなり、雲は雨となり、雨は雲となる、是等のもの一として宇宙の大調和の為に動くところの小不調和にあらざるはなし。万ろづの事皆な空にして、法のみ独り実なり、法のみ独り実にして、法に遵ふところの万物皆な実なるを得べし。自然は常変にして不変、常動にして不動、常為にして無為、法の眼に於て然り。

宗教完全にして美術も亦た完全ならんか、美術と宗教と相距ること数歩を出でざるなり。然れども宗教にしていつまでも乾燥なる神学的の論拠に立籠らんか、美術も亦た已がじゝなる方向に傾かんとするは、当然の勢なり。宗教の度と美術の度とは、殆ど一種の比例をなせり。一国民の美術は到底、その倫理の表象なり。野卑なる国民は卑野なる美術に甘んじ、高尚なる国民は高尚なる美術を求む、勇敢なる国民に勇武の物語出で、淫逸なる国民には淫逸なる史乗あり。畢竟するに、万物その自からなる声をなして、而して美術はその声を具躰にしたるものに過ぎざれば、形は如何にありとも、その声の主なる心にして卑野なれば、美術も卑野ならざらんと欲して得べからざるは至当の理なり。宇宙の中心に無絃の大琴あり、すべての詩人はその傍に来りて、己が代表する国民の為に、己が成育せられたる社会の為に、百種千態の音を成すものなり。ヒユーマニチーの各種の変状は之によりて発露せらる。真実にして容飾なき人生の説明者はこの絃琴の下にありて、明々地にその至情を吐く、その声の悲しき、その声の楽しき、一々深く人心の奥を貫ぬけり。詩人は己れの為に生くるにあらず、己れが囲まれるミステリーの為めに生れたるなり、その声は己れの声にあらず、己れを囲める小天地の声なり、渠は誘惑にも人に先んじ、迷路にも人に後るゝなし、渠は無言にして常に語り、無為にして常に為せり、渠を囲める小天地は悲をも悦をも、彼を通じて発露せざることなし、渠は神聖なる蓄音器なり、万物自然の声、渠に蓄へられて、而して渠が為に世に啓示せらる。秋の虫はその悲を詩人に伝へ、空の鳥は其自由を詩人に告ぐ。牢獄も詩人は之を辞せず、碧空も詩人は之を遠しとせず、天地は一の美術なり、詩人なくんば誰か能く斯の妙機を闢《ひら》きて、之を人間に語らんか。

一夕観

其一

ある宵われ牕《まど》にあたりて横はる。ところは海の郷、秋高く天朗らかにして、よろづの象、よろづの物、凜乎として我に迫る。恰も我が真率ならざるを笑ふに似たり。恰も我が局促たるを嘲るに似たり。恰も我が力なく能なく弁なく気なきを罵るに似たり。渠は斯の如く我に徹透す、而して我は地上の一微物、渠に悟達することの甚はだ難きは如何ぞや。

月は晩くして未だ上るに及ばず。仰いで蒼穹を観れば、無数の星宿紛糾して我が頭にあり。顧みて我が五尺を視、更に又内観して我が内なるものを察するに、彼と我との距離甚だ遠きに驚ろく。不死不朽、彼と与にあり、衰老病死、我と与にあり。鮮美透涼なる彼に対して、撓み易く折れ易き我れ如何に赧然《たんぜん》たるべきぞ。爰に於て、我は一種の悲慨に撃たれたるが如き心地す。聖にして熱ある悲慨、我が心頭に入れり。罵者の声耳辺にあるが如し、我が為すなきと、我が言ふなきと、我が行くなきとを責む。われ起つて茅舎を出で、且つ仰ぎ且つ俯して罵者に答ふるところあらんと欲す。胸中の苦悶未だ全く解けず、行く行く秋草の深き所に到れば、忽ち聴く虫声縷の如く耳朶を穿つを。之を聴いて我心は一転せり、再び之を聴いて悶心更に明かなり。曩《さき》に苦悶と思ひしは苦悶にあらざりけり。看よ喞々《しよく〳〵》として秋を悲しむが如きもの、彼に於て何の悲しみかあらむ。彼を悲しむと看取せんか、我も亦た悲しめるなり。彼を吟哦《ぎんが》すと思はんか、我も亦た吟哦してあるなり。心境一転すれば彼も無く、我も無し、邈焉《ばくえん》たる大空の百千の提燈を掲げ出せるあるのみ。

其　二

われは歩して水際に下れり。浪白ろく万古の響を伝へ、水蒼々として永遠の色を宿せり。手を拱ねきて蒼穹を察すれば、我れ「我」を遺《わす》れて飄然として、襤褸の如き「時」を脱するに似たり。

茫々乎たる空際は歴史の醇の醇なるもの、ホーマーありし時、プレトーありし時、彼の北斗は今と同じき光芒を放てり。同じく彼を燭《て》らせり、同じく彼れを発《ひ》らけり。然り、人間の歴史は多くの夢想家を載せたりと雖、天涯の歴史は太初より今日に至るまで大なる現実として残れり。人間は之を幽奥《ミステリー》として畏るゝと雖、大なる現実は始めより終りまで現実として残れり。人間は或は現実を唱へ、或は夢想を称へて、之を以て調和す可からざる原素の如く諍へる間に、天地の幽奥は依然として大なる現実として残れり。

其　三

われは自から問ひ、自から答へて安らかなる心を以て蓬窓に反れり。わが視たる群星は未だ念頭を去らず、静かに燈を剪つて書を読まんとするに、我が心はなほ彼にあり。我が読まんとする書は彼にあり。漠々たる大空は思想の広ろき歴史の紙に似たり、彼処にホーマーあり、シエークスピーアあり、彗星の天系を乱して行くはバイロン、ボルテーアの徒、流星の飛び且つ消ゆるは泛々たる文壇の小星、吁《あゝ》、悠々たる天地、限なく窮りなき天地、大なる歴史の一枚、是に対して暫らく茫然たり。

高山樗牛

滝口入道

かへるべき梢《こずゑ》はあれといかにせん　風《かせ》をいのちの身《み》にしあなれは

第一

やがて来む寿永の秋の哀れ、治承の春の楽に知る由も無く、六歳の後に昔の夢を辿りて直衣の袖を絞りし人々には、今宵の歓会も中々に忘られぬ思寝の涙なるべし。驕る平家を盛りの桜に比べてか散ての後の哀は思はず、入道相国が花見の宴とて、六十余州の春を一夕の台に集めし都西八条の邸宅、君ならでは人にして人に非ずと唱《うた》はれし一門の公達、宗徒《むねと》の人々は言ふも更なり、華冑摂籙《くわちうせつろく》の子弟の苟《いやしく》も武門の蔭を覆ひに当世の栄華に誇らんずる輩は、今日を晴にと装飾ひて、綺羅星の如く連りたる有様、燦然として眩き計《ばか》り、さしも善美を尽せる虹梁鴛瓦《こうりやうゑんぐわ》の砌《いしだゝみ》も影薄げにぞ見えし、あはれ此程までは殿上の交をだに嫌はれし人の子、家の族、今は紫緋紋綾に禁色を猥にして、をさ〳〵傍若無人の振舞あるを見ても、眉を顰むる人だに絶えて無く、夫《そ》れさへあるに衣袍《いはう》の紋色、烏帽子のため様まで、万六波羅様をまねびて時知顔なる世は愈々平家の世と覚えたり。

見渡せば正面に唐錦の茵《しとね》を敷ける上に、沈香の脇息に身を持たせ、解脱同相の三衣の下に天魔波旬の慾情を去りやらず、一門の栄華を三世の命とせる入道清盛、さても鷹揚に座せる其傍には、嫡子小松の内大臣重盛卿、次男中納言宗盛、三位中将知盛を初として、同族の公卿十余人、殿上三十余人、其他衛府諸司数十人、平家の一族を挙げて世には又人無くぞ見られける、時の帝の中宮、後に建礼門院と申せしは入道が第四の女なりしかば、此夜の盛宴に漏れ給はず、冊《かしづ》ける女房曹司は皆々晴の衣裳に綺羅を競ひ、六宮の粉黛何れ劣らず粧を凝して、花にはあらで得ならぬ匂ひ、そよ吹く風毎に素袍の袖を掠むれば、末座に並居る若侍等の乱れもせぬ衣髪をつくらふも可笑し、時は是れ陽春三月の暮、青海の簾高く捲上げて、前に広庭を眺むる大弘間、咲きも残らず散りも初めず、欄干近く雲かと紛ふ満朶の桜、今を盛りに匂ふ様に、月さへ懸りて夢の如き円なる影、朧に照渡りて、満庭の風色碧紗に包まれたらん如く、一刻千金も啻《たゞ》ならず、内には遠侍のあなたより、遥対屋《たいのや》に沿うて楼上楼下を照せる銀燭の光、錦繍の戸張、龍鬢の板畳に輝きて、さしも広大なる西八条の館に光到らぬ隈もなし、あはれ昔に有りきてふ、金谷園裏の春の夕も、よも是には過ぎじとぞ思はれける。

饗宴の盛大善美を尽せること言ふも愚なり、庭前には錦の幔幕を張りて舞台を設け、管絃皷箏の響は興を助けて、短き春の夜の闌《ふ》くるを知らず、予て召し置かれたる白拍子の舞もはや終りし頃ひ、さと帛を裂くが如き四絃一撥の琴の音に連れて、繁絃急管のしらべ洋々として響き亘れば、堂上堂下俄に動揺《どよ》めきて、

「あれこそは隠れもなき四位少将殿よ」

「して此方なる壮年は」

「あれこそは小松殿の御内に花と歌はれし重景殿よ」

など女房共の罵り合ふ声々に、人々等しく楽屋の方を振向けば、右の方より薄紅の素袍に右の袖の肩脱ぎ、螺鈿の細太刀に紺地の水の紋の平緒を下げ、白綾の水干桜萌黄の衣に山吹色の下襲、背には胡簶を解きて老掛を懸け、露の儘なる桜かざして立てられたるは四位少将維盛卿、御年辛やく二十二、青糸の髪紅玉の膚、平門第一の美男とて、かざす桜も色失せて、何れを花、何れを人と分たざりけり、左の方よりは足助二郎重景とて、小松殿恩顧の侍なるが、維盛卿より弱きこと二歳にて、今年方《まさ》に二十の壮年、上下同じ素絹の水干の下に燃ゆるが如き緋の下袍《したぎ》を見せ、厚塗の立烏帽子に平塵の細鞘なるを佩き、袂豊に舞出でたる有様、宛然一幅の画図とも見るべかりけり、二人共に何れ劣らぬ優美の姿、適怨清和、曲に随て一糸も乱れぬ歩武の節、首尾能く青海波をぞ舞ひ納めける、満座の人々感に堪へざるは無く、中宮よりは殊に女房を使に纏頭《ひきでもの》の御衣を懸けられければ、二人は面目身に余りて退り出でぬ、跡にて口善悪《くちさが》な

き女房共は、少将殿こそ深山木の中の楊梅、足助殿こそ枯野の小松、何れ花も実も有る武士よなど言合りける、知るも知らぬも羨まぬは無きに、父なる卿の眼前に此を見て如何計り嬉しく思ひ給ふらんと、人々上座の方を打見やれば、入道相国の然《さ》も喜ばしげなる笑顔に引換へて、小松殿は差し俯きて人に面を見らるゝを懶げに見え給ふぞ訝しき。

第二

西八条殿の揺ぐ計りの喝采を跡にして維盛重景の退り出でし後に一個の少女こそ顕れたれ、是ぞ此夜の舞の納めと聞えければ、人々眸を凝して之を見れば、年歯は十六七、精好の緋の袴ふみしだき、柳裏の五衣打重ね、丈にも余る緑の黒髪後にゆりかけたる様は、舞子白拍子の媚態あるには似で、閑雅に臈長けて見えにける、一曲舞ひ納む春鶯囀、細きは珊瑚を砕く一両の曲、風に靡けるさゝがにの糸軽く、太きは滝津瀬の鳴渡る千万の声、落葉の蔭に村雨の響重し、綾羅《りようら》の袂ゆたかに翻るは花に休める女蝶の翼か、蓮歩の節急なるは蜻蛉の水に点ずるに似たり、折らば落ちん萩の露、拾はゞ消えん玉篠の、あはれにも亦婉やかなる其姿、見る人懵然《ばうぜん》として酔へるが如く、布衣に立烏帽子せる若殿原は、あはれ何処の誰が女子ぞ、花薫り月霞む宵の手枕に、君が夢路に入らん人こそ世にも果報なる人なれなど、袖褄引き合ひての、しり合へるぞ笑止なる。

栄華の夢に昔を忘れ、細太刀の軽さに風雅の銘を打ちたる六波羅武士の腸をば一指の舞に溶したる彼の少女の満座の秋波に送られて退り出でしを、此夜の宴の終として人人思ひ〳〵に退出し、中宮もやがて還御あり、跡には春の夜の朧月、残り惜げに欄干の辺に跉跰《さすら》ふも長閑けしや。

此夜三条大路を左に御所の裏手の御溝端《みかはばた》を辿り行く骨格逞しき一個の武士あり、月を負ひて其顔は定かならねども、立烏帽子に稜高《そばたか》の布衣を着け蛭巻の太刀の柄太きを横へたる夜目にも爽かなる出立は、何れ六波羅わたりの内人と知られたり、御溝を挟で今を盛なる桜の色の見て欲しげなるに目もかけず、物思はしげに小手叉《こまぬ》きて、少しくうなだれたる頭の重げに見ゆるは、太息吐く為にやらん、扨《さ》ても春の夜の月花に換へて何の哀れぞ、西八条の御宴より帰り途なる侍の一群二群、舞の評など楽しげに誰憚らず罵り合ひて、果は高笑して打興ずるを、件の侍は折々耳側《そばだ》て、時に冷やかに打笑む様仔細ありげなり、中宮の御所をはや過ぎて、垣越の松影月を漏さで墨の如く暗き辺に至りて不図首を挙げて暫し四辺を眺めしが、俄に心付きし如く足早に元来し道に戻りける、西八条より還御せられたる中宮の御輿、今しも宮門に入りしを見、最《い》と本意無げに跡見送りて門前に佇立みける、後れ馳せの老女の訝しげに己れが容子を打𥈞《うちまも》り居るに心付き、急ぎ立去らんとせしが、何思けんツと振向て、件の老女を呼止めぬ。

何の御用と問はれて稍躊躇ひしが、

「今宵の御宴の終に春鶯囀を舞はれし女子は、何れ中宮の御内ならんと見受けしが、名は何と言はる、や」

老女は男の容姿を暫し眺め居たりしが、微笑みながら、

「扨も笑止の事も有るものかな、西八条を出る時、色清げなる人の妾を捉へて同じ事を問はれしが、あれは横笛とて近き頃小室の郷より曹司に見えし者なれば、知る人無きも理にこそ、御身は名を聞いて何にかし給ふ」

男はハツと顔赤らめて、

「勝れて舞の上手なれば」

答ふる言葉聞きも了らで、老女はホ、と意味ありげなる笑を残して門内に走り入りぬ。

「横笛、横笛」

件の武士は幾度か独語ちながら、徐に元来し方に帰り行きぬ、霞の底に響く法性寺の鐘の声初更を告ぐる頃にやあらん、御溝の彼方に長く曳ける我影に駭《おど》きて、傾く月を見返る男、眉太く鼻隆く、一見凜々しき勇士の相貌、月に笑めるか、花に咲ふか、あはれ瞼の辺に一掬の微笑を帯びぬ。

第　三

当時小松殿の侍に斎藤滝口時頼と云ふ武士ありけり、父は左衛門茂頼とて齢古稀に余れる老武者にて、壮年の頃より数ケ度の戦場にて類稀なる手柄を顕したりしが、今は年老たれば其子の行末を頼りに残年を楽ける、小松殿は其功を賞で給ひ、時頼を滝口の侍に取立て、数多き侍の中に殊に恩顧を給はりける。

時頼是時年二十三、性闊達にして身の丈六尺に近く、筋骨飽くまで逞しく、早く母に別れ武骨一辺の父の膝下に養はれしかば、朝夕耳にせしものは名ある武士が先陣抜懸けの誉ある功名談に非ざれば、弓箭甲冑の故実、髻《もとどり》垂れし幼時より剣の光、弦《ゆづる》の響の裡に人と為りて、浮きたる世の雑事は刀の柄の塵程も知らず、美田の源次が堀川の功名に現を抜して、赤樫の木太刀を振舞はせし十二三の昔より、空肱撫でゝ長剣の軽きを喞《かこ》つ二十三年の春の今日まで、世に畏しき者を見ず、出入る息を除きては六尺の体何処を胆と分くべくも見えず、実に保平の昔を其儘の六波羅武士の模型なりけり、然れば小松殿も時頼を末頼母しき者に思ひ、行末には御子維盛卿の附人になさばやと常々目を懸けられ、左衛門が伺候の折々に、

「茂頼、其方は善き倅を持ちて仕合者ぞ」

と仰せらるゝを、七十の老父、曲りし背も反らんばかりに嬉しがりける。

時は治承の春、世は平家の盛、そも天喜康平の以来、九十年の春秋、都も鄙も打靡きし源氏の白旗も、保元平治の二度の戦を都の名残に、脆くも武門の哀れを東海の隅に止めしより、六十余州に到らぬ隅無き平家の権勢、驕る者久しからずとは驕れる者如何で知るべき、養和の秋富士河の水禽も、まだ一年の来ぬ夢なれば、一門の公卿殿上人は言はずもあれ、上下の武士何時しか文弱の流に染みて、嘗て丈夫の誉に見せし向ふ疵もいつの間にか水鬢の陰に掩はれて、重きを誇りし円打《まるうち》の野太刀も、何時しか銀造の細鞘に反を打たせ、清らなる布衣の下に練貫の袖さへ見ゆるに、弓矢持つべき手に管絃の調とは、言ふもうたてき事なりけり。

時頼世の有様を観て熟々《つらつら》思ふ様、扨も心得ぬ六波羅武士が挙動《ふるまひ》かな、父なる人祖父なる人は、昔知らぬ若殿原に行末短き栄耀の夢を貪らせんとて其膏血はよも濺《そゝ》がじ、万一事有るの暁には、糸竹に鍛えし腕、白金造の打物は何程の用にか立つべき、射向の袖を却て覆ひに捨鞭のみ烈しく打て、笑を敵に残すは眼のあたり見るが如し、君の御馬前に天晴勇士の名を昭《あらは》して討死すべき武士が、何処に二つの命ありて、歌舞優楽の遊に荒める所存の程こそ知れね。――弓矢の外には武士の住むべき世有りとも思はぬ一徹の時頼には、兎角慨はしく、苦々しき事のみ耳目に触れて、平和の世の中面白からず、あはれ何処にても一戦の起れかし、いでや二十余年の風雨に鍛えし我技倆を顕して、日頃我を武骨者と嘲りし優長武士に一泡吹かせんずと思ひけり、衆人酔へる中に独り醒むる者は容れられず、斯る気質なれば時頼は自ら儕輩《ひとぐ》に疎ぜられ、滝口時頼とは無骨者の異名よなど嘲り合ひて、時流外《なみはづ》れに粗大なる布衣を着て鉄巻《くろがねまき》の丸鞘を鵰尻に横へし後姿を、蔭にて指し笑ふ者も少からざりし。

西八条の花見の宴に時頼も連りけり、其夜更闌けて家に帰り、其翌朝は常に似ず朝日影窓に差込む頃、やうやく臥床を出でしが、顔の色少しく蒼味を帯びたり、終夜眠らでありしにや。

此夜、御所の溝端に人跡絶えしころ、中宮の御殿の前に月を負て歩むは、紛ふ方なく先の夜に老女を捉へて横笛が名を尋ねし武士なり、物思はしげに御門の辺を行きつ戻りつ、月の光に振向ける顔見れば、まさしく斎藤滝口時頼なりけり。

第　四

物の哀も是よりぞ知る、恋ほど世に怪しきものはあらじ、稽古の窓に向て三諦止観の月を楽める身も、一朝折かへす花染の香に幾年の行業を捨てし人、百夜の榻《しぢ》の端書につれなき君を怨みわびて、乱れ苦しき忍草の露と消えにし人、さては相見ての後のただちの短きに恋悲み、永の月日を恨みて三衣一鉢の空なる情を観ぜし人、惟へば孰れか恋の奴に非ざるべき、恋や秋萩の葉末に置ける露のごと、空《あだ》なれども、中に写せる月影は円なる望とも見られぬべく、今の憂身をつらしと喞てども、恋せぬ前の越方は何を楽に暮しけんと思へば涙は此身の命なりけり、夕旦の鐘の音も余所ならぬ哀に響く今日は、過ぎし春秋の今更心なきに驚かれ、鳥の声虫の音にも心何となう動きて、我にもあらで情の外に行末もなし、恋せる今を迷と観れば悟れる昔の慕ふべくも思はれず、悟れる今を恋と観れば昔の迷こそ中々に楽しけれ、恋程世に訝しきものはあらじ、そも人何を望み何を目的に渡りぐるしき恋路を辿るぞ、我も自ら知らず、只朧げながら夢と現の境を歩む身に、ましてや何れを恋の始終と思ひ別たんや、そも恋てふもの何こより来り何こをさして去る、人の心の隈は映すべき鏡なければ、何れ思案の外なんめり。

いかなれば斎藤滝口、今更武骨者の銘打たる鉄巻をよそにし、負ふにやさしき横笛の名に笑める、いかなれば時頼、常にもあらで夜を冒して中宮の御所には忍べる、吁々《あゝ》いつしか恋の淵に落ちけるなり。

西八条の花見の席に中宮の曹司横笛を一目見て時頼は、世には斯る気高き美しき女子も有るもの哉と心窃に駭きしが、雲を遏《とゞ》め雲を廻す妙なる舞の手振を見もて行くうち、胸怪しう轟き心何となく安からざるが如く、廿三年の今まで絶て覚なき異様の感情雲の如く湧出でゝ、例へば渚を閉ぢし池の氷の春風に溶けたらんが如く、若《もし》くは満身の力をはりつめし手足の節々一時に緩みしが如く、茫然として行衛も知らぬ通路を我ながら踏迷へる思して、果は舞終り楽収りしにも心付かず、軈《やが》て席を退り出でゝ何処ともなく出行きしが、あはれ横笛とは、時頼其夜初めて覚えし女子の名なりけり。

日来快闊にして物に鬱する事などの夢にも無かりし時頼の気風何時しか変りて、憂はしげに思ひ煩ふ朝夕の様唯ならず、紅色《あかみ》を帯びしつや〳〵しき頬の色少く蒼ざめて、常にも似で物言ふ事も稀になり、太息の数のみぞ唯増りける、果は濡羽の厚鬢に水櫛当て、筈長の大束《おほたぶさ》に今様の大紋の布衣は平生の気象に似もやらずと、時頼を知れる人、訝しく思はぬは無かりけり。

第五

打て変りし滝口が今日此頃の有様に、あれ見よ、当世嫌ひの武骨者も、一度は折らねばならぬ我慢なるに、笑止や日頃吾等を尻目に懸けて軽薄武士と言はぬ計りの顔、今更何処に下げて吾等に対ひ得る、など後指さして嘲り笑ふ者あれども、滝口少しも意に介せざるが如く応対等は常の如く振舞ひけり、されど自慢の頬鬚掻撫づる隙もなく、青黛の跡絶えず鮮かにして、萌黄の狩衣に摺皮の藺草履など、よろづ派手やかなる出立は、人目にそれと紛ふべくもあらず、顔容さへ稍々窶れて起居も懶きが如く見ゆれども、人に向つて気色の勝れざるを喞ちし事もなく、偶々病など無きやと問ふ人あれば、却て意外の面地して、常にも益して健かなりと答へけり。

皆是れ恋の業なりとは、哀れや時頼未だ夢にも心づかず、我ともなく人ともあらで只思ひ煩へるのみ、思ひ煩へる事さへも心自ら知らず、例へば夢の中に伏床を抜出で、終夜《よもすがら》山の巓水の涯を迷ひつくしたらん人こそ、さながら滝口が今の有様に似たりとも見るべけれ。

人にも我にも行衛知れざる恋の夢路をば滝口何処のはてまで辿りけん、夕とも言はず、暁とも言はず、屋敷を出で、行先は、己れならで知る人もなく、只門出の勢に引きかへて、戻足の打蕭《うちしを》れたる様、さすがに遠路の労とも思はれず、一月余も過ぎて其年の春も暮れ、青葉の影に時鳥の初声聞く夏の初となりたれども、かゝる有様の悛まる色だに見えず、はては十幾年の間、朝夕楽みし弓馬の稽古さへ自ら怠り勝になりて、胴丸に積る埃の堆きに目もかけず、名に負へる鉄巻は高く長押に掛けられて、螺鈿の桜を散せる黒鞘に、摺鮫の鞘巻指し添へたる立姿は、若し我ならざりせば一月前の時頼、唾も吐きかねざる花奢の風俗なりし。

されば変り果てし容姿に慣れて、笑ひ譏《そし》る人も漸く少くなりし頃、蟬声喧しき夏の暮にもなりけん、滝口が顔愈々やつれ、頬肉は目立つまでに落ちて眉のみ秀で、凄きほど色蒼白みて、濃かなる双の鬢のみぞ愈々其沢《つや》を増しける、気向かねばとて病と称して小松殿が熊野参籠の伴にも立たず、動もすれば、己が室に閉籠りて、夜更くるまで寝もやらず、日頃は絶て用なき机に向ひ、一穂の灯挑げて、怪しげなる薄色の折紙延べ拡げ、命毛《いのちげ》の細々と認むる小筆の運び絶間なく、巻てはかへす思案の胸に、果は太息と共に封じ納むる文の数々、灯の光に宛名を見れば、薄墨の色に哀を籠めて、何時の間に習ひけん貫之流の流れ文字に『横笛さま』。世に艶かしき文てふものを初めて我思ふ人に送りし時は、心のみを頼みに安からぬ日を覚束なくも暮せしが、籬に触るゝ夕風のそよとの頼だになし、前もなき只の一度に人の誠のいかで知らるべきと、更に心を籠めて寄する言の葉も亦仇し矢の返す響も無し、心せはしき三度五度、答なきほど迷は愈々深み、気は愈々狂ひ、十度、二十度、哀れ六尺の丈夫が二つなき魂をこめし千束なす文は、底なき谷に投げたらん礫の如く、只の一度の返り言もなく、天の戸渡る梶の葉に思ふこと書く頃も過ぎ、何時しか秋風の哀を送る夕まぐれ、露を命の虫の音の葉末にすだく声悲し。

第　六

思へば我しらで恋路の闇に迷ひし滝口こそ哀なれ、鳥部野の煙絶ゆる時なく、仇し野の露置くにひまなきまゝ、ならぬ世の習はしに漏るゝ我とは思はねども、相見ての刹那に百年の契をこむる頼もしき例なきにもあらぬ世の中に、いかなれば我のみは、天の羽衣撫で尽すらんほど永き悲みに、只一時の望だに得協はざる、思へば無情の横笛や、過ぎにし春のこのかた、書き連ねたる百千の文に、今は我には言残せる誠も無し、良し有ればとて此上短き言の葉に、胸にさへ余る長き思を寄せん術やある、情なの横笛や、よしや送りし文は拙なくとも、変らぬ赤心は此の春秋の永きにても知れ、一夜の松風に夢醒て、思寂しき衾の中に、我ありし事、薄が末の露程も思ひ出さんには、など一言の哀を返さぬ事やあるべき、思へば〳〵心なの横笛や。

然はさりながら他《あだ》し人の心、我誠もて規るべきに非ず、路傍の柳は折る人の心に任せ、野路の花は摘む主常ならず、数多き女房曹司の中に、いはゞ萍《うきくさ》の浮世の風に任する一女子の身、今日は何れの汀に留りて明日は何処の岸に吹かれやせん、千束《ちづか》なす我文は読みも了らで捨てやられ、さそふ秋風に桐一葉の哀を残さゞらんも知れず、況してやあでやかなる彼が顔は、浮きたる色を愛づる世の中に、そも幾その人を悩しけん、かの宵にすらかの老女を捉へて色清げなる人の、嫉ましや、早や彼が名を尋ねしとさへ言へば、思ひを寄するもの我のみにては無かりけり、よしや他にはあらぬ赤心を寄するとも、風や何処と聞き流さん、浮きたる都の艶女《たをやめ》に二つなき心尽しのかず〳〵は我身ながら耻しや、アノ心なき人に心して我のみ迷ひし愚さよ。

待てしばし、然るにても立波荒き大海の下にも人知らぬ真珠《またま》の光あり、外には見えぬ木影にも情の露は宿する例、まゝならぬ世の習はしは、善きにつけ、悪しきにつけ、人毎に他には測られぬ憂はあるものぞかし、あはれ後とも言はず今日の今、我が此思を其儘に、いづれいかなる由ありて、我思ふ人の悲み居らざる事を誰か知るや、想へば那の気高き藹たけたる横笛を萍の浮きたる艶女とは僻める我心の誤ならんも知れず、さなり、我心の誤ならんも知れず、鳴く蟬よりも鳴かぬ蛍の身を焦すもあるに、声なき哀の深きに較ぶれば、仇浪立てる此胸の浅瀬は物の数ならず、そもや心なき草も春に遇へば笑ひ、情なき虫も秋に感ずれば泣く、血にこそ染まね、千束なす紅葉重の燃ゆる計りの我思に、薄墨の跡だに得返さぬ人の心の有耶無耶《ありやなしや》は、誰か測り誰か知る、然なり、情なしと見、心なしと思ひしは僻める我身の誤なりけり、然るにても――

滝口の胸は麻の如く乱れ、とつおいつ、或は恨み、或は疑ひ、或は惑ひ、或は慰め、去りては来り往きては還る念々不断の妄想、流は千々に異《かは》れども、落行く末はいづれ同じ恋慕の淵、迷の羈絆目に見えねば、勇士の刃も切らんに術なく、あはれや、鬼も挫《ひし》がんず六波羅一の剛の者、何時の間にか恋の奴となりすましぬ。

一夜《あるよ》時頼、更闌けて尚眠りもせず、意中の幻影を追ひながら為す事も無く茫然として机に憑り居しが、越し方、行末の事、端なく胸に浮び、今の我身の有様に引き比べて、思はず深々と太息つきしが、何思ひけん、一声高く胸を叩いて躍り上り、

「嗚呼過てり〳〵」

第　七

歌物語に何の痴言と聞き流せし恋てふ魔に、さては吾れ疾より魅せられしかと、初て

悟りし今の刹那に、滝口が心は如何なりしぞ。

「嗚呼過てり」

とは何より先に口を衝いて覚えず出でし意料無限の一語、襟元に雪水を浴びし如く、六尺の総身ぶる〳〵と震ひ上りて、胸轟き息せはしく、

「むゝ」

とばかりに暫時は空を睨で無言の体、やがて眼を閉てつくづく過越方を想返せば、哀れにもつらかりし思の数々、さながら世を隔てたらん如く、今更明し暮せし朝夕の如何にしてと驚かれぬる計り、夢かと思へば、現せ身の陽炎の影とも消えやらず、現かと見れば夢よりも尚淡き此の春秋の経過、例へば永の病に本性を失ひし人のやうやく我に還りしが如く、滝口は只恍惚として呆るゝ計りなり。

「嗚呼過てり〳〵、弓矢の家に生れし身の、天晴功名手柄して、勇士の誉を後世に残すこそ此世に於ける本懐なれ、何事ぞ、真の武士の唇頭に上するも忌はしき一女子の色に迷うて、可惜月日を夢現の境に過さんとは、あはれ南無八幡大菩薩も照覧あれ、滝口時頼が武士の魂の曇なき証拠、真此《まっこ》の通り」

と、床なる一刀スラリと抜きて青灯の光に差付くれば、爛々たる氷の刃に水も滴らんず無反の切先、鍔《ふん》を銜で紫雲の如く立上る焼刃の匂目も覚むる計り、打見やりて時頼莞爾と打笑み、二振三振、不図平身に映る我顔見れば、こはいかに、肉落ち色蒼白く、

ありし昔に似もつかぬ悲惨の容貌、打駭きて、ためつ、すがめつ、見れば見るほど変り果てし面影は我ならで外になし、扨も瘦れたるかな、愧しや、我を知れる人は斯る容を何とか見けん――そも斯くまで骨身をいためし哀を思へば、深さは我ながら程知らず、是も誰が為、思へば無情の人心かな。砕けよと握り詰めたる柄も気も何時しか緩みて、臥蚕の太眉閃々と動きて覚えず、

「あゝ」

と太息つけば、霞む刃に心も曇り、映るは我面ならで烟の如き横笛が舞姿、是はとばかり眼を閉ぢ、気を取直し、鍔音高く刃を鞘に納むれば、跡には灯の影ほの暗く、障子に映る影さびし。

嗚呼々々、六尺の体に人並の胆は有りながら、さりとは腑甲斐なき我身かな、影も形もなき妄念に悩されて、しらで過ぎし日はまだしもなれ、迷の夢の醒め果てし今はの際に、めゝしき未練は、あはれ武士ぞと言ひ得べきか、軽しと嘲ちし三尺二寸、双腕かけて畳みしはそは何の為の極意なりしぞ、祖先の苦労を忘れて風流三昧に現を抜かす当世武士を尻目にかけし、半歳前の我は今何処にあるぞ、武骨者と人の笑ふを心に誇りし斎藤時頼に、あはれ今無念の涙は一滴も残らずや、そもや滝口が此身は空蟬のもぬけの殻にて、腐れし迄も昔の胆の一片も残らぬか。世に畏るべき敵に遇はざりし滝口も、恋てふ魔神には引く弓も無きに呆れはてぬ、無

念と思へば心愈々乱れ、心愈々乱るゝに随れて乱脈打てる胸の中に迷の雲は愈々拡がり、果は狂気の如くいらちて、時ならぬ鳴絃の響、剣撃の声に胸中の渾沌を清《すま》さんと務むれども、心茲にあらざれば見れども見えず聞けども聞えず、命の蔭に蹲踞る一念の恋は、玉の緒ならで断たん術もなし。

誠や、恋に迷へる者は猶底なき泥中に陥れるが如し、一寸上に浮ばんとするは、一寸下に沈むなり、一尺岸に上らんとするは、一尺底に下るなり、所詮自ら掘れる墳墓に埋るゝ運命は、悶え苦みて些の益もなし、されば悟れるとは己れが迷を知ることにて、そを脱せるの謂にはあらず。

哀れ、恋の鴆毒《ちんどく》を渣《かす》も残さず飲み干せる滝口は、只坐して致命の時を待つの外なからん。

第八

消えわびん露の命を何にかけてや繋ぐらんと思ひきや、四五日経て滝口が顔に憂の色漸く去りて今までの如く物につけ事に触れ思ひ煩ふ様も見えず、胸の嵐はしらねども、表面は槙の梢のさらとも鳴さず、何者か失意の恋にかへて其心を慰むるものあればならん。

一日滝口は父なる左衛門に向ひ、

「父上に事改めて御願ひ致し度き一義あり」
左衛門「何事ぞ」と問へば、
「斯る事、我口より申すは如何なものなれども、二十を越えてはや三歳にもなりたれば、家に洒掃の妻なくては万に事欠けて快からず、幸ひ時頼見定め置きし女子有れば、父上より改めて婚礼を御取計らひ下されたく、願と言ふは此事に候」
人伝に名を聞いてさへ愧らふべき初妻が事、顔赤らめもせず、落付き払ひし語の言ひ様、仔細ありげなり、左衛門笑ひながら、
「これは異な願を聞くものかな、晩かれ早かれ、いづれ持たねばならぬ妻なれば、相応はしき縁もあらばと老父も疾くより心懸け居りしぞ、シテ其方が見定め置きし女子とは、何れの御内か、但しは御一門にてもあるや、どうぢや」
「小子《それがし》が申せし女子は、然る門地ある者ならず」
「然らばいかなる身分の者ぞ、衛府附の侍にてもあるか」
「否、さるものには候はず、御所の曹司に横笛と申すもの、聞けば御室わたりの郷家の娘なりとの事」
滝口が顔は少しく青ざめて、思ひ定めし眼の色徒《たゞ》ならず、父は暫し語なく俯ける我子の顔を凝視め居しが、
「時頼、そは正気の言葉か」

「小子が一生の願、神以て詐ならず」
左衛門は両手を膝に置直して声励まし、
「やよ時頼、言ふまでもなき事なれど、婚姻は一生の大事と言ふこと、其方知らぬ事はあるまじ、世にも人にも知られたる然るべき人の娘を嫁子にもなし、其方が出世をも心安うせんと、日頃より心を用ゆる父を其方は何と見つるぞ、よしなき者に心を懸けて家の誉をも顧みぬほど無分別の其方にてはなかりしに、扨は予てより人の噂に違はず、横笛とやらの色に迷ひしよな」
「否、小子こと色に迷はず、香にも酔はず、神以て恋でもなく浮気でもなし、只少しく心に誓ひし仔細の候へば」
左衛門は少しく色を起し、
「黙れ時頼、父の耳目を欺かん其語、先頃其方が儕輩《はうばい》の足助二郎殿、年若きにも似ず、其方が横笛に想を懸け居ること後の為ならずと懇に潜に我に告げ呉れしが、其方に限りて浮きたる事のあるべきとも思はれねば心も措かで過ぎ来りしが、思へば父が庇蔭目《ひいきめ》の過なりし、神以て恋にあらずとは、何処まで此父を袖になさむずる心ぞ、不埒者め、話にも聞きつらん、祖先兵衛直頼殿、余五将軍に仕へて抜群の誉を顕せしこのかた、弓矢の前には後れを取ぬ斎藤の血統に、女色に魂を奪はれし未練者は其方が初ぞ、それにても武門の恥と心付かぬか、弓矢の手前に面目なしとは思はずか、同じくば名ある武士の末にてもあらばいざしらず、素性もなき土民郷家の娘に、茂頼斯くて在らん内は、斎藤の門をくゞらせん事思ひも寄らず」

老の一徹短慮に息巻荒く罵れば、時頼は黙然として只差俯けるのみ、やゝありて左衛門は少しく面を和げて、

「いかに時頼、人若き間は皆過はあるものぞ、萌出づる時の美はしさに、霜枯の哀は見えねども、何れか秋に遭はで果つべき、花の盛は僅に三日にして跡の青葉は何れも色同じ、あでやかなる女子の色も十年はよも続かぬものぞ、老いての後に顧れば色めづる若き時の心の我ながら解らぬほど痴けたるものなるぞ、過は改むるに憚る勿れとは古哲の金言、父が言葉腑に落ちたるか、横笛が事思ひ切りたるか、時頼、返事のなきは不承知か」

今まで眼を閉ぢて黙然たりし滝口は、やうやく首を擡《もた》げて父が顔を見上げしが、両眼は潤ひて無限の情を湛へ、満面に顕せる悲哀の裡に揺《うご》かぬ決心を示し、徐に両手をつきて、

「一々道理ある御仰、横笛が事、只今限り刀にかけて思ひ切つて候、其代に時頼が又の願、御聞届下さるべきや」

左衛門は然もありなんと打点頭《うちうなづ》き、

「それでこそ茂頼が倅、早速の分別、父も安堵したるぞ、此上に願とは何事ぞ」

「今日より永のおん暇を給はりたし」
言終るや、堰止めかねし溜涙、はら〳〵と流しぬ。

第　九

天にも地にも意外の一言に、左衛門呆れて口も開かず、只其子の顔色打瞘《うちまも》れば、滝口は徐に涙を払ひ、
「思の外なる御驚に定めて浮の空とも思されんが、此願こそは時頼が此座の出来心には露候はず、斯る暁にはと予てより思決めし事に候、事の仔細を申さば只御心に違ふのみなるべけれども、申さゞれば猶以て乱心の沙汰とも思召されん、申すも面はゆげなる横笛が事、まこと言ひ交せし事だに無けれども、我のみの哀は中々に深さの程こそ知れね、つれなき人の心に猶更狂ふ心の駒を繋がん手綱もなく、此春秋は我身ながら苦かりし、神かけて恋に非ず、迷に非ずと我は思へども、人には浮気とや見えもしけん、唯剣に切らん影もなく、弓もて射らん的もなき心の敵に向ひて、そも幾その苦戦をなせしやは、父上、此顔容のやつれたるにて御推量下されたし、時頼が六尺の体によくも担ひしと自らすら駭く計りなる積り〳〵し憂事の数、我ならで外に知る人もなく、只恋の奴よ、心弱き者よと、世上の人に歌はれん残念さ、我誰に向つて、推量あれとも言はん人なきこそ、かへすぐ〳〵も口惜しけれ、此儘の身

にてはどの顔下げて武士よと人に呼ばるべき、腐れし心を抱きて、外見ばかりの伊達に指さんこと、両刀の曇なき手前に心とがめて我から忍びず、只此上は横笛に表向き婚姻を申入るゝ外なし、されどつれなき人心、今更靡かん様もなく、且や素性賤しき女子なれば、物堅き父上の御容なきこと元より覚悟候ひしが、只最後の思出にお耳を汚したる迄なりき、所詮天魔に魅入られし我身の定業と思へば、心を煩はすもの更に無し、今は小子が胸には横笛がつれなき心も残らず、月日と共に積りし哀も宿さず、人の恨も我悲も洗ひし如く痕なけれども、残るは只此世の無常にして頼み少きこと、秋風の身にしみ〴〵と感じて、有漏の身の換へ難き恨、今更骨身に徹へ候、惟《おもんみ》れば誰が保ちけん東父西母が命、誰が嘗めたりし不老不死の薬、電光の裏に仮の生を寄せて、妄念の間に露の命を苦む、愚なりし我身なりけり、横笛が事御容なきこそ小子に取りては此上もなき善智識、今日を限りに世を厭ひて誠の道に入り、墨染の衣に一生を送りたき小子が決心、二十余年の御恩の程は申すも愚なれども、何れ遁れ得ぬ因果の道と御諦ありて、永遠の御暇を給はらんこと、時頼が今生の願に候」

胸一杯の悲に語さへ震へ、語り了ると其儘、歯根喰ひ絞りて、詰と耐ふる断腸の思、勇士の愁嘆流石にめゝしからず。

過ぎ越せし六十余年の春秋、武門の外を人の住むべき世とも思はず、涙は無念の時出づるものぞと思ひし左衛門が耳に、哀れに優しき滝口が述懐の、何として解かるべき、歌詠む人の方便とのみ思ひ居し恋に悩みしと言ふさへあるに、木の端とのみ嘲りし世捨人が現在我子の願ならんとは、左衛門如何でか驚かざるを得べき、夢かとばかり一度は呆れ、一度は怒り、老の両眼に溢るゝ計りの涙を浮べ、
「やよ倅、今言ひしは慥に斎藤時頼が真の言葉か、幼少より筋骨人に勝れて逞しく、胆力さへ坐りたる其方、行末の出世の程も頼母しく、我白髪首の生甲斐あらん日をば指折りながら待侘び居たるには引換へて、今と言ふ今老の眼に思ひも寄らぬ恥辱を見るものかな、奇怪とや言はん、不思議とや言はん、慈悲深き小松殿が、左衛門は善き子を持たれし、と我を見給ふ度毎のお言葉を常々人に誇りし我れ、今更乞食坊主の倅を持て、何処に人に合する二つの顔ありと思うてか、やよ、時頼ヨック聞け、他は言はず、先祖代々よりの斎藤一家が被りし平家の御恩はそも幾何なりと思へるぞ、殊に弱年の其方を那程《あれほど》に目をかけ給ふ小松殿の御恩に対しても、よし如何に堪へ難き理由あればとて、斯る法外の事言はれ得る義理か、弓矢の上にこそ武士の誉はあれ、両刀捨てゝ世を捨てゝ、悟り顔なる倅を左衛門は持たざるぞ、上気の沙汰ならば容赦もせん、性根を据ゑて、不所存のほど過つたと言はぬかッ」
両の拳を握て怒の眼は鋭けれども、恩愛の涙は忍ばれず、双頬伝うてはふり落つるを拭ひもやらず、一息つよく、

「どうぢや、時頼返答せぬかッ」

第十

深く思ひ決めし滝口が一念は石にあらねば転ばすべくも非ざれども、忠と孝との二道に、恩義をからみし父の言葉、思ひ設けし事ながら、今更に腸も千切るゝばかり、声も涙に曇りて、見上ぐる父の顔も定かならず、

「仰せらるゝ事、時頼いかで理と承はらざるべき、小松殿の御事は云ふも更なり、年寄り給ひたる父上に、斯る嘆を見せ参らする小子が胸の苦しさは、喩ふるに物も無けれども、所詮浮世と観じては、一切の望に離れし我心、今は返さん術もなし、忠孝の道、君父の恩、時頼何として疎かに存じ候べき、然りながら一度人身を失へば万劫還らずとかや、世を換へ生を移しても生死妄念を離れざる身を思へば、悟の日の晩かりしに心急がれて、世は是迄とこそ思はれ候へ、只是まで思ひ決めしまで重ね重ねし幾重の思案をば御知なき父上には、定めて若気の短慮とも当座の上気とも聞かれつらんこそ口惜しけれ、言はゞ一生の浮沈に関る大事、時頼不肖ながらいかでか等閑に思ひ候べき、詮ずるに自他の悲を此胸一つに収め置て、亡らん後の世まで知る人もなき身の果敢なさ、今更是非もなし、父上、願ふは此世の縁を是限りに、時頼が身は二十三年の秋を一期に病の為に敢なくなりしとも御諦らめ下されかし、

不孝の悲は胸一つには堪へざれども、御詫申さんに辞もなし、只々御赦を乞ふ計りに候」

濺ぐ涙に哀を籠めても、飽くまで世を背に見たる我子の決心、左衛門今は夢とも上気とも思はれず、愛しと思ふほど弥増す憎さ、慈悲と恩愛に燃ゆる怒の焔に満面朱を濺げるが如く、張り裂く計りの胸の思に言葉さへ絶え絶えに、

「イ言はして置けば父をさし置きて我れ面白の勝手の理窟、左衛門聞く耳持たぬぞ、無常因果と世にも痴けたる乞食坊主のえせ仮声《こわいろ》、武者がどの口もて言ひ得る語ぞ、弓矢とる身に何の無常、何の因果――時頼善く聞けよ、畜類の狗さへ一日の飼養に三年の恩を知ると云ふに非ずや、匐へば立て立てば歩めと我年の積るをも思はで育て上げし二十三年の親の辛苦、さては重代相恩の主君にも見換へん者、世に有りと思ふ其方は、犬にも劣りしとは知らざるか、不忠とも、不孝とも、乱心とも、狂気とも、言はん様なき不所存者、左衛門が眼には我子の容に化けし悪魔とより外は見ざるぞ、それにても見事其処に居直りて、斎藤左衛門茂頼が一子ぞと言ひ得るか、ならば御先祖の御名立派に申して見よ、其方より暇乞ふ迄もなし、人の数にも入らぬ木の端は、勿論親でもなく、子でもなし、其一念の直らぬ間は、時頼、シ、七生までの義絶ぞ」

言ひ捨てゝ、襖立切り、畳触りも荒々しく、ツと奥に入りし左衛門、跡見送らんとも

せず、時頼は両手をはたとつきて、両眼の涙さながら雨の如し。外には鳥の声うら悲しく、枯れもせぬに散る青葉二つ三つ、無情の嵐に揺落されて窓打つ音さへ恨めしげなる——あはれ、世は汝のみの浮世かは。

第十一

一門の采邑六十余州の半を越え、公卿殿上人三十余人、諸司衛府を合せて、門下郎党の、大官栄職を恣にするもの其数を知らず、げに平家の世は今を盛とぞ見えにける、新大納言が隠謀脆くも敗て身は西海の隅に死し、丹波の少将成経、平判官康頼、法勝寺の執行俊寛等、徒党の面々、波路遥に名も恐しき鬼界が島に流されしより、世は愈愈平家の勢に鱗伏し、道路目を側《そばだ》つれども背後に指す人だになし、一国の生殺与奪の権は入道が眉目の間に在りて、衛府判官は其爪牙たるに過ぎず、苟も身一門の末葉に連れば、公卿華冑の公達も敢て肩を並ぶる者なく、前代未聞の栄華は天下の耳目を驚かせり、されば日に増し募る入道が無道の行為、一朝の怒に其身を忘れ、小松内府の諫をも用ひず、恐多くも後白河法皇を鳥羽の北殿に押籠め奉り、卿相雲客の或は累代の官職を褫《はが》れ、或は遠島に流人となるもの四十余人、鄙も都も怨嗟の声に充ち、天下の望既に離れて衰亡の兆漸く現れんとすれども、今日の歓に明日の哀を想ふ人もなし、盛者必衰の理とは謂ひながら、権門の末路、中々に言葉にも尽されね。

父入道が非道の挙動は一次再三の苦諫にも及れず、君父の間に立ちて忠孝二道に一身の両全を期し難く、驕る平氏の行末を浮べる雲と頼なく、思積りて熟々《つら〳〵》世の無常を感じたる小松の内大臣重盛卿、先頃思ふ旨ありて、熊野参籠の事ありしが、帰洛の後は一室に閉籠りて猥に人に面を合せ給はず、外には所労と披露ありて出仕もなし、然れば平生徳に懐《なつ》き恩に浴せる者は言ふも更なり、知るも知らぬも潜に憂ひ傷まざるはなかりけり。

短き秋の日影もやゝ西に傾きて、風の音さへ澄渡るはづき半の夕暮の空、前には閑庭を控へて左右は廻廊を繞し、青海の簾《みす》長く垂れこめて、微月の銀鈎《ぎんこう》空しく懸れる一室は、小松殿が居間なり、内には寂然として人なきが如く、只簾を漏れて心細くも立迷ふ香煙一縷、折々かすかに聞ゆる戛々《かつ〳〵》の音は念珠を爪繰る響にや、主が消息を齎していと奥床し。

やゝありて、

「誰かある」

と呼ぶ声す、那方《あなた》なる廊下の妻戸を開けて徐に出来りたる立烏帽子に布衣着たる侍は斎藤滝口なり。

「時頼参りて候」

と申上ぐれば、やがて一間を出立給ふ小松殿、身には山藍色の形木を摺りたる白布の服を纏ひ、手には水晶の珠数を懸け、ありしにも似ず窶れ給ひし御顔に笑を含み、

「珍らしや滝口、此程より病気《いたつき》の由にて、予が熊野参籠の折より見えざりしが、僅の間に痛く痩せ衰へし其方が顔容、日頃は鬼とも組まんず勇士も、身内の敵には勝たれぬよな、病は癒えしか」

滝口はやゝしばし、詰と御顔を見上げ居たりしが、

「久しく御前に遠りたれば、余りの御懐しさに病余の身をも顧みず、先刻遠侍に伺候致せしが、幸にして御拝顔の折を得て、時頼身にとりて恐悦の至に候」

言ふと其儘御前に打伏し、濡羽の鬢に小波を打たせて悲愁の様子徒《たゞ》ならず見えけり。哀れや滝口、世を捨てん身にも、今を限の名残には、一切の諸縁何れか煩悩ならぬは無し、此世の思出に夫《それ》とはなしに余所ながらの告別とは神ならぬ身の知り給はぬ小松殿、滝口が平生の快闊なるには似もやらで、打萎れたる容姿を訝しげに見やり給ふぞ理なる。

四方山の物語に時移り、入日の影も何時しか消えて、冴え渡る空に星影寒く、階下の叢に虫の泣声露ほしげなり、燭を運び来りし水干に緋の袴着けたる童の後影見送りて、小松殿は声を忍ばせ、

「時頼近う寄れ、得難き折なれば、予が改めて其方に頼み置く事あり」

第十二

一穂の灯を挟みて相対せる小松殿と時頼、物語の様最《い》と蕭《しめ》やかなり。

「こは思も寄らぬ御言葉を承はり候ものかな、御世は盛とこそ思はれつるに、など然る忌はしき事を仰せらるゝにや、憚り多き事ながら、殿こそは御一門の柱石、天下万民の望の集る所、吾れ人諸共に御運の程の久しかれと祈らぬ者はあらざるに、何事にて御在するぞ、聊かの御不例に忌はしき御身の後を仰せ置かるゝとは、殊更少将殿の御事、不肖弱年の時頼、如何でか御托命の重きに堪へ申すべき、御言葉のゑよし、時頼つや〳〵合点参らず」

「時頼、さては其方が眼にも世は盛と見えつるよな――世は盛に見ゆればこそ、衰へん末の事の一入深く思ひ遣らるゝなれ、弓矢の上に天下を与奪するは武門の慣習、遠き故事を引くにも及ばず、近き例は源氏の末路、仁平久寿の盛の頃には、六条判官殿、如何でか其一族の今日あるを思はれんや、治に居て乱を忘れざるは長久の道、栄華の中に没落を思ふも徒に重盛が杞憂のみにあらじ」

「然るにても幾千代重ねん殿が御代なるに、など然ることの候はんや」

「否とよ、時頼、朝の露よりも猶空なる人の身の、何時消えんも測り難し、我れ斯くてだに在らんにはと思ふ間さへ中々に定かならざるに、いかで年月の後のことを思ひ料《はか》らんや、我もし兎も角もならん跡には心に懸るは只少将が身の上、元来孱弱《せんじやく》の性質《うまれつき》、加ふるに幼より詩歌数寄の道に心を寄せ、管絃舞楽の娯の外には弓矢の誉あるを知らず、其方も見つらん、去んぬる春の花見の宴に、一門の面目と称へられて舞妓白拍子にも比すべからん己が優技をばさも誇り顔に見えしは、親の身の中々に耻しかりし、一旦事あらば、妻子の愛、浮世の望に惹されて、如何なる未練の最期を遂ぐるやも測られず、世の盛衰は是非もなし、平家の嫡流として、卑怯の挙動などあらんには、祖先累代の耻辱是上あるべからず、維盛が行末守り呉れよ時頼、之ぞ小松が一期の頼なるぞ」

「そは時頼の分に過ぎたる仰にて候ぞや、現在足助二郎重景など屈竟の人々、少将殿の扈従には候はずや、若年未熟の時頼、人に勝りし何の能ありて斯る大任を御受申すべき」

「否々左にあらず、いかに時頼、六波羅上下の武士が此頃の有様を何とか見つる、一時の太平に狎れて衣紋装束に外見を飾れども、誠武士の魂あるもの幾何かあるべき、華奢風流に荒める重景が如き、物の用に立つべくもあらず、只彼が父なる与三左衛門景安は、平治の激乱の時、二条堀河の辺りにて、我に代りて悪源太が為に討たれし者ゆゑ、其遺功を思うて我名の一字を与へ少将が扈従となせしのみ、繰言ながら維盛が事頼むは其方一人、少将事あるの日、未練の最期を遂ぐる様の事あらんには、時頼、予は草葉の蔭より其方を恨むぞよ」

思ひ入りたる小松殿の御気色、物の哀を含めたる、心ありげの語の端々も、余りの忝なさに思ひ紛れて、只感涙に咽ぶのみ、風にあらで小忌《をみ》の衣に漣立ち、持ち給へる珠数震ひ揺ぎて、さら〳〵と音するに、滝口首を擡げて小松殿の御様を見上ぐれば、灯の光に半面を背けて、御袖の唐草に徒ならぬ露を忍ばせ給ふ、御心の程は知らねども、痛はしさは一入深し、夜も更け行きて、何時しか簾を漏れて青月の光凄く、澄渡る風に落葉響きて、主が心問ひたげなり。

虫の音亘りて月高く、いづれ哀は秋の夕、憂しとても逃れん術なき己が影を踏みながら、腕叉きて小松殿の門を立出でし滝口時頼、露にそぼちてか布衣の袖重げに見え、足の運さながら酔へるが如し、今更思決めし一念を吹かへす世に秋風は無けれども、積り〳〵し浮世の義理に迫られ、胸は涙に塞りて、月の光も朧なり、武士の名残も今宵を限り、余所ながらの告別《いとまごひ》とは知り給はで、亡からん後まで頼み置かれし小松殿、御仰せの忝さと、是非もなき身の不忠を想ひやれば、御言葉の節々は骨を刻むより猶つらかりし、哀れ心の灰は冷え果てゝ、浮世に立てん煙もなき今の我、あゝ何事も因果なれや。

月は照れども心の闇に夢とも現とも覚えず、行衛もしらず歩み来りしが、ふと頭を挙ぐれば、こはいかに、身は何時の間にか御所の裏手、中宮の御殿の辺に立てりける、此春より来慣れたる道なればにや、思はぬ方に迷ひ来しものかなと、無情《つれな》かりし人に通ひたる昔忍ばれて、築垣の下に我知らず彳《たゝず》みける、折柄傍なる小門の蔭にて「横笛」と言ふ声するに心付き、思はず振向けば、立烏帽子に狩衣着たる一個の侍の此方に背を向けたるが、年の頃五十計りなる老女と額を合せて囁けるなり。

第　十三

月より外に立聞ける人ありとも知らで、件の侍は声潜ませて、

「いかに冷泉、折重ねし薄様は薄くとも、こめし哀は此秋よりも深しと覚ゆるに、彼の君の気色は如何なりしぞ、夜毎の月も数へ尽して、円なる影は二度まで見たるに、身の願の満たん日は何れの頃にや、頼み甲斐無き懸橋よ」

怨の言葉を言はせも敢ず、老女は疎らなる歯茎を顕はしてホヽと打笑み、

「然りとは恋する御身にも似合はぬ事を、此の冷泉に如才は露無けれども、まだ都慣れぬ彼の君なれば、御身が事可愛しとは思ひながら、返す言葉のはしたなしと思はれんなど思ひ煩うてお在すにこそ、咲かぬ中こそ莟ならずや」

言ひつゝ、ツと男の傍に立寄りて耳に口よせ、何事か暫し囁きしが、一言毎に点頭きて冷かに打笑める男の肩を軽く叩きて、

「お解りになりしや、其時こそは此の老婆にも、秋にはなき梶の葉なれば、渡しの料

は忘れ給ふな、世にも憎きほど羨ましき二郎ぬしよ」

男は打笑ふ老女の袂を引きて、

「そは誠か、時頼めは愈々思ひ切りしとか」

己れが名を聞きて松影に潜める滝口は愈々耳を澄しぬ、老女、

「此春より引きも切らぬ文の、此の二十日計りはそよとだに音なきは、言はでも著るき、空なる恋と思ひ絶えしにあんなれ、何事も此の老婆に任せ給へ、又しても心元なげに見え給ふことの恨めしや、今こそ枯枝に雪のみ積れども、鶯鳴かせし春もありし老婆、万に抜目の有るべきや」

袖もて口を覆ひ、さなきだに繁き額の皺を集めて、ホ、と打笑ふ様、見苦しき事言はん方なし。

後の日を約して小走りに帰り行く男の影をつく〲見送りて、滝口は枯木の如く立ちすくみ、何処ともなく見詰むる眼の光徒ならず、

「二郎、二郎とは何人ならん」

独りごちつゝ、首傾けて暫し思案の様なりしが、忽ち眉揚り眼鋭く、

「さては」

とばかり面色見る〲変りて、握り詰めし拳ぶる〲と震ひぬ、何に驚きてか、垣根の虫、礑《はた》と泣き止みて、空に時雨る、落葉散る響だにせず、良《や、》ありて滝口、顔色和ら

ぎて握り拳も自ら緩み、只太息のみ深し。

「何事も今の身には還らぬ夢の恨もなし、友を売り人を詐る末の世と思へば、吾が為に善知識ぞや、誠なき人を恋ひしも浮世の習と思へば少しも腹立たず」

立上りつゝ、築垣の那方を見やれば、琴の音の微に聞ゆ、月を友なる怨声は、若しや我慕ひてし人にもやと思へば、一期の哀自ら催されて、ありし昔は流石に空《あだ》ならず、あはれ、よりても合はぬ片糸の我身の運は是非もなし、只塵の世に我思ふ人の長へに汚れざれ、恋に望を失ひても、世を果敢なみし心の願優に貴し。

千緒万端の胸の思を一念「無常」の熔炉に熔し去て、澄む月に比べん心の明るさ、何れ終は同じ紙衣玉席、白骨を抱きて栄枯を計りし昔の夢、観じ来れば、世に秋風の哀もなし、君も父も、恋も情も、さては世に産声挙げてより二十三年の旦夕に畳み上げ折重ねし一切の衆縁、六尺の皮肉と共に夜半の嵐に吹き籠めて、行衛も知らぬ雲か煙、跡には秋深く夜静にして亘る雁の声のみ高し。

第　十四

治承三年五月熊野参籠の此方、日に増し重る小松殿の病気、一門の頼、天下の望を繋ぐ御身なれば、さすがの横紙裂りける入道も心を痛め、此日朝まだき西八条より遥々の見舞に、内府も暫く寝処を出で、対面あり、半晌計り経て還り去りしが、鬼の様なる入道も、稍涙含みてぞ見えにける、相随ひし一門の人々の入道と共に還りし跡には、館の中最《い》と静にて、小松殿の側に侍る者は、御子維盛卿と足助二郎重景のみ、維盛卿は父に向ひ、

「先刻祖父禅門の御勧ありし宋朝渡来の医師、聞くが如くんば世にも稀なる名手なるに、父上の拒み給ひしこそ心得ね」

訝げに尋るを、小松殿は打見やりて、はら〳〵と涙を流し、

「形ある者は天命あり、三界の教主さへ、耆婆《ぎば》が薬にも及ばずして、跋提河《ばつだいが》の涅槃に入り給ひき、仏体ならぬ重盛、まして唯ならぬ身の業繋《ごふけ》なれば、薬石如何でか治するを得べき、唯父禅門の御身こそ痛ましけれ、位人臣を極め、一門の栄華は何れの国、何れの代にも例なく、齢六十に越え給へば、出離生死の御営《おんいとなみ》無上菩提の願の外、何御不足のあれば、煩悩劫苦の浮世に非道の権勢を貪り給ふ浅ましさ、如何に少将、此頃の御挙動を何とか見つる、臣として君を押籠め奉るさへあるに、下民の苦を顧みず、遷都の企ありと聞く、そもや平安三百年の都を離れて何こに平家の盛あらん、父の非道を子として救ひ得ず、民の怨を眼のあたり見る重盛が心苦しさ、思ひ遣れ、少将」

維盛卿も、傍に侍せる重景も、首を垂れて黙然たり、内府は病疲れたる身を脇息に持たせて少しく笑を含みて重景を見やり給ひ、

「いかに二郎、保元の弓勢、平治の太刀風、今も草木を靡かす力ありや、盛と見ゆる世も何れ衰ふる時はあり、末は濁りても澗れぬ源には、流も何時か清まんずるぞ、言葉の旨を忖《はか》り得しか」

重景は愧《はづか》しげに首を俯し、

「如何でかは」

と答へしまゝ、はか〴〵しく応せず。

折から一人の青侍廊下に手をつきて、

「斎藤左衛門、只今御謁見を給はりたき旨願候が、如何計らひ申さんや」

と恐る〳〵申上れば、小松殿、

「是へ連れ参れ」

と言ふ、暫くして件の青侍に導かれ縁端に平伏したる斎藤茂頼、齢七十に近けれども、猶矍鑠《くわくしやく》として、健なる老武者、右の鬢先より頬を掠めたる向疵に、栗毛の琵琶股叩いて物語りし昔の武功忍ばれ、籠手摺《こてずれ》に肉落ちて節のみ高き太腕は、そも幾その人の首を切り落しけん、肩は山の如く張り、頭は雪の如く白し、

「久しや左衛門」

小松殿声懸け給へば、左衛門は窪みし両眼に涙を浮べ、

「茂頼此の老年に及び、一期の恥辱、不忠の大罪、御詫申さん為、御病体を驚せ参ら

せて候」
小松殿眉を顰め「何事ぞ」と問ひ給へば、茂頼は無念の顔色にて、
「愚息、時頼」
と言ひさして涙をはら〳〵と流せば、重景は傍より膝進め、
「時頼殿に何事の候ひしぞ」
「遁世致して候」
是はと驚く維盛、重景、仔細如何にと問ひ寄るを応《いらへ》も得せず、やうやく涙を拭ひ、
「君が山なす久年の御恩に対し、一日の報功をも遂げず、猥に身を捨つる条、不忠とも不義とも言はん方なき愚息が不所存、茂頼此期に及び、君に合はす面目も候はず」
言ひつゝ懐より取出す一封の書、
「言語に絶えたる乱心にも、君が御事忘れずや、不忠を重ぬる業とも知らで、残しありし此の一通、君の御名を染めたれば、捨てんにも処なく、余儀なく此に」
と差上ぐるを、小松殿は取上げて、
「こは予に残せる時頼が陳情よな」
と言ひつゝ、繰りひろげ、つく〴〵読了りて嘆息し給ひ、
「あゝ我のみの浮世にてはなかりしか――時頼ほどの武士も、物の哀には向はん刃なしと見ゆるぞ、左衛門、今は嘆きても及ばぬ事、予に於て聊か憾なし、禍福はあざ

なへる縄の如く、世は塞翁が馬、平家の武士も数多きに、時頼こそは中々に嫉しき程の仕合者ぞ」

第　十五

更闌けて、天地の間にそよとも音せぬ午夜の静けさ、やゝ傾きし下弦の月を追うて、冴え澄める大空を渡る雁の影遥なり、ふけ行く夜に奥も表も人定りて、築山の木影に鉄灯《かなとう》の光のみ佗びしげなる御所の裏局、女房曹司の室々も今を盛の寝入花、対屋を照せる灯の火影に迷うて、妻戸を打つ虫の音のみ高し、廻廊のあなたに、蘭灯尚微なるは誰が部屋ならん、主は此夜深きにまだ寝もやらで、独黒塗の小机に打ちもたれ、首を俯して物思はしげなり、側にある衣桁には紅梅萌黄の五衣《いつゝぎぬ》を打懸けて、焚き籠めし移り香に時ならぬ花を匂はせ、机の傍に据付けたる蒔絵の架には、色々の歌集物語を載せ、柱には一面の古鏡を掛けて、故《わざ》とならぬ女の魂見えて床し、主が年の頃は十七八になりもやせん、身には薄色に草模様を染めたる小袿を着け、水際立ちし額より丈にも余らん濡羽の黒髪、肩に振分けて後に下げたる姿、優に気高し、誰見ねども膝も崩さず、時々鬢のほつれに小波を打たせて吐く息の深げなるに、哀は此処にも漏れずと見ゆ、主は誰ぞ、是ぞ中宮の曹司横笛なる。

其の振上ぐる顔を見れば、鬚眉《しゆび》の魂を蕩《とろか》して、此世の外ならで六尺の体を天地の間に置き所無きまでに狂はせし傾国の色凄き迄に美はしく、何を悲みてか、眼に湛ふる涙の珠、海棠の雨も及ばず、膝の上に半繰弘げたる文は何の哀を籠めたるにや、打見やる眼元に無限の情を含み、果は恰も悲に堪へざるもの、如く、ブル〳〵と身震ひして文もて顔を掩ひ、泣音を忍ぶ様いぢらし。

折から此方を指して近く人の跫音に、横笛手早く文を巻き蔵め、涙を拭ふ隙もなく、忍びやかに、

「横笛様、まだ御寝ならずや」

と言ひつ、部屋の障子徐に開きて入来りしは、冷泉と呼ぶ老女なりけり、横笛は見るより、蕭《しを》れし今までの容姿忽ち変り、屹と容を改め、言葉さへ雄々しく、

「冷泉様には何の要事あれば夜半には来給ひし」

と咎むるが如く問ひ返せば、ホヽと打笑ひ、

「横笛さま、心強きも程こそあれ、少しは他の情を酌み給へや、老枯れし老婆の御身に嫌はるゝは、可惜《あたら》武士の恋死せん命を思へば物の数ならず、然るにても昨夜の返事、如何に遊ばすやら」

「幾度申しても御返事は同じこと、あな蒼蝿《うるさ》き人や」

慚しげに面を赧らむる常の様子と打て変りし、さてもすげなき捨言葉に、冷泉訝しくは思へども、流石は巧者《しれもの》気を外さず、

「其御心の強さに弥増す思に堪へ難き重景さま、世に時めく身にて、霜枯の夜毎に只一人、憂身をやつさるゝも恋なればこそ、横笛様、御身はそを哀とは思さずか、若気の一徹は吾れ人共に思ひ返しの無きもの、可惜丈夫の焦れ死しても御身は見殺しにせらるゝ気か、さりとは情なの御心や」

横笛はさも懶げに、

「左様の事は横笛の知らぬこと」

「またしてもうたてき事のみ、恥しと思ひ給うての事か、年弱き内は誰しも同じながら、斯くては恋は果てざるものぞ、女子の盛は十年とは無きものなるに、此上なき機会《をり》を取り外して、卒塔婆小町の故事も有る世の中、重景様は御家と謂ひ器量と謂ひ、何不足なき好き縁なるに、何とて斯くは否み給ふぞ、扨は滝口殿が事思ひ給うての事か、武骨一途の滝口殿、文武両道に秀で給へる重景殿に較ぶべくも非ず、況してや滝口殿は何思立ちてや、世を捨て給ひしと専ら評判高きをば、御身は未だ聞き給はずや、世捨人に情も義理も要らばこそ、花も実もある重景殿に只一言の色善き返り言をし給へや、軈《やが》て兵衛にも昇り給はんず重景殿、御身が行末は如何に幸ならん、未だ浮世慣れぬ御身なれば、思ひ煩ひ給ふも理なれども、六十路に近き此の老婆《ばゞ》、いかで為悪しき事を申すべき、聞分け給ひしか、や」

顔差し覗きて猫撫声、

「や、や」
と媚びるが如く笑を含みて袖を引けば、今まで応《いらへ》もせず俯き居たりし横笛は、引かれし袖を切るが如く打払ひ、忽ち柳眉を逆立て、言葉鋭く、
「無礼にはお在さずや、冷泉さま、栄華の為めに身を売る遊女舞妓と横笛を思ひ給うてか、但は此の横笛を飽くまで不義淫奔に陥れんとせらるるにや、又しても問ひもせぬ人の批判、且は深夜に道ならぬ媒介、横笛迷惑の至、御帰あれ冷泉様、但し高声挙げて宿直の侍を呼起し申さんや」

第　十六

鋭き言葉に言懲されて、余儀なく立上る冷泉を、引立てる計りに送り出し、本意無げに見返るを見向もやらず、其儘障子を礑《はた》と締めて、仆るゝが如く座に就ける横笛、暫しは恍然《うつとり》として気を失へる如く、いづことも無く詰と凝視め居しが、星の如き眼の裏には溢るゝばかりの涙を湛へ、珠の如き頬にはら〳〵と振りかゝるをば拭はんともせず、蕾の唇惜気もなく喰ひしばりて、噛み砕く息の切れ〴〵に全身の哀を忍ばせ、はては耐へ得で、体を岸破《がば》とうつ伏して、人には見えぬ幻に我身ばかりの現を寄せて、よゝとばかりに泣き転びつ、涙の中にかみ絞る袂を漏れて、幽に聞ゆる一言は、誰に聞かせんとてや、

「ユ許し給はれ」

良しや眼前に屍の山を積まんとも涙一滴こぼさぬ勇士に、世を果敢なむ迄に物の哀を感じさせ、夜毎の秋に浮身をやつす六波羅一の優男を物の見事に狂はせながら、

「許し給はれ」

とは今更何の酔興ぞ、吁々然《あゝさ》に非ず、何処までの浮世なれば、心にもあらぬ情なさに、互の胸の隔てられ、恨みしものは恨みしまゝ、恨みられし者は恨みられし儘に、あはれ皮一重を堺に、身を換へ世を隔てゝも、胡越の思をなす、吾れ人の運命こそ果敢なけれ、横笛が胸の裏こそ、中々に口にも筆にも尽されね。

飛鳥川の明日をも竢《ま》たで、絶ゆる間も無く移り変る世の淵瀬に、百千代を貫きて変らぬ者あらば、そは人の情にこそあんなれ、女子の命は只一つの恋、あらゆる此世の望、楽、さては優にやさしき月花の哀、何れ恋ならぬは無し、胸に燃る情の焔は、他を焼かざれば其の身を焚かん、まゝならぬ恋路に世を喞《かこ》ちて、秋ならぬ風に散りゆく露の命葉、或は墨染の衣に有漏の身を裹む、さては淵川に身を棄つる、何れか恋の炎に其軀を焼き尽して、残る冷灰の哀に非ざらんや、女子の性の斯く情深きに、いかで横笛のみ独無情かるべきぞ。

人知らぬ思に秋の夜半を泣きくらす横笛が心を尋ぬれば、次の如くなりしなり。

想ひ廻せばはや半歳の昔となりぬ、西八条の屋方に花見の宴ありし時、人の勧に黙し

難く、舞ひ終る一曲の春鶯囀に、数ならぬ身の端なくも人に知らる、身となりては、御室の郷に静けき春秋を娯みし身の心惑はる、事のみ多かり、見も知らず、聞きも習はぬ人々の人伝に送る薄色の折紙に、我を宛名の哀れの数々、都慣れぬ身には只胸のみ驚かれて、何と答へん術だに知らず、其儘心なく打過ぐる程に、雲井の月の懸橋絶えしと思ひてや、心を寄する者も漸く尠くなりて、始に渝らず文をはこぶは只二人のみぞ残りける、一人は斎藤滝口にして、他の一人は足助二郎なり、横笛今は稍浮世に慣れて、風にも露にも、余所ならぬ思忍ばれ、墨染の夕の空に只一人、連れ亘る雁の行衛消ゆるまで見送りて、思はず太息吐く事も多かりけり、二人の文を見るに付け、何れ劣らぬ情の濃かさに心迷ひて、一つ身の何れを夫《それ》とも別ち兼ね、其とは無しに人の噂に耳を傾くれば、或は滝口が武勇人に勝れしを誉むるも有れば、或は二郎が容姿の優しきを称ゆるも有り、共に小松殿の御内にて、世にも知られし屈指の名士、横笛愈々心惑ひて、人の哀を二重に包みながら、浮世の義理の柵《しがらみ》に何方へも一言の応へだにせず、無情と見ん人の恨を思ひやれば、身の心苦しきも数ならず、夜半の夢屢々駭きて、涙に浮くばかりなる枕辺に、燻籠《ふせご》の匂のみ薫《しめ》やかなるぞ憐なる。

或日のこと、滝口時頼が発心せしこと、誰言ふとなく大奥に伝はりて、さなきだに口善悪なき女房共、寄ると触ると滝口が噂に、横笛轟く胸を抑へて蔭ながら様子を聞けば、情なき恋路に世を果敢なみての業と言ひ囃すに、人の手前も打忘れ、覚えず「そは誠か」と力を入れて尋ぬれば、女房共、「罪造りの横笛殿、可惜勇士を木の端とせし」と人の哀を面白げなる高笑に、是はとばかり、早速のいらへもせず、ツと己が部屋に走り帰りて、終日夜《ひねもす》もすがら、泣暮し泣明しぬ。

第 十七

「罪造の横笛殿、あたら勇士に世を捨てさせし」

あゝ半戯に、半法界悋気《ほふかいりんき》の此の一語、横笛が耳には如何に響きしぞ、恋に望を失ひて、浮世を捨てし男女の事、昔の物語に見し時は、世に痛はしき事に覚えて、草色の袂に露の哀を置きし事ありしが、猶現ならぬ空事とのみ思ひきや、今や眼前かゝる悲に遇はんとは、而かも世を捨てし其人は命を懸けて己を恋ひし滝口時頼、世を捨てさせし其人は可愛《いとし》とは思ひながらも世の関守に隔てられて無情《つれな》しと見せたる己横笛ならんとは、余の事に左右《とかう》の考も出でず、夢幻の思して身を小机に打伏せば、

「可惜武士に世を捨てさせし」

と怨むが如く、嘲るが如き声、何処よりともなく我耳にひゞきて、其度毎に総身宛然《さながら》水を浴びし如く、心も体も凍らんばかり、襟を伝ふ涙の雫のみさすが哀を隠し得ず。搔乱れたる心辛《やうや》う我に帰りて熟々思へば、世を捨つるとは、軽々しき戯事に非ず、滝口殿は六波羅上下に名を知られたる屈指の武士、希望に満てる春秋長き行末を、二十

幾年の男盛に断截りて、楽しき此世を外に身を仏門に帰し給ふ、世にも憐の事にこそ、数多の人に優りて、君の御覚殊に愛たく、一族の誉を双の肩に担うて、家には其子を杖なる年老いたる親御もありと聞く、他目にも数あるまじき君父の恩義、惜気もなく振捨てゝ、人の譏り、世の笑を思ひ給はで、弓矢とる御身に瑜伽三密《ゆがさんみつ》の嗜は、世の無常を如何に深く観じ給ひけるぞ、あゝ是れ皆此身、此横笛の為せし業、刃こそ当てね、可惜武士を手に掛けしも同じ事、――思へば思ふほど、乙女心の胸塞りて、泣くより外にせん術も無し。

吁々、協はずば世を捨てんまで、我を思ひくれし人の情の程こそ中々に有り難けれ、儘ならぬ世の義理に心ならずとは云ひながら、斯る誠ある人に、只一言の返事だにせざりし我こそ今更に悔しくも亦罪深けれ、手筐の底に秘め置きし滝口が送りし文涙ながらに取出して、心遣りにも繰返せば、先には斯までとも思はざりしに、今の心に読もて行く一字毎に腸も千切るゝばかり、百夜の榻《しぢ》の端がきに、今や我も数書くまじ、只つれなき浮世と諦めても、命ある身のさすがに露とも消えやらず、我思ふ人の忘れ難きを如何にせん――など書き聯ねたるさへあるに、よしや墨染の衣に我哀をかくすとも、心なき君には上の空とも見えん事の口惜しさ、など硯の水に泪落ちてか、薄墨の文字定かならず、つら〳〵数ならぬ賤しき我身に引き較べ、彼を思ひ此を思へば、横笛が胸の苦しさは例へんに物もなし、世を捨てん迄に我を思ひ給ひし滝口殿が誠の情と並ぶれば、重景が恋路は物ならず、況して日頃より文伝へする冷泉が、ともすれば滝口殿を悪し様に言ひなせしは、我を誘はん腹黒き人の計略ならんも知れず。——斯く思ひ来れば、重景の何となう疎ましくなるに引き換へて、滝口を憐むの情愈々切にして、世を捨て給ひしも我故と、思ふ心の身にひし／＼と当りて、立ても坐りても居堪らず、窓打つ落葉のひゞきも虫の音も、我を咎むる心地して、繰拡げし文の文字は宛然《さながら》我を睨むが如く見ゆるに、目を閉ぢ耳を塞ぎて机の側に伏し転べば、

「あたら武士を汝《そなた》故に」

といづこともなく囁く声、心の耳に聞えて、胸は刃に割かるゝ思ひ、あはれ横笛、一夜を悩み明して、朝日影窓に眩き頃、ふら／＼と縁前に出れば、憎や、檐端《のきば》に歌ふ鳥の声さへ、己が心の迷から、

「汝《そなた》ゆゑ、汝ゆゑ」

と聞ゆるに、覚えず顔を反けて、あゝと溜息つけば、驚きて起つ群雀、行衛も知らず飛び散りたる跡には、秋の朝風音寂しく、残んの月影夢の如く淡し。

第　十八

女子こそ世に優しきものなれ、恋路は六つ変れども、思はいづれ一つ魂に映る哀の影とかや、つれなしと見つる浮世に長生へて、朝顔の夕を竢《ま》たぬ身に百年の末懸けて覚

束なき朝夕を過すも、胸に包める情の露あればなり、恋か、あらぬか、女子の命はそも何に喩ふべき、人知らぬ思に心を傷《やぶ》りて、あはれ一山風に跡もなき、東岱前後の烟と立昇るうら弱き眉目好き処女子は、年毎に幾何《いくばく》ありとするや、世の随意《まま》ならぬは是非もなし、只いさゝ川底の流の通ひもあらで、人はいざ我にも語らで世を果敢なむこそ浮世なれ。

然れば横笛、我故に武士一人に世を捨てさせしと思へば、乙女心の一徹に思返さん術もなく、此朝夕は只泣暮せども、影ならぬ身の失せもやらず、せめて嵯峨の奥にありと聞く滝口が庵室に訪れて我誠の心を打明さばやと、さかしくも思決めつ、誰彼時《たそがれどき》に紛れて只一人うかれ出でけるこそ殊勝なれ。頃はなが月の中旬すぎ、入《い》日の影は雲にのみ残りて野も山も薄墨を流せしが如く、月未だ上らざれば、星影さへも最と稀なり、袂に寒き愛宕颪に秋の哀は一入深く、まだ露下りぬ野面に、我袖のみぞ早や沾《うるほ》ひける、右近の馬場を右手に見て、何れ昔は花園の里、霜枯れし野草を心ある身に踏み擢《しだ》きて、太秦わたり辿り行けば、峰岡寺の五輪の塔、夕の空に形のみ見ゆ、やがて月は上りて桂の川の水烟、山の端白く閉罩《とぢこ》めて、尋ぬる方は朧にして見え分かず、素より慣れぬ徒歩なれば、数たび或は里の子が落穂拾はん畔路にさすらひ、或は露に伏す鶉の床の草村に立迷うて、糸より細き虫の音に覚束なき行末を喞てども、問ふに声なき影ばかり、名も懐しき梅津の里を過ぎ、大堰川の辺を沿ひ行けば、河風寒く身に染みて、月影さへもわびしげなり、裾は露、袖は涙に打蕭れつ、霞める眼に見渡せば、嵯峨野も何時しか奥になりて、小倉山の峰の紅葉月に黒みて、釈迦堂の山門木立の間に鮮なり、噂に聞きしは嵯峨の奥とのみ、何れの院とも坊とも知らざれば、何を便に尋ぬべき、灯の光を的に、数も無き在家を彼方此方に彷徨ひて問ひけれども、絶えて知る者なきに、愈々心惑ひて只徒然《ぼうぜん》と野中に佇みける、折から向ふより庵僧とも覚しき一個の僧の通りかゝれるに、横笛、渡に舟の思して、

「慮外ながら此わたりの庵に、近き頃様を変へて都より来られし俗名斎藤時頼と名告る年壮き武士のお在さずや」

声震はして尋ぬれば、件の僧は横笛が姿を見て暫し首傾けしが、

「露しげき野を女性《によしやう》の唯一人、さても〳〵痛はしき御事や、げに然る人ありとこそ聞きつれど、まだ其人に遇はざれば、御身が尋ぬる人なりや、否やを知り難し」

「して其人は何処にお在する」

「そは此処より程遠からぬ往生院と名くる古き僧庵に」

僧は最と懇ろに道を教ふれば、横笛世に嬉しく思ひ、礼もいそ〳〵別れ行く後影、鄙には見なれぬ緋の袴に、夜目にも輝く柳の一重、件の僧は暫したゝずみて訝しげに見送れば、焚きこめし異香吹き来る風に時ならぬ春を匂はするに、俄に忌はしげに顔背けて小走りに立去りぬ。

第　十九

斯くて横笛は教えられしまゝに辿り行けば、月の光に影暗き、杜の繁みを徹して微に灯の光見ゆるは、げに古りし庵室と覚しく、隣家とても有らざれば、闃《げき》として死せるが如き夜陰の静けさに、振鈴の響さやかに聞ゆるは、若しや尋ぬる其人かと思へば、思設けし事ながら、胸轟きて急ぎし足も思はず緩みぬ、思へば現とも覚えで此処までは来りしものゝ、何と言うて世を隔てたる門を敲かん、我真の心をば如何なる言葉もて打明けん、うら若き女子の身にて夜を冒して来つるをば、蓮葉の者と卑下《さげす》み給はん事もあらば如何にすべき、将また千束の文に一言も返さゞりし我無情を恨み給はん時いかに応《いら》へすべき、など思ひ惑ひ、耻しさも催されて、御所を抜出でし時の心の雄々しさ今更怪まるゝばかりなり、斯くて果つべきに非ざれば、辛く我と我身に思決め、ふと、首を挙ぐれば振鈴の響耳に迫りて、身は何時しか庵室の前に立ちぬ、月の光にすかし見れば、半ば頽れし門の廂に、虫食みたる一面の古額、文字は危げに往生院と読まれたり。

横笛四辺を打見やれば、八重葎茂りて門を閉ぢ、払はぬ庭に落葉積りて、秋風吹きし跡もなし、松の袖垣隙あらはなるに、葉は枯れて蔓のみ残れる蔦生えかゝりて、古き梢の夕嵐、軒もる月の影ならでは訪ふ人も無く荒れ果てたり、檐《のき》は朽ち柱は傾き、誰棲みぬらんと見るも物憂げなる宿の態、扨も世を無常と観じては斯る佗しき住居も大梵高台の楽に換へらるゝものよと思へば、主の貴さも弥増して、今宵の我身やゝ愧しく覚ゆ、庭の松が枝に釣《つる》したる仄暗き鉄灯籠の光に檐前を照させて、障子一重の内には振鈴の声急かず緩まず、四曼不離の夜毎の行業に慣そめてか、籬の虫の駭《おどろ》かん様も見えず、横笛今は心を定め、ほと〳〵と門を音づるれども答なし、玉を延べたらん如き繊腕《ほそうで》、痲るゝばかりに打敲けども、応《いらへ》せん気はひも見えず、実に仏者は行の半には王侯の召にも応ぜずとかや、我ながら心なかりしと、暫し門下に佇みて、鈴の音の絶えしを待ちて復び門を敲けば、内には主の声として、

「世を隔てたる此庵は、夜陰に訪はるゝ覚無し、恐らく門違にても候はんか」

横笛潜めし声に力を入れて、

「大方ならぬ由あればこそ夜陰に御業を驚し参らせしなれ、庵は往生院と覚ゆれば、主の御身は、小松殿の御内なる斎藤滝口殿にてはお在さずや」

「如何にも某が世に在りし時の名は斎藤滝口にて候ひしが、そを尋ねらるゝ御身はそも何人」

「妾こそは中宮の御所の曹司、横笛と申すもの、随意《まゝ》ならぬ世の義理に隔てられ、世にも厚き御情に心にも無き情なき事の数々、只今の御身の上と聞侍りては、悲しさ苦《つら》さ、女子の狭き胸一つには納め得ず、知られで永く已みなんこと口惜しく、一に

は妾が真の心を打明け、且は御身の恨の程を承はらん為に茲まで迷ひ来りしなれ、こゝ開け給へ滝口殿」

言ふと其儘門の扉に身を寄せて、声を潜びて泣居たり。

滝口はしばらく応へせず、やゝありて、

「如何に女性、我れ世に在りし時は、御所に然る人あるを知りし事ありしが、我知れる其人は我を知らざる筈なり、されば今宵我を訪れ給へる御身は我知れる横笛にてはよもあらじ、良しや其人なりとても、此世の中に心は死して残る体は空蟬の我、我に恨あればとて、そを言ふの要もなく、よし又人に誠あらばとて、そを聞かん願もなし、一切諸縁に離れたる身、今更返らぬ世の浮事を語り出で、何かせん、聞き給へや女性、何事も過ぎにし事は夢なれば、我に恨ありとな思ひ給ひそ、己に情《つれ》なき者の善智識となれる例世に少からず、誠の道に入りし身の、そを恨みん謂れやある、されば遇うて益なき今宵の我、唯何事も言はず、此儘帰り給へ、二言とは申すまじきぞ、聞き分け給ひしか、横笛殿」

第　二十

因果の中に哀を含みし言葉のふし〴〵、横笛が悲しさは百千の恨を聞くよりもまさり、「其の御語、いかで仇に聞侍るべき、只親にも許さぬ胸の中、女子の耻をも顧みず、聞え参らせんずるをば、聞かん願なしと仰せらるゝこそ恨なれ、情なかりし昔の報とならば、此身を千々に刻まるゝとも露厭はぬに、憖《なまじ》ひ仇を情の御言葉は、心狭き妾に、恥て死ねとの御事か、無情かりし妾をこそ憎め、可惜武士を世の外にして、様を変へ給ふことの恨めしくも亦痛はしけれ、茲開け給へ、思ひ詰めし一念、聞き給はずとも言はでは已まじ、喃《なう》滝口殿、こゝ開け給へ、情なきのみが仏者かは」

喃々と門を叩きて、今や開くると待佗ぶれども、内には寂然として声なし、やゝありて人の立居する音の聞ゆるに、嬉しやと思ひきや、振鈴の響起りて、りん〳〵と鳴渡るに、是はと駭く横笛が、呼べども叫べども答ふるものは庭の木立のみ。

月稍西に傾きて、草葉に置ける露白く、桂川の水音幽に聞えて、秋の夜寒に立つ鳥もなき真夜中頃、往生院の門下に虫と共に泣き暮したる横笛、哀れや紅花緑葉の衣裳、涙と露に絞るばかりになりて、濡れし袂に裹《つゝ》みかねたる恨のかず〳〵は、そも何処までも浮世ぞや、我から踏める己が影も萎るゝ如く思ほえて、情なき人に較べては、月こそ中々に哀深けれ、横笛今はとて涙に曇る声張上げて、

「喃、滝口殿、葉末の露とも消えずして今まで立ちつくせるも、妾が赤心《まごゝろ》打明けて、許すとの御身が一言聞かんが為、夢と見給ふ昔ならば、情なかりし横笛とは思ひ給はざるべきに、など斯くは慈悲なくあしらひ給ふぞ、今宵ならでは世を換へても相見んことの有りとも覚えぬに、喃滝口殿」

春の花を欺く姿、秋の野風に暴して、恨みわびたる其様は、如何なる大道心者にても、心動かん計なるに、峰の嵐に埋れて嘆の声の聞えぬにや、鈴の音は調子少しも乱れず、行ひすましたる滝口が心、翻るべくも見えざりけり。何とせん術もあらざれば、横笛は泣く〳〵元来し路を返り行きぬ、氷の如く澄める月影に道芝の露つらしと払ひながら、ゆりかけし丈なる髪優に波打たせながら、画にある如き乙女の歩姿《かち》は、葛飾の真間の手古奈が昔忍ばれて、斯くもあるべしや、あはれ横笛、乙女心の今更に、命に懸けて思ひ決めしこと空となりては、帰り路に足進まず、我やかたき、人や無情き、嵯峨の奥にも秋風吹けば、いづれ浮世には漏れざりけり。

第　二十一

胸中一恋字を擺脱《はいだつ》すれば、便ち十分爽浄、十分自在、人生最も苦しき処、只是れ此心、然ればにや失意の情に世をあぢきなく観じて、嵯峨の奥に身を捨てたる斎藤時頼、滝口入道と法の名に浮世の名残を留むれども、心は生死の境を越えて、瑜伽三密の行の外、月にも露にも唱ふべき哀は見えず、荷葉の三衣、秋の霜に堪難けれども、一杖一鉢に法捨を求むるの外他に望なし、実にや輪王位高けれども七宝終に身に添はず、雨露を凌がぬ檐の下にも円頓の花は匂ふべく、真如の月は照すべし、旦に稽古の窓に凭れば、垣を掠めて靡く霧は不断の烟、夕に鑽仰の嶺を攀づれば、壁を漏れて照る月は常住の燭、昼は御室、太秦、梅津の辺を巡錫して、夜に入れば、十字の縄床に結跏趺座して唵阿《おんあ》の行業に夜の白むを知らず、されば僧坊に入りてより未だ幾日も過ぎざるに、苦行難業に色黒み、骨立ち、一目にては十題判断の老登科《らうとうくわ》とも見えつべし、あはれ厚塗の立烏帽子に鬢を撫上げし昔の姿、今安《いづ》くにある、今年二十三の壮年とは如何にしても見えざりけり。

顧みれば滝口、性質《こゝろ》にもあらで形容辺幅に心を悩めたりしも恋の為なりき、仁王とも組まんず六尺の丈夫、体のみか、心さへ衰へて、めゝしき哀に弓矢の耻を忘れしも恋の為なりき、思へば恋てふ悪魔に骨髄深く魅入られし身は、恋と共に浮世に斃れんか、将た恋と共に世を捨てんか、択ぶべき途只此二つありしのみ、時頼世を無情と観じては、何恨むべき物ありとも覚えず、武士を去り、弓矢を捨て、君に離れ、親を辞し、一切衆縁を挙げ尽して恋てふ悪魔の犠牲に供へ、跡に残るは天地の間に生れ出でしまゝの我身、滝口時頼、命と共に受継ぎし活達の気風再び爛漫と咲出でゝ、容こそ変れ、性質は恋せぬ前の滝口に少しも違はず、名利の外に身を処《お》けば、自ら嫉妬の念も起らず、憎悪の情も萌さず、山も川も木も草も、愛らしき垂髫《うない》も醜き老婆も、我に恵む者も我を賤しむ者も、我には等しく可愛らしく覚えぬ、げに一視平等の仏眼には四海兄弟と見えしとかや、病めるものは之を慰め、貧しき者は之に分ち、心曲りて郷里の害を為す者には、因果応報の道理を諭し、凡て人の為、世の為に益あることは躊躇《たゆた》ふことなく為し、絶えて彼此の差別なし、然れば滝口が錫杖の到る所、其風を慕ひ其徳を仰がざるはなかりけり、或時は里の子供等を集めて、昔の剛者の物語など面白く言ひ聞かせ、喜び勇む無邪気なる者の様を見て呵々と打笑ふ様、二十三の滝口、何日の間に習ひ覚えしか、宛然老翁の孫女を弄ぶが如し。斯くて風月ならで訪ふ人も無き嵯峨の奥に、世を隔て、安らけき朝夕を娯み居しに、世に在りし時は弓矢も誉も打捨て、狂ひ死に死なんまで焦れし横笛、親にも主にも振かへて恋の奴となりしまで慕ひし横笛、世を捨て様を変へざれば、吾から懸けし恋の絆を解く由も無かりし横笛、其横笛の訪づれ来りしこそ意外なれ、然れども滝口、口にくはへし松が枝の小揺ぎも見せず、見事振鈴の響に耳を澄して、含識の流さすがに濁らず、思へば悟道の末も稍《や》々頼もしく、仄白む窓に傾く月を麾《さしまね》きて、冷かに打笑める顔は、天晴大道心者に成りすましたり。

さるにても横笛は如何になしつるや、往生院の門下に一夜を立明して、暁近く御所に還り、後の二三日は何事も無く暮せしが、間もなく行衛知れずなりて、其の部屋の壁には日頃手慣れし古桐の琴、主待ちげに見ゆるのみ。

第　二十二

或日、天長閑に晴れ渡り、衣を返す風寒からず、秋蟬の翼暖むる小春の空に、滝口すゞろに心浮かれ、常には行かぬ桂、鳥羽わたり巡錫して、嵯峨とは都を隔てゝ南北、深草の辺に来りける、此あたりは山近く林密にして、立田の姫が織り成せる木々の錦、二月の花よりも紅にして、匂あらましかばと惜まるゝ美しさ得も言はれず、薪採る翁、牛ひく童、余念無く歌ふ節、余所に聞くだに楽しげなり、滝口行々四方の景色を打眺め、稍々疲を覚えたれば、とある路傍の民家に腰打掛けて、暫く休らひぬ、主婦は六十余とも覚しき老婆なり、一椀の白湯を乞ひて喉を湿し、何くれとなき浮世話の末、滝口、

「愚僧が庵は嵯峨の奥にあれば、此わたりには今日が初めて、何処にも土地珍しき話一つはある物ぞ、何れ名にし負はゞ、哀れも一入深草の里と覚ゆるに、話して聞かせずや」

老婆は笑ひながら、

「かゝる片辺なる鄙には何珍しき事とては無けれども、其の哀れにて思ひ出せし、世にも哀れなる一つの話あり、問ひ給ひしが因果、事長くとも聞き給へ、御身の茲に来られし途すがら、渓川の有る辺より山の方にわびしげなる一棟の僧庵を見給ひし

ならん、其の庵の側に一つの小やかなる新塚あり、主が名は言はで此里人は只恋塚々々と呼びなせり、此恋塚の謂に就きて最とも哀れなる物語の候ふなり」
「恋塚とは余所ならず床しき思ひす、剃らぬ前の我も恋塚の主に半はなりし事もあれば」
言ひつゝ滝口は呵々と打笑へば、老婆は打消し、
「否、笑ふことでなし、此月の初頃なりしが、画にある様な上臈の、如何なる故ありてか、かの庵室に籠りたりと想ひ給へ、花ならば蕾、月ならば新月、いづれ末は玉の輿にも乗るべき人が、品もあらんに世を外なる尼法師に様を変へたるは、慕ふ夫に別れてか、情なき人を思うてか、何の途、恋故ならんとの噂、薪とる里人の話によれば、庵の中には玉を転ばす如き柔しき声して、読経の響絶ゆる時なく、折々閼伽の水汲みに谷川に下りし姿見たる人は、天人の羽衣脱ぎて袈裟懸けしとて、斯くまで美しからじなど罵り合へりし、心なき里人も世に痛はしく思ひて、色々の物など送りて慰むる中、かの上臈は思ひ重りてや、病みつきて程も経ず帰らぬ人となりぬ、言ひ残せし片言だに無ければ、誰も尼になるまでの事の由は知らず、里の人々相集りて、涙と共に庵室の側に心ばかりの埋葬を営みて、卒塔婆一基の主とはせしが、誰言ふとなく恋塚々々と呼びなしぬ、来慣れぬ此里に偶々来て此話を聞かれしも他生の因縁と覚ゆれば、帰途には必らず立寄りて一片の回向をせられよ、いかに

哀れなる話に候はずや」

老婆は話し了りて、燃えぬ薪の烟に咽びて涙押拭ひぬ、滝口もやゝ哀れを催して、

「そは気の毒なる事なり、其上﨟は何処の如何なる人なりしぞ」

「人の噂に聞けば、御所の曹司なりとかや」

「ナニ曹司とや、其名は聞き知らずや」

「然れば、最とやさしき名と覚えしが、何とやら、——おゝそれ、慥《たしか》に横笛とやら言ひし、嵯峨の奥に恋人の住めると人の話なれども、定かに知る由も無し、聞けば御僧の坊も同じ嵯峨なれば、若し心当の人もあらば、此事伝へられよ、同じ世に在りながら、斯る婉やかなる上﨟の様を変へ、思ひ死するまでに情なかりし男こそ、世に罪深き人なれ、他し《あだ》人の事ながら、誠なき男見れば、取りも殺したく思はるゝよ」

余所の恨を身に受けて、他とは思はぬ吾が哀れ、老いても女子は流石にやさし、滝口が様見れば、先の快げなる気色に引きかへて、首を垂れて物思ひの体なりしが、やゝありて、

「あゝ余りに哀れなる物語に、法体にも耻ぢず、思はず落涙に及びたり、主婦が言に従ひ、愚僧は之より其恋塚とやらに立寄りて、暫し回向の杖を停めん」

網代の笠に夕日を負うて立去る滝口入道が後姿、頭陀の袋に麻衣、鉄鉢掌に捧げて、八つ目のわらんづ踏にじる、形は枯木の如くなれども、息ある間は血も有り涙も有り。

第　二十三

深草の里に老婆が物語、聞けば他事《ひとごと》ならず、いつしか身に振りかゝる哀れの露、泡沫夢幻と悟りても、今更驚かれぬる世の起伏かな、様を変へしとはそも何を観じての発心ぞや、憂に死せしとはそも誰にかけたる恨ぞ、ああ横笛、吾れ人共に誠の道に入りし上は、影よりも淡き昔の事は問ひもせじ、語りもせじ、閼伽の水汲み絶えて、流に宿す影止らず、看経の音已みて、梢にとまる響無し、いづれ業繋の身の、心と違ふ事のみぞ多かる世に、夢中の夢を喞ちて我れ何にかせん。

滝口入道、横笛が墓に来て見れば、墓とは名のみ、小高く盛りし土饅頭の上に一片の卒塔婆を立てしのみ、里人の手向けしにや、半枯れし野菊の花の仆れあるも哀れなり、四辺は断草離々として、趾を着くべき道ありとも覚えず、荒れすさぶ夜々の嵐に、ある程の木々の葉吹落されて、山は面瘦せ、森は骨立ちて、目もあてられぬ悲惨の風景、聞きしに増りて哀れなり、あゝ是ぞ横笛が最後の住家よと思へば、流石の滝口入道も法衣の袖を絞りあへず、世にありし時は花の如き艶やかなる乙女なりしが、一旦無常の嵐に誘はれては、いづれ遁れぬ古墳一基の主かや、そが初めの内こそ憐れと思ひて香花を手向くる人もあれ、やがて星移り歳経れば、冷え行く人の情に随れて顧みる人も無く、あはれ何れをそれと知る由もなく荒れ果てなんず、思へば果敢なの吾れ人が運命や、都大路に世の栄華を嘗め尽すも、賤が伏屋に畦の落穂を拾ふも、暮すは同じ五十年の夢の朝夕、妻子珍宝及王位、命終る時に随ふものはなく、野辺より那方の友とては、血脈一つに珠数一聯のみ、之を想へば世に悲むべきものも無し。

滝口衣の袖を打はらひ、墓に向つて合掌して言へらく、

「形骸は良しや冷土の中に埋れても、魂は定かに六尺の上に聞しめされん、そもや御身と我れ、時を同じうして此世に生れしは、過世何の因何の果ありてぞ、同じ哀れを身に担うてそを語らふ折もなく、世を隔て様を異にして此悲むべき対面あらんとは、そも又何の業何の報ありてぞ、我は世に救を得て、御身は憂きに心を傷りぬ、思へば三界の火宅を逃れて、聞くも嬉しき真の道に入りし御身の、欣求浄土の一念に浮世の絆を解き得ざりしこそ恨なれ、恋とも言はず、情とも謂はず、遇ふや柳因、別るゝや絮果《じよくわ》、いづれ迷は同じ流転の世事、今は言ふべきこと有りとも覚えず、只此上は夜毎の松風に御魂を澄されて、未来の解脱こそ肝要なれ、仰ぎ願はくは三世十方の諸仏、愛護の御手を垂れて出離の道を得せしめ給へ、過去精霊、出離生死、証大菩提」

生ける人に向へるが如く言ひ了りて、暫し黙念の眼を閉ぢぬ、花の本の半日の客、月の前の一夜の友も、名残は惜まるゝ習なるに、一向所感の身なれば、先の世の法縁も浅からず思はれ、流石の滝口、限無き感慨胸に溢れて、転《うた》た今昔の情に堪へず、今

か丶る哀れを見んことは、神ならぬ身の知る由もなく、嵯峨の奥に夜半かけて迷ひ来りし時は、我情なくも門をば開けざりき、耻をも名をも思ふ遑《いとま》なく、様を変へ身を殺す迄の哀れの深さを思へば、我こそ中々に罪深かりけれ、あ丶横笛、花の如き姿今いづこに在る、菩提樹の蔭明星額を照す辺、耆闍窟《ぎしゃくつ》の中香烟肘を繞るの前、昔の夢を空と見て猶我ありしことを思へるや否、逢ひ見しとにはあらなくに、別れ路つらく覚ゆることの我ながら訝しさよ、思ひ胸に迫りて、吁々《あゝ》と吐く太息に覚えず我に還りて首を挙ぐれば、日は半西山に入りて、峰の松影色黒み、落葉を誘ふ谷の嵐、夕ぐれ寒く身に浸みて、ばら〳〵と顔打つものは露か時雨か。

第　二十四

其年の秋の暮つかた、小松の内大臣重盛、予ての所労重らせ給ひ、御年四十三にて薨去あり、一門の人々、恩顧の侍は言ふも更なり、都も鄙もおしなべて、悼み惜まざるはなく、町家は商を休み、農夫は業を廃して、哀号の声到る処に充ちぬ、入道相国が非道の挙動《ふるまひ》に御恨を含みて時の乱を願はせ給ふ法住寺殿の院と、三代の無念を呑て只すら時運の熟するを待てる源氏の残党のみ、内府が遠逝を喜べりとぞ聞えし。

士は己を知れる者の為に死せんことを願ふとかや、今こそ法体なれ、ありし昔の滝口が、此君の御為ならばと誓ひしは天が下に小松殿只一人、父祖十代の御恩を集めて此君一人に報し参らせばやと、風の日、雪の夕、蛭巻のつかの間も忘るゝ隙も無かりしが、思ひもかけぬ世の波風に、身は嵯峨の奥に吹き寄せられて、二十年来の志も皆空事となりにける、世に望なき身ながらも、我から好める斯る身の上に、君の思召の如何あらんと、折々思ひ出されては流石に心苦しく、只長き将来に覚束なき機会を頼みしのみ、小松殿逝去と聞きてはそれも協はず、御名残今更に惜まれて、其日は一日坊に閉籠りて、内府が平生など思ひ出で、回向三昧に余念なく、夜に入りては読経の声いと蕭《しめ》やかなりし。

先には横笛、深草の里に哀れをとゞめ、今は小松殿、盛年の御身に世をかへ給ふ、彼を思ひ是を思ふに、身一つに降りかゝる憂き事の露しげき今日此ごろ、滝口三衣の袖を絞りかね、法体の今更遺瀬なきぞいぢらしき、実《げ》にや縁に従つて一念頓に自理を悟れども、曠劫《くわうごふ》の習気は一朝一夕に浄むるに由なし、変相殊体に身を困めて、有無流転と観じても、猶此世の悲哀に離れ得ざるぞ是非も無き。

徳を以て将人を以て、柱とも石とも頼まれし小松殿、世を去り給ひしより、誰言ひ合さねども、心有る者の心にかゝるは、同じく平家の行末なり、四方の波風静かにして、世に盛りとこそは見ゆれども、入道相国が多年の非道によりて天下の望已に離れて、敗亡の機はや熟してぞ見えし、今にも蛭が小島の頼朝にても、筑波おろしに旗揚げんには、源氏譜代の恩顧の士は言はずもあれ、苟《いやし》くも志を当代に得ず怨を平家に銜《ふく》める者、響の如く応じて、関八州は日ならず平家の有に非ざらん、万一斯る事あらんには、大納言殿（宗盛）は兄の内府にも似ず、暗弱の性質なれば、素より物の用に立つべくもあらず、御子三位中将殿（維盛）は歌道より外に何長じたる事無き御身なれば、紫宸殿の階下に源家の嫡流と相挑みし父の卿の勇胆ありとしも覚えず、頭中将殿（重衡）も管絃の奏こそ巧なれ、千軍万馬の間に立ちて采配とらん器に非ず、只数多き公卿殿上人の中にて、知盛、教経の二人こそ天晴未来事ある時の大将軍と覚ゆれども、これとても螺鈿の細太刀に風雅を誇る六波羅上下の武士を如何にするを得べき、中には越中次郎兵衛盛次、上総五郎兵衛忠光、悪七兵衛景清なんど名だゝる剛者なきにあらねど、言はゞ之れ匹夫の勇にして、大勢に於て元より益する所なし、思へば風前の灯に似たる平家の運命かな、一門上下花に酔ひ月に興じ、明日にも覚めなんず栄華の夢に、万代かけて行末祝ふ、武運の程ぞ浅ましや。入道ならぬ元の滝口は平家の武士、忍辱の袈裟も主家興亡の夢に襲はれては、今にも掃魔の堅甲となりかねまじき風情なり。

第　二十五

其年も事無く暮れて、明くれば治承四年、浄海が暴虐は猶已まず、殿とは名のみ、蜘手結ひこめぬばかりの鳥羽殿には、去年より法皇を押籠め奉るさへあるに、明君の聞え高き主上をば、何の恙もおはさぬに、是非なくおろし参らせ、清盛の女が腹に生れし春宮の今年僅に三歳なるに御位を譲らせ給ふ、あはれ聞きも及ばぬ奇怪の譲位かな、とおもはぬ人ぞ無かりける、一秋毎に細りゆく民の竈に立つ烟、それさへ恨と共に高くは上らず、野辺の草木にのみ春は帰れども、世はおしなべて秋の暮、枯枝のみぞ多かりける、元より民の疾苦を顧みるの入道ならねば、野に立てる怨声を何処の風とも気にかけず、或は厳島行幸に一門の栄華を傾け尽し、或は新都の経営に近畿の人心を騒がせて、少しも意に介せず、世を恨み義に勇みて源三位、数も無き白旗、殊勝にも宇治川の朝風に翻せしが、脆くも破れて、空しく一族の血潮に平等院の夏草を染めたりしは、諸国源氏が旗揚の先陣ならんとは、平家の人々いかで知るべき、高倉の宮の宣旨、木曾の北、関の東に普く渡りて、源氏興復の気運漸く迫れる頃、入道は上下万民の望に背き、愈々都を摂津の福原に遷し、天下の乱、国土の騒を露顧みざるは、抑《そもそ》も之れ滅亡を早むるの天意か、平家の末はいよ〳〵遠からじと見えにけり。

右兵衛佐（頼朝）が旗揚に草木と共に靡きし関八州、心ある者は今更とも思はぬに、大場三郎が早馬きゝて、夢かと驚きし平家の殿原こそ不覚なれ、討手の大将三位中将維盛卿、赤地の錦の直垂に萌黄匂の鎧は、天晴平門公子の容儀に風雅の銘を打たれども、富士河の水鳥に立つ足もなき十万騎は、関東武士の笑のみに非ず、前の非を悟りて旧都に帰り、さては奈良炎上の無道に余忿を漏せども、源氏の勢は日に加はるばかり、覚束なき行末を夢と見て其年も打過ぎつ、治承五年の春を迎ふれば、世愈々乱れ、都に程なき信濃には、木曾次郎が兵を起して、兵衛佐と相応じて其勢破竹の如し、傾危の際、老いても一門の支柱となれる入道相国は、折柄怪しき病に死し、一門狼狽して為す所を知らず、墨股《すのまた》の戦に少しく会稽の耻を雪ぎたれども、新中納言（知盛）軍機を失して必勝の機を外し、木曾の圧《おさへ》と頼みし城四郎が北陸の勇を挙りし四万余騎、余五将軍の遺武を負ひながら、横田河原の一戦に脆くも敗れしに驚きて、今はとて平家最後の力を尽して北国に打向ひし十五万余騎、一門の存亡を賭せし倶利加羅、篠原の二戦に、哀れや残り少なに打なされ、背疵抱へてすご〳〵都に帰り来りし打漏されの見苦しさ、木曾は愈々勢に乗りて、明日にも都に押寄せんず風評、平家の人々は、今は居ながら生る心地もなく、然りとて敵に向つて死する力もなし、木曾をだに支へ得ざるに、関東の頼朝来らば如何にすべき、或は都を枕にして討死すべしと言へば、或は西海に走りて再挙を謀るべしと説き、一門の評議まち〳〵にして定まらず、前には邦家の急に当りながら、後には人心の赴く所一ならず、何れ変らぬ亡国の末路なりけり。平和の時こそ、供花焼香に経を翻へして、利益平等の世とも感ぜめ、祖先十代と己が半生の歴史とを刻みたる主家の運命日に非なるを見ては、眼を過ぐる雲煙とは滝口いかで看過するを得ん、人の噂に味方の敗北を聞く毎に、無念さ、もどかしさに耐へ得ず、双の腕を扼して、法体の今更変へ難きを恨むのみ。

或日滝口、閼伽の水汲まんとて、まだ明けやらぬ空に往生院を出で、、近き泉の方に行きしに、都六波羅わたりと覚しき方に、一道の火焔天を焦して立上れり、そよとだに風なき夏の暁に、遠く望まば只朝紅とも見ゆべかんめり、風静かなるに六波羅わたり斯る大火を見ることそ訝しけれ、いづれ唯事ならじと思へば、何となく心元なく、水汲みて急ぎ坊に帰り、一杖一鉢、常の如く都をさして出で行きぬ。

第　二十六

滝口入道都に来て見れば、思ひの外なる大火にて、六波羅池殿西八条の辺より、京白川四五万の在家、方《まさ》に煙の中にあり、洛中の民はさながら狂せるが如く、老を負ひ幼を扶けて火を避くる者、僅の家財を携へて逃ぐる者、或は雑沓の中に傷きて助を求むる者、或は連れ立ちし人に離れて路頭に迷へる者、何れも容姿を取り乱して、右に走り左に馳せ、叫喚呼号の響、街衢に充ち満ちて、修羅の巷もかくやと思はれたり、只見る幾隊の六波羅武者、蹄の音高く馳せ来りて、人波打てる狭き道をば、容赦も無く蹴散し、指して行衛は北鳥羽の方、いづこと問へど人は知らず、平家一門の邸宅、武士の宿所、残りなく火中にあれども、消し止めんとする人の影見えず、そも何事の起れるや、問ふ人のみ多くして、答ふる者はなし、全都の民は夢に夢見る心地して、只心安からず惶《おそ》れ惑へるのみ。

滝口、事の由を聞かん由も無く、轟く胸を抑へつゝ、朱雀の方に来れば、向より形乱せる二三人の女房の大路を北に急ぎ行くに、滝口呼止めて事の由を尋ぬれば、一人の女房立止りて悲しげに、

「未だ聞かれずや、大臣殿（宗盛）の思召にて、主上を始め一門残らず西国に落ちさせ給ふぞや、もし縁の人ならば跡より追つかれよ」

言捨てゝ忙しげに走り行く、滝口、あツとばかりに呆れて、さそくの考も出でず、鬼の如き両眼より涙をはら／＼と流し、恨めしげに伏見の方を打見やれば、明けゆく空に雲行のみ早し。

栄華の夢早や覚めて、没落の悲しみ方《まさ》に来りぬ、盛衰興亡はのがれぬ世の習なれば、平家に於て独り歎くべきに非ず、只まだ見ぬ敵に怯をなして、軽々しく帝都を離れ給へる大臣殿の思召こそ心得ね、兎《と》ても角《かく》ても叶はぬ命ならば、御所の礎枕にして、魚山の夜嵐に屍を吹かせてこそ、散りても芳しき天晴名門の末路なれ、三代の仇を重ねたる関東武士が野馬の蹄に祖先の墳墓を蹴散させて、一門おめ／＼西海の陲《はて》に迷ひ行く、とても流さん末の徭名《うきな》はいざ知らず、まのあたり百代までの恥辱なりと思はぬこそ是非なけれ。

滝口はしばし無念の涙を絞りしが、せめて焼跡なりとも弔はんと、西八条の方に辿り行けば、夜半にや立ちし、早や落人の影だに見えず、昨日まではさしも美麗に建て連

ねし大門高台、一夜の煙と立昇りて、焼野原茫々として、立木に迷ふ鳥の声のみ悲し、焼け残りたる築垣の蔭より、屋方の跡を眺むれば、朱塗の中門のみ半残りて、門もる人もなし、嗚呼、被官郎党の日頃寵に誇り恩を恣にせる者、そも幾百千人の多きぞや、思はざりき主家仆れ城地亡びて、而も一騎の屍を其焼跡に留むる者無からんとは、げにや栄華は夢か幻か、高厦十年にして立てども一朝の煙にだも堪へず、昨夕玉趾珠冠に容儀を正し、参仕拝趨の人に冊《かしづ》かれし人、今朝長汀の波に漂ひ、旅泊の月に跉跰《さすら》ひて、思寝に見ん夢ならでは還り難き昔、慕うて益なし、有為転変の夜の中に、只最後の潔きこそ肝要なるに、天に背き人に離れ、いづれ遁れぬ終をば何処まで惜まるゝ一門の人々ぞ、彼を思ひ是を思ひ、滝口は焼跡にたゝずみて、暫時感慨の涙に暮れ居たり。

稍ありて太息と共に立ち上がり、昔ありし我屋敷を打見やれば、其辺は一面の灰燼となりて、何処をそれとも見別け難し、さても我父は如何にせませしか、一門の人々と共に落人にならせ給ひしか、御老年の此期に及びて、斯る大変を見せ参らするこそうたてき限なれ、滝口今は誰しれる人も無き跡ながら、昔の盛り忍ばれて、尽きぬ名残に幾度か振回りつ、持ちし錫杖重げに打鳴して、何思ひけん、小松殿の墓所指して立去りし頃は、夜明け日も少しく上りて、焼野に引ける垣越の松影長し。

第　二十七

世の果を何処とも知らざれば、亡き人の碑にも万代かけし小松内府の墳墓、見上るばかりの石の面に、彫り刻みたる浄蓮大禅門の五字、金泥の色洗ひし如く猶鮮やかなり、外には没落の嵐吹き荒みて、散り行く人の忙しきに一境闃《げき》として声なき墓門の静けさ、鏘々《さう〳〵》として響くは松韻、戛々《かつ〳〵》として鳴るは聯珠、世の哀れに感じてや、鳥の歌さへいと低し。

墓の前なる石段の下に跪きて、黙然として祈念せる滝口入道、やがて頭を挙げ、泣く〳〵御墓に向って言ひけるは、

「あな浅ましき御一門の成れの果、草葉の蔭に如何に御覧ぜられ候ふやらん、御墓の石にまだ蒸す苔とても無き今の日に、早や退没の悲しみに逢はんとは、申すも中々に愚なり、御霊前の香華を手向くる者、明日よりは有りや無しや、北国関東の夷共の君が安眠の砌《には》を駭かせ参らせん事、思へば心外の限にこそ候へ、君は元来英明にましませば、事今日あらんことかねてより悟らせ給ひ、神仏三宝に祈誓して御世を早うさせ給ひけるこそ、最と有り難けれ、夢にも斯くと知りなば不肖時頼、直ちに後世の御供仕るべく候ひしに、性頑冥にして悟り得ず、望無き世に長生《ながら》へて、斯る無念をまのあたり見る事のかへす〴〵も口惜う候ふぞや、時頼進んでは君が鴻恩の

万一に答ふる能はず、退いては亡国の余類となれる身の、今更君に合はす面目も候はず、あはれ匹夫の身は物の数ならず、願ふは尊霊の冥護を以て、世を昔に引き返し、御一門を再び都に納れさせ給へ」

急きくる涙に咽びながら、掻き口説く言の葉も定かならず、乱れし心を押し鎮めつ、眼を閉ぢ首を俯して石階の上に打伏せば、あやにくや、没落の今の哀れに引き比べて、盛りなりし昔の事、雲の如く胸に湧き、祈念の珠数にはふり落つる懐旧の涙のみ繁し、あゝとばかり我知らず身を震はして立上り、蹌《よろ》めく体を踏みしむる右手《めて》の支《さゝへ》柱、暁の露まだ冷かなる内府の御墳、哀れ栄華十年の遺物《かたみ》なりけり。

盛りの花と人に惜まれ世に歌はれて、春の真中に散りにし人の羨まるゝ哉、陽炎の影より淡き身を憖《なまじ》ひ生き残りて、木枯嵐の風の宿りとなり果てゝは、我為に哀れを慰むる鳥も無し、家仆れ国滅びて、六尺の身おくに処なく、天低く地薄くして、昔をかへす夢も無し、——吁々思ふまじ、我ながら不覚なりき、修行の肩に歌袋かけて、天地を一炉と観ぜし昔人も有りしに、三衣を纏ひ一鉢を捧ぐる身の、世の盛衰に離れ得ず、生死流転の間に彷徨へるこそ口惜しき至なれ、世を捨てし昔の心を思ひ出せば、縦《よ》しや天落ち地裂くるとも、今更驚く謂れやある、常無しと見つる此世に悲しむべき秋もなく、喜ぶべき春もなく、青山白雲長《とこしな》へに青く、長へに白し、あはれ本覚大悟の知慧の火よ、我胸に尚蛇《くちなは》の如く紮《まつ》はれる一切煩悩を渣滓も残らず焼き尽せよかし。

斯くて滝口、主家の大変に動きそめたる心根を辛くも抑へて、常の如く嵯峨の奥に朝夕の行を懈《おこた》らざりしが、都近く住みて、変り果てし世の様を見る事を忍び得ざりけん、其年七月の末、年久しく住みなれし往生院を跡にして、飄然と何処ともなく出で行きぬ。

第　二十八

昨日は東関の下に轡並べし十万騎、今日は西海の波に漂ふ三千余人、強きに附く人の情なれば、世に落人の宿る蔭は無く、太宰府の一夜の夢に昔を忍ぶ遑もあらで、緒方に追はれ、松浦に逼《せま》られ、九国の山野広けれども、立止るべき足場もなし、去年は九重の雲に見し秋の月を、八重の汐路に打眺めつ、覚束なくも明し暮せし寿永二年、水島室山の二戦に勝利を得しより、勢漸く強く、頼朝義仲の争の隙に山陰山陽を切り従へ、福原の旧都まで攻上りしが、一の谷の一戦に源九郎が為に脆くも打破られ、須磨の浦曲《うらわ》の朝風に散り行く桜の哀れを止めて、落行く先は門司赤間の元の海、六十余州の半を領せし平家の一門、船を繋ぐべき渚だに無く、波のまにまに行衛も知らぬ梶枕、高麗契丹の雲の端までもとは思へども、流石忍ばれず、今は屋島の浦に錨を止めて、只《ひた》すら最後の日を待てるぞ哀れなる。

寿永三年三月の末、夕暮近き頃、紀州高野山を上り行く二人の旅人ありけり、浮世を忍ぶ旅路なればにや、一人は深編笠に面を隠して、顔容知るに由無けれども、其装束は世の常ならず、古錦襴の下衣に、紅梅萌黄の浮文に張裏したる狩衣を着け、紫裾濃の袴腰、横幅広く結ひ下げて、平塵の細鞘優《しと》やかに下げ、摺皮の踏皮《たび》に同じ色の行縢《むかばき》穿ちしは、何れ由緒ある人の公達と思はれたり、他の一人は年の頃二十六七、前なる人の従者《ずさ》と覚しく、日に焼け色黒みたれども、眉秀で眼涼しき優男、少し色剝げたる厚塗の立烏帽子に、卯の花色の布衣を着け、黒塗の野太刀を佩きたり、旅慣れぬにや、将長の徒歩に疲れしにや、二人とも弱り果てし如く、踏み締むる足に力なく、青竹の杖に身を持たせて、主従相扶け、喘ぎ〳〵上り行く高野の山路、早や夕陽も名残を山の巓に止めて、崖の陰、森の下、恐しき迄に黒みたり、秘密の山に常夜の灯無ければ、あなたの木の根、こなたの岩角に膝を打ち、足を挫きて、仆れんとする身を辛く支へ、主従手に手を取り合ひて、顔見合す毎に弥増る太息の数、春の山風身に染みて、入相の鐘の音に梵缶《ぼんふう》の響幽なるも哀れなり。

十歩に小休、百歩に大憩、辛うじて猶上り行けば、読経の声、震鈴の響、漸く繁くなりて、老松古杉の木立を漏れて仄かに見ゆる諸坊の灯、早や行先も遠からじと、勇み励みて行く程に、間も無く蓮生門を過ぎて、主従御影堂の此方に立止りぬ、従者は近き辺の院に立寄りて、何事か物問ふ様子なりしが、やがて元の所に立帰り、何やら主人に耳語《ささや》けば、点頭きて尚も山深く上り行きぬ。

飛鉆《ひこ》地に落ちて嶮に生ひし古松の蔭、半立木を其儘に結びたる一個の庵室、夜毎の嵐に破れ寂びたる板間より、漏る灯の影暗く、香烟窓を迷ひ出で、心細き鈴の音、春ながら物さびたり、二人は此の庵室の前に止りしが、従者はやがて門に立ちよりて、

「滝口入道殿の庵室は茲に非ずや、遥々訪ね来りし主従二人、こゝ開け給へ」

と呼ばゝれば、内より灯提げて出来りたる一人の僧、

「滝口が庵は此処ながら、浮世の人にはる〴〵訪はるゝ覚はなきに」

と言ひつゝ訝しげなる顔色して門を開けば、編笠脱ぎつゝツと通る件の旅人、僧は一目見るより打驚き、砌《しきいし》にひたと頭を附けて、

「これは〳〵」

第　二十九

世移り人失せぬれば、都は今は故郷ならず、満目旧山川、眺むる我も元の身なれども、変り果てし盛衰に、憂き事のみぞ多かる世は、嵯峨の里も楽しからず、高野山に上りて早や三年、山遠く谷深ければ、入りにし跡を訪ふ人とてあらざれば、松風ならで世に友もなき庵室に、夜に入りて訪れし其人を誰と思ひきや、小松三位中将維盛卿にて、

それに従へるは足助二郎重景ならんとは、夢かとばかり驚きながら、扶け参らせて一間に招じ、身は遥に席を隔てゝ拝伏しぬ、思ひ懸けぬ対面に、左右《とかう》の言葉もなく、先つものは涙なり、滝口つら〱御容姿《おんありさま》を見上ぐれば、没落以来幾その艱苦を忍び給ひけん、御顔瘦せ衰へ、青糸の髪疎かに、紅玉の膚色消え、平門第一の美男と唱はれし昔の様子何こにと疑はるゝばかり、年にもあらで老い給ひし御面に、故内府の俤あるも哀れなり。

「こは現とも覚え候はぬものかな、扨も屋島をば何として遁れ出でさせ給ひけん、当今天が下は源氏の勢に充ちぬるに、そも何地を指しての御旅路にて候ふやらん」

維盛卿は涙を拭ひ、

「さればとよ、一門没落の時は、我も人並に都を立出でゝ西国に下りしが、行くも帰るも水の上、風に漂ふ波枕に、三年の春秋は安き夢とては無かりしぞや、或はよるべ無き門司の沖に、磯の千鳥と共に泣き明し、或は須磨を追はれて明石の浦に昔人の風雅を羨み、重ね重ねし憂き事の数、堪へ忍ぶ身にも忍び難きは、都に残せし妻子が事、波の上に起居する身のせん術無ければ、此の年月は心にもなき疎遠に打過ぎつ、嘸《さぞ》や我を恨み居らんと思へば弥増す懐しさ、兎《と》ても亡びんうたかたの身にしあれば、息ある内に、最愛《いと》しき者を見もし見られもせんと、辛くも思ひ決め、重景一人伴ひ、夜に紛れて屋島を逃れ、数々の憂き目を見て、阿波の結城の浦より、名も恐しき鳴門の沖を漕ぎ過ぎて、辛《やう》く此地までは来つるぞや、憐れと思へ滝口」
打萎れし御有様、重景も滝口も、只袂を絞るばかりなり、滝口、
「優に哀れなる御述懐、覚えず法衣を沾し申しぬ、然るにても如何なれば都へは行き給はで、此山には上り給ひし」
維盛卿は太息吐き給ひ、
「然ればなり、都に直に帰りたき心は山々なれども、熟々《つらく》思へば、斯る体にて関東武士の充てる都の中に入らんは、捕はれに行くも同じこと、先には本三位の卿（重衡）の一の谷にて擒《とりこ》となり、生耻を京鎌倉に曝せしさへあるに、我れ平家の嫡流として、名もなき武士の手にかゝらん事、如何にも口惜しく、妻子の愛は燃ゆるばかりに切なれども、心に心を争ひて、辛く此山に上りしなり、高野に汝あること風の便に聞きしゆゑ、汝を頼みて、戒を受け様を変へ、其上にて心安く都にも入り、妻子にも遇はゞやとこそ思ふなれ」
滝口は首を床に附けしまゝ、暫泪に咽び居たりしが、
「都は君が三代の故郷なるに、様を変へでは御名も唱へられぬ世の変遷こそ是非なけれ、思へば故内府の恩顧の侍、其数を知らざる内に、世を捨てし滝口の此期に及びて君の御役に立たん事、生前の面目此上や候ふべき、故内府の鴻恩に比べては、高野の山も高からず、熊野の海も深からず、いづれ世に用なき此身なれば、よしや一

命を召され候ふとも苦しからず、あゝ斯る身は枯れても折れても、野末の朽木、素より物の数ならず、只金枝玉葉の御身として、定めなき世の波風に漂ひ給ふこと、御痛はしう存じ候」

言ひつゝ涙をはら〳〵と流せば、維盛卿も重景も、昔の身の上思ひ出でて、泣くより外に言葉もなし。

第　三十

二人の賓客を次の室にやすませて、滝口は孤灯の下に只一人寝もやらず、つら〳〵思ひ廻らせば、痛はしきは維盛卿が身の上なり、誰あらん小松殿の嫡男として、名門の跡を継ぐべき御身なるに、天が下に此山ならで身を寄せ給ふ所なきまでに零落《おちぶ》れさせ給ひしは、過世如何なる因縁あればにや、習ひもおはさぬ徒歩の旅に、知らぬ山川を遥々彷徨ひ給ふさへあるに、玉の襖、錦の床に隙もる風も厭はれし昔にひき換へて、露にも堪へぬかゝる破屋に一夜の宿を願ひ給ふ御可憐《おんいと》しさよ、変りし世は随意《まゝ》ならで、指せる都には得も行き給はず、心にもあらぬ落髪を遂げてだに、相見んと焦がれ給ふ、妻子の恩愛は如何に深かるべきぞ、御容さへ窶れさせ給ひて、此年月の忍び給ひし憂き事も思ひやらる、思ひ出せば治承の春、西八条の花見の宴に、桜かざして青海波を舞ひ給ひし御姿、今尚昨《きのふ》の如く覚ゆるに、脇を勤めし重景さへ同じ落人となりて、都ならぬ高野の夜嵐に昔の哀れを物語らんとは、怪しきまで奇しき縁なれ、あはれ肩に懸けられし恩賜の御衣に一門の誉を担ひ、並居る人よりは深山木の楊梅と称へられ、枯野の小松と歌はれし其時は、人も我も、誰かは今日あるを想ふべき、昔は夢か、今は現か、十年にも足らぬ間に、変り果てたる世の様を見るもの哉。

果てしなき今昔の感慨に、滝口は柱に凭りしまゝ、しばし茫然たりしが、不図電《いなづま》の如く胸に感じて、想ひ起したる小松殿の言葉に、顰《ひそ》みし眉動き、沈みたる眼閃めき、頽せし膝を立直して、屹《きつ》と衣の襟を掻合せぬ、思へば〳〵、情なき人を恨み侘びて様を変へんと思ひ決めつゝ、余所ながら此世の告別に伺候せし時、世を捨つる我とも知り給はで、頼み置かれし維盛卿の御事、盛りと見えし世に衰へん世の末の事、愚なる我の思ひ料《はか》らん由もなければ、少しも心に懸けざりしが、扨は斯らん後の今の事を仰せ置かれしよ。

「少将は心弱き者、一朝事あらん時、妻子の愛に惹かされて、未練の最後に一門の恥を暴さんも測られず、時頼たのむは其方一人」

幾度と無く繰返されし御仰せ、六波羅上下の武士より、我一人を択ばれし御心の、我は只忝さに前後をも弁へざりしが、今の維盛卿の有様、正に御遺言に的中せり、都を跡に西国へ落ち給ひしさへ口惜しきに、屋島の浦に明日にも亡びん一門の人々を振捨てゝ、武士は桜木、散りての後の名をも惜み給はで、妻子の愛にめゝしくも、茲まで迷ひ来られし御心根、哀れは深からぬにはあらねども、平家の嫡流として、未練の譏は末代までも逃れ給はじ、斯くならん末を思ひ料らせ給ひたればこそ、故内府殿の扨こそ我に仰せ置かれしなれ、此処ぞ御恩の報じ処、情を殺し心を鬼にして、情なき諫言を進むるも、御身の為、御家の為、さては過ぎ去り給ひし父君の御為ぞや、世に埋木の花咲く事も無かりし我れ、図らずも御恩の万一を報ゆるの機会に遇ひしこそ、息ある内の面目なれ、あゝ然《さ》なり、然なり〳〵と点頭きしが、然るにても痛はしきは維盛卿、斯る由ありとも知り給はで、情なの者よ、変りし世に心までかと、一図に我を恨み給はん事の心苦しさよ、あゝ忠義の為とは言ひながら、君を恨ませ辱しめて、仕たり顔なる我はそも何の因果ぞや。

義理と情の二岐かけて、滝口が心はとつおいつ、外には見えぬ胸の嵐に、乱脈打つて、暫時思案に暮れ居りしが、やゝありて両眼よりはら〳〵と落涙し、思はず口走る絞るが如き一語、

「オ御許あれや、君」

言ひつゝ、眼を閉ぢ、維盛卿の御寝間に向ひ岸破と打伏しぬ。

折柄杉の妻戸を徐に押開くる音す、滝口首を挙げ灯差し向けて、何者と打見れば、足助二郎重景なり、端なくは進まず、首を垂れて萎れて出でたる有様は、仔細ありげ也、滝口訝しげに、

「足助殿には未だ御寝ならざるや」
問へば、重景太息吐き、
「滝口殿」
声を忍ばせて、
「重景改めて御辺に謝罪せねばならぬ事あり」
「何と仰せある」

第　三十一

何事と眉を顰むる滝口を、重景は怯ろしげに打畤《まも》り、
「重景、今更御辺と面合する面目も無けれども、我身にして我身にあらぬ今の我れ、逃れんに道も無く、厚かましくも先程よりの体たらく、御辺の目には嘸《さぞ》や厚顔とも鉄面とも見えつらん、維盛卿の前なれば、心を明さん折も無く、暫の間ながら、御辺の顔見る毎に胸を裂かるゝ思ありし、そは他事にもあらず、横笛が事」
言ひつゝ滝口が顔、窃むが如く見上れば、黙然として眼を閉ぢしまゝ、衣の袖の揺ぎも見せず、
「世を捨てし御辺が清き心には、今は昔の恨とて残らざるべけれども、凡夫の悲しさは、一度犯せる悪事は、善きにつけ、悪しきにつけ、影の如く附き纏ひて、此の年

月の心苦しさ、自業自得なれば、誰に向つて憂を分たん術も無く、なせし罪に比べて只々我苦の軽きを恨むのみ、喃《なう》滝口殿、最早や世に浮ぶ瀬も無き此身、今更惜むべき誉も無ければ、誰に耻づべき名もあらず、重景が一期の懺悔聞き給へ、御辺の可惜武士を捨てゝ世を遁れ給ひしも、扨は横笛が深草の里に果敢なき終を遂げたりしも、起りを糺せば皆此重景が所業にて候ふぞや」

滝口は猶も黙然として聞いて驚く様も見えず、重景は語を続けて、

「事の始はくだくだしければ言はず、何れ若気の春の駒、止めても止らぬ恋路をば、行衛も知らず踏み迷うて、悩ます憂身も誰故とこそ思ひけめ、我心の万一も酌みとらで、何処までもつれなき横笛、冷泉と云へる知れる老女を懸橋に様子を探れば、御身も疾くより心を寄する由、扨は横笛我に難面《つれな》きも、御辺に義理を立つる為と、心に嫉ましく思ひ、彼の老女を伝手に、御辺が事色々悪様に言ひなせし事、いかに恋路に迷ひし人の常とは言へ、今更我ながら心の程の怪まるゝばかり、又夫れのみならず、御辺に横笛が事を思ひ切らせん為め、潜に御辺が父左衛門殿に、親実を上べに言ひ入れしこともあり、皆之れ重景ならぬ女色に心を奪はれし恋の奴の為せし業、言ふも中々慚愧の至にこそ、御辺が世を捨てしと聞きて、あゝ許し給へ、六波羅の人々知るも知らぬも哀れと思はざるは無かりしに、同じ小松殿の御内に朝夕顔を見合せし朋輩の我れ、却て心の底に喜びしも、恋てふ悪魔のなせる業、あはれ時

こそ来りたれ、外に恋を争ふ人無ければ、横笛こそは我に靡かめと、夜となく昼とも言はず、掻き口説きしに、思懸なや、横笛も亦程なく行衛しれずなりぬ、後にて人の噂に聞けば、世を捨つるまで己を慕ひし御辺の誠に感じ、其身も深草の辺に庵を結びて、御辺が為に節を守りしが、乙女心の憂に耐へ得で、秋をも待たず果敢なくなりしとかや、思ひし人は世を去りて、残る哀れは我にのみ集り、迷の夢醒めて、初めて覚る我身の罪、あゝ我微《なか》りせば、御辺も可惜武士を捨てじ、横笛も亦世を早うせじ、とても叶はぬ恋とは知らで、道ならぬ手段を用ひても望を貫かんと務めし愚さよ、唯我ありし為、浮世の義理に明けては言はぬ互の心、底の流の通ふに由なく、御辺と言ひ、横笛と言ひ、皆盛年の身を以て、或は墨染の衣に世を遁れ、或は咲きもせぬ蕾のまゝに散り果てぬ、世の恨事何物か之に過ぐべうも覚えず、今宵端なく御身に遇ひ、ありしにも似ぬ体《てい》を見るにつけ、皆是れ重景が為せる業と思へば、いぶせき庵に多年の行業にも若し知り給はゞ、嘸や我を恨み給ひけん、――此期に及び多くは言はじ、只々御辺が許を願ふのみ」

慚愧と悲哀に情迫り声さへ潤みて、額の汗を拭ひ敢ず。

重景が事、斯くあらんとは兼てより略々《ほゞ》察し知りし滝口なれば、さしてさわがず、只横笛が事端なく胸に浮びては、流石に色に忍びかねて、法衣の濡るゝを覚えず、打蕭《しを》れたる重景が様を見れば、今更憎む心も出ず、世にときめきし昔に思ひ比べて、哀れは一入深し。

「若き時の過失は人毎に免れず、懺悔めきたる述懐は滝口却て迷惑に存じ候ふぞや、恋には脆き我れ人の心、など御辺一人の罪にてあるべき、言うて還らぬ事は言はざらんには若かず、何事も過ぎし昔は恨もなく喜もなし、世に望なき滝口、今更何隔意の候ふべき、只々世にある御辺の行末永き忠勤こそ願はしけれ」

淡きこと水の如き大人の心か、昔の仇を夢と見て今の現に報いんともせず、恨みず乱れず、光風霽月《せいげつ》の雅量は、流石は世を観じたる滝口入道なり。

第　三十二

早やほの〴〵と明けなんず春の暁、峯の巓、空の雲ならで、まだ照り染めぬ旭影、霞に鎖せる八つの谷間に「夜」尚彷徨ひて、梢を鳴らす清嵐に鳥の声猶眠れるが如し、遠近の僧院庵室に、漸く聞ゆる経の声、鈴の響、浮世離れし物音に、暁の静けさ一入深し、まことや帝城を去つて二百里、郷里を離れて無人声、同じ土ながら、さながら世を隔てたる高野山、真言秘密の霊蹟に、感応の心も転《うた》澄みぬべし。

竹苑椒房の昔に変り、破れ頽れたる僧庵に、如何なる夜をや過し給へる、露深き枕辺に夕の夢を残し置きて、起き出で給へる維盛卿、重景も共に立出でゝ、主や何処と打見やれば、此方の一間に滝口入道、終夜思ひ煩ひて顔の色徒ならず、粛然として仏壇に向ひ、眼を閉ぢて祈念の体、心細くも立上る一縷の香煙に身を包ませて、爪繰る珠数の音冴えたり、仏壇の正面には故内府の霊位を安置しあるに、維盛卿も重景も、是はとばかりに拝伏し、共に祈念を凝らしける。

軈て看経終りて後、維盛卿は滝口に向ひ、

「扨も殊勝の事を見るものよ、今広き日の本に、浄蓮大禅門の御霊位を設けて朝夕の回向をなさんもの、滝口、爾《なんぢ》ならで外に其人ありとも覚えざるぞ、思へば先君の被官内人、幾百人と其数を知らざりしが、世の盛衰に随《つ》れて、多くは身を浮草の西東、旧の主人に弓引くものさへある中に、世を捨てゝさへ昔を忘れぬ爾が殊勝さよ、其れには反して、世に落人の見る影もなき今の我身、草葉の蔭より先君の、嘸《さぞ》かし不甲斐なき者と思ひ給はん、世に望なき維盛が心にかゝるは此事一つ」

言ひつゝ、涙を拭ひ給ふ。

滝口は黙然として居たりしが、暫くありて屹と面を挙げ襟を正して、維盛が前に恭しく両手を突き、

「然ほど先君の事御心に懸けさせ給ふ程ならば、何とて斯る落人にはならせ給ひしぞ」

意外の一言に維盛卿は膝押進めて、

「ナ何と言ふ」

「御驚きは然ることながら、御身の為、又御一門の為、御恨の程を身一つに忍びて滝

口が申上ぐる事、一通り御聞あれ、そも君は正しく平家の嫡流にておはさずや、今は御一門の方々屋島の浦に在りて、生死を一にし、存亡を共にして、回復の事叶はぬ迄も、押寄する源氏に最後の一矢を酬いんと、日夜肝胆を砕かるゝ事、中すも中々の事に候へ、そも寿永の初め、指す敵の旗影も見で、都を落ちさせ給ひしさへ、平家末代の耻辱なるに、せめて此上は、一門の将士御座船枕にして屍を西海の波に浮べてこそ、天晴名門の最後潔しとこそ申すべけれ、然るを君には、宗族故旧を波濤の上に振捨てゝ、妻子の情に迷はせられ、斯く見苦しき落人に成らせ給ひしぞ心外千万なる、明日にも屋島没落の暁に、御一門残らず雄々しき最後を遂げ給ひけん時、君一人は如何にならせ給ふ御心に候ふや、若し又関東の手に捕はれ給ふ事のあらんには、君こそは妻子の愛に一門の義を捨てゝ死すべき命を卑怯にも遁れ給ひしと、世の口々に嘲られて、京鎌倉に立つ浮名をば、君には風やいづこと聞き給はんずる御心に候ふや、申すも恐れある事ながら、御父重盛卿は智仁勇の三徳を具へられし古今の明器、敵も味方も共に傾慕する所なるに、君には其正嫡と生れ給ひて、先君の誉を傷けん事、口惜しくは思さずや、本三位の卿の擒となりて京鎌倉に耻を暴せしこと、君には口惜しう見え給ふ程ならば、何とて無官大夫が健気なる討死を誉とは思ひ給はぬ、あはれ君、先君の御事、一門の耻辱となる由を思ひ給はゞ、願はくは一刻も早く屋島に帰り給へ、滝口、君を宿し参らする庵も候はず、あゝ斯くつれなく待遇《もてな》し参らするも、故内府が御恩の万分の一に答へん滝口が微衷、詮ずる処、君の御為を思へばなり、御恨みの程もさこそと思ひ遣らるれども、今は言ひ解かん術も無し、何事も申さず、只々屋島に帰らせ給ひ、御一門と生死を共にし給へ」忌まず、憚らず、涙ながらに諫むる滝口入道、維盛卿は至極の道理に面目なげに差し俯き、狩衣の御袖を絞りかねしが、言葉も無くツと次の室に立入り給ふ、跡見送りて、滝口は、其の儘岸破と伏して男泣に泣き沈みぬ。

第　三十三

よもすがら恩義と情の岐巷《ちまた》に立ちて何れをそれと決め難し滝口が、思ひ極めたる直諫に、さすがに御身の上を耻ぢらひ給ひてや、言葉も無く一間に入りし維盛卿、吁《あ》々思へば君が馬前の水つぎ執りて、大義ぞの一声を此上なき誉と人も思ひ我も誇りし日もありしに、如何に末の世とは言ひながら、露忍ぶ木蔭も無く彷徨ひ給へる今の痛はしきに、快き一夜の宿も得せず、面《ま》のあたり主を耻しめて、忠義顔なる我はそも如何なる因果ぞや、末望みなき落人故の此つれなさと我を恨み給はんことのうたてさよ、あはれ故内府在天の霊も照覧あれ、血を吐くばかりの滝口が胸の思ひ、聊か二十余年の御恩に酬ゆるの寸志にて候ふぞや。松杉暗き山中なれば、傾き易き夕日の影、はや今日の春も暮れなんず、姿ばかりは墨染にして、君が行末を嶮しき山路に思ひ較べつ、渓間の泉を閼伽桶に汲み取りて立帰る滝口入道、庵の中を見れば、維盛卿も重景も、何処に行きしか影も無し、扨は我諫を納れ給ひて屋島に帰られしか、然るにても一言の我に御告知なき訝しさよ、四辺を見廻せば不図眼にとまる経机の上にある薄色の折紙、取上げ見れば維盛卿の筆と覚しく、水茎の跡鮮やかに走り書きせる二首の和歌、

かへるべき梢はあれどいかにせん
　風をいのちの身にしあなれば

浜千鳥入りにし跡をしらせねば
　潮のひる間に尋ねてもみよ

哀れ、御身を落葉と観じ給ひて元の枝をば屋島とは見給ひけん、入りにし跡を何処とも知らせぬ浜千鳥、潮干の磯に何を尋ねよとや、——扨はとばかり滝口は折紙の面を凝視めつゝ、暫時茫然として居たりしが、何思ひけん、予て秘蔵せし昔の名残の小鍛冶の鞘巻、狼狽《あわたゞ》しく取出して衣の袖に隠し持ち、麓の方に急ぎける。

路傍の家に維盛卿が事それとなしに尋ぬれば、狩衣着し侍二人麓の方に下りしは早程過ぎし前の事なりと答ふるに、愈々足を早め、走るが如く山を下りて、路すがら人に問へば、尋ぬる人は和歌の浦さして急ぎ行きしと言ふ、滝口胸愈々轟き、気も半乱れて、飛ぶが如く浜辺さして走り行く、雲聳ゆる高野の山よりは、眼下に瞰下す和歌

の浦も、歩めば遠き十里の郷路、元より一刻半餉の途ならず、日は既に暮れ果て、、朧げながら照り渡る弥生半の春の夜の月、天地を鎖す青紗の幕は、雲か烟か将た霞か、風雅のすさびならで、生死の境に争へる身の、げに一刻千金の夕かな、夢路を辿る心地して、滝口は夜もすがら馳せて、辛《やうや》く着ける和歌の浦、見渡せば海原遠く烟籠めて、月影ならで物もなく、浜千鳥声絶えて、浦吹く風に音澄める磯馴松《いそなれまつ》、波の響のみいと冴えたり、入りにし人の跡もやと、此処彼処彷徨へば、とある岸辺の大なる松の幹を削りて、夜目にも著き数行の文字、月の光に立寄り見れば、南無三宝、

「祖父太政大臣平朝臣清盛公法名浄海、親父小松内大臣左大将重盛公法名浄蓮、三位
　中将維盛年二十七歳、寿永三年三月十八日和歌の浦に入水す、従者足助二郎重景年
　二十五歳殉死す」

墨痕淋漓《りんり》として乾かざれども、波静かにして水に哀れの痕も残らず、滝口はあはやと計り、松の根元に伏転び、

「許し給へ」

と言ふも切なる涙声、哀れを返す何処の花ぞ、行衛も知らず二片、三片、誘ふ春風は情か無情か。

次の日の朝、和歌の浦の漁夫磯辺に来て見れば、松の根元に腹掻切りて死せる一個《ひとり》の

僧あり、流石汚すに忍びでや、墨染の衣は傍の松枝に打懸けて、身に纏へるは練絹の白衣、脚下に綿津見の淵を置きて、刃持つ手に毛程の筋の乱れも見せず、血汐の糊に塗《まみ》れたる朱溝の鞘巻逆手に握りて、膝も頽さず端座せる姿は、何れ名ある武士の果てならん。

嗚呼是れ、恋に望を失ひて、世を捨てし身の世に捨てられず、主家の運命を影に負うて、二十六年の盛衰の波に漂はせし、斎藤滝口時頼が、まこと浮世の最後なりけり。

天才論

一

天才とは何ぞや。是れ近時評論壇に喧しき問題の一なり。「国民の友」の批評家是れを言ひ、「めざまし草」の鷗外是れを駁し、「青年文」記者は『天と人』と題して才に天人の別あるを説き、「少年文集」記者は『天才と学問』と題して天才も亦学殖を要するを論じ、其他「文学界」、「万籟」、「新文壇」諸雑誌亦是れを評論し、「早稲田文学」の彙報記者も亦是等の諸論を並べ掲げ、自家の標準を示さずして例の短評を下し、「真理」記者も亦天才の必ず倫理に適応すべきことを切論せり。

所謂る天才の何物なるかを論ぜむと欲せば、先づ是の文字によりて代表せられたる概念の内容如何を稽査せむことを要す。吾等の見る所を以てすれば、是の天才てふ文字は、常に極めて曖昧なる意義に於て用ひられ居るなり。天才の差別的原理は、果して何処に存するや。天才とは全く常識の彼岸に超絶し、連続律以外に独立自依の存在を有するものか。前者は即ち事実の問題にして、後者は即ち成立の問題なり。心理学の根拠に立ちて、所謂る天才の自然的説明を与へむと欲するものは、先づ事実若しくは現象としての天才に就いて預め考察する所あらむを要す。

二

人各ゝ自家に特有なる思想（Lebensidee）を有す。而かも一家の思想を以て能く世界の歴史を動かし、其の思索、行為、芸術の製作に於て能く人生の疑問を解釈するもの、千万人中僅かに指を屈するに過ぎざるなり。今若し闔世の人の言はむと欲して言ふ能はざる所のものを捉へ来りて、是れに形態を付し、是れに言語を与へ、是れに色彩を加へ、『見よ、爾等の渇仰する所の理想を見よ』と叫ぶものあらば、吾人は彼に於て自己の救主を認むべく、時代は彼に於て自己の発言者を認むべし。彼の言ふや、声必ずしも高からず、彼の動くや、歩必ずしも闊《ゆる》からず、而かも発すれば以て一代の文化を動かすべく、延いては以て後世の典型たるを失はず。吾れ人は是の如きものを名けて天才と言ふ。

第一天才は創作的《オリギナール》なり。彼は必ず何物か彼れの前に未だ曾て有らざりし所のものを世界に出だす。而して斯くして出でたるものは、中に永遠の真理を含み、外に普遍の認容を博す。彼れの作る所のものは創作的なり、自我独立の活動として出で来りたるものなり。故に純《もつぱ》ら主観的なり。而かも彼が新に表彰したる主観的世界観は、同時に全く客観的なり。彼は差別の中に平等を現じ、特殊の間に遍通を寓し、自己の中に世界を包容す。是を以て彼れの言ふ所は世界の声なり、彼れの感ずる所は万人の情なり。是を以てフヰデアスが手に成りたる雷神の前には、全希臘は最高の敬虔を捧げて其頭を垂れ、ミケランジエロが作れる聖ペーテルの寺院は、今日尚ほ人をして覚えず粛然として帰敬せしむ。げにや眇乎たる天才が、人文の大勢に乗じて不朽の生命を有するものは、必至遍通なる或物が其の性質の要諦を成せばならむ。

“Le sens commun c'est le génie de l'humantié !”

三

時代の感情を表彰し、同胞の思想を現化することは、未だ以て天才を為すに足らず。天才は自己の胸によりて感じ、自己の口によりて歌はざるべからず。換言すれば、個体によりて遍通を表はし、具象によりて抽象を描き、自然によりて原理を説かざるべからず。

哲学者フヰヒテは抽象理想派の人なり、是を以て其の天才を説くや、偏に重きを平等の一方に措く。其言に曰く、美術家たる所以のものは、自己一身の中に常人が其心に有する所のあらゆる感想を包括するにあり。彼れの感情昂揚するや、彼れの心は個人的差別の境遇を脱して、一般人性の中に没却せられざるべからずと(〝Die Abhandlung über Geist und Buchstab in der Philosophie.〟)。詩人シルレルが是を駁したるの言は、頗る吾人の注意を惹くべきものあり。曰く、天才の貴むべきは、単に一時代、若しくは社会の一般感情を表彰するが為に非ずして、彼れの前人には未だ曾て知られざりしのみならず、彼によりて社会は初めて知る所の新しき或物を世界に貢献するに存するなり。是を以て天才の為す所は、往々賞讃の代りに嘲罵を買ひ、桂樹の代りに棘冠を得ることあり。閣龍《コロムバス》の未だ新大陸を発見せざりしに当りてや、時の人は彼に於て単に一個の妄想狂者を見たるに過ぎざるべしと。シルレル更に言を継ぎ、一個の詩人として実に嘆美すべき言を発して曰く、

嗜好の陋劣なる、今日の独逸の社会の如きもの少し。一個独立の詩人として、吾が目的とする所は、社会の嗜好に同化するに非ずして、却て自己の精神を瀝尽して社会を風化するにあり。時代の圧抑を忍耐し、社会の迫害に反抗し、以て吾が良心と理性の指導に従ふは、吾が詩人たるの天職なり。

盛なるかな、シルレルの志や。『ロイベル』以下の彼れの製作が、是の如き偉大なる精神の中に醞醸せられたるものなることを思へば、吾等は天才の其功を成す所以のものは、徒に文才詞藻の末技に存せざることを思ふ。むかし、ケプレルが天体運行の

調和を認めし時、彼は以為らく、吾が運は天にあり、吾は只ゝ吾が信ずる所を書かむのみ。現代の人果して吾を解すべきや否やは、吾が問ふ所にあらず、吾は知己を後世に求むるものなりと。偉なるかな、其の志や。スピノザが硝子を磨きて其の独立を守りしも、実に是の志ありしが為なり。陶靖節が五斗米の為に其の膝を屈せざりしも、是の志ありしが為なり。想へばWess Brot ich esse, dess Lied ich singeとは、決して天才の言ふべき所に非ざるなり。

吁、吾等は吾邦現代の詩人文学者の趨舎を観じて、天才のまた甚だ言ひ易からざることを想ふ。

四

天才は無邪気《ナイブ》ならざるべからず。彼は法則を知らず、只ゝ元精を解す。黒白紛糾の間に処して、彼れの精神は毫も其の累はす所とならず、自家特有の直感によりて直に事物の真相を覚悟す。而かも其の感ずる所は往々万世不磨の法規となり、永く後昆の鑑仰する所となる。シルレルが、小児の口より出でたる神の語（“Göttersprüche aus dem Munde eines Kindes.”）と云ひしは、洵《まこと》に旨深き語なりと謂ふべし。然り、天才は規則を解せず、理法を知らず、然れども其の作る所のもの其物は規則たり、理法たるなり。所謂る無為にして為すことあり、無法にして而して法あるもの則ち是れ。夫の世上凡庸の輩、定型を破り規準を外にして、故らに怪奇不自然の事物を創作して得たりとするもの、虚偽軽薄是れより大なるは無し。まことや規則は未だ曾て大なる人を造りたること無き也。而かも身自ら規則に非ずして、口徒らに自由を唱へ無法を言ふものは、沐猴にして而して冠するものに非ずや。眼は自らを視ること能はず。天才は身自ら法則なり、如何ぞ自己以外に区々の規律を要せむや。

五

是の故に、世界は天才を通じて常に新しき法則を得。学者識者が、冗漫なる論議によりて初めて打建つるを得しところの理法を、天才は其の製作によりて直に吾人の眼前に呈露す。是を以てイリヤスとオディセウスは、大なる叙事詩たると共に、叙事詩の法則也。沙翁は、大なる戯曲家たると共に、戯曲の立法者也。プラクシテレースとラファエルは、同時に型像術と絵画の教師なり。彼等は何れも哲学者の問題をとり、直に是を具体的事物の上に表現したるものにてありしなり。

是の故に天才は典型の製造者なり。彼れの極めて自然に、極めて特殊なる形体の中に表現したる所のもの、往々百世を通じて摸倣の対象となることあり。ホメーロスのアヒレウスとオディセウスに於ける、ラファエルの聖母に於ける、乃至ゲーテのファウストに於ける、皆是れ個体的種族と称すべきものにあらずや。

六

カントは、天才の要する必要にして十分なる条件を挙げて三を数へたり。第一、創作《オリギナリテート》。即ち既存の法則の何れにも適応せずして、其れ自身の新しき法則たること。第二、其の製作の典型たるの資格あること。第三、其の製作は一個の自然として法則を与ふること。此くしたるは吾等の同意する所なり。然れども、天才を以て感情を対象とする美術の範囲に限り、智力及び意志の発表に関して全く之を拒否したるは、吾等敢て其の誤謬なるを断言せむと欲する所也。吾等を以て是を見れば、古より大なる哲学者は、多く大なる天才なりしなり。デモクリトスの元子論は二千年前已にダルトンの実験説を預言し、ライブニッツのモナトロギーが近世の独逸哲学及び実験科学の進歩の為に、無答案の問題を呈出したるの観あるが如き、何れか天才の直観に非ざるべき。吾等の見る所を以てすれば、智力の天才を拒否せむとしたるカント自らは、已に智力の大なる天才にてありけるなり。

七

天才の吾人に与へ得る所のものは、畢竟彼れの個性に外ならず。現在及び未来の世界が、彼れの製作の偉大なる感化に対して、しかく崇仰する所以のものも、詮じ来れば、彼が一個の『自我』に帰すべき也。眇乎たる三寸の胸臆、是の限なき生霊の間に立ちて、何を以て斯の如き盛大にして且つ永遠なる勢力を有するを得べしとするか。同胞の希望と感情とを代表すると云ふことは、未だ以て其の十分の説明となすに足らず。何となれば、時代と方処に随つて能く社会の嗜好に投合したるものは、必ずしも其の名望を後世に持続する能はざればなり。

吾等を以て是を見れば、天才がしかく盛大にして且つ永遠なる名誉を有し得る所以のものは、大世界の道義的運行に対して若干の貢献を作《な》したるが為なり。蓋し人間社会に於て滅びざるものは、独り人道のみ。希臘は亡び、羅馬は跡なく、邦家の興亡掌《たなごころ》を覆《かへ》すが如きも、古今東西の歴史を貫通し、人道は毫も其の運行を渝《か》へず。人生のあらゆる正義、あらゆる道徳、あらゆる価値あるものは、恰も鹿の渓水に下るが如く、磁針の北極を指すが如く、其の意識の有無に関せず、皆人道の進歩に対して多少の貢献を作しつゝあるなり。天才は個人に顕はれたる人道の一面なり。彼は二個の生命を有す、現世の生命は肉体に亡ぶるも、彼は翻つて人道の中に無窮の存在を保有すべし。是を以て吾等は断言せむと欲す、天才は必ず道義的なりと。"Sittliche und dichterische Kraft in der Wurzel eins ist."（道義の力と詩人の力とは其の根本に於て一なり）。吾等は是に至って、詩人シルレルが詩的思想の、高尚卓絶なるを思望するを禁ずる能はず。

内村鑑三君に与ふ

内村鑑三君足下。

生《せい》の開書を受取らるゝは、足下に於て或は不快なる事ならむも知るべからず。若し是の際、生にして一篇の論文を足下監督の東京独立雑誌に投ぜむか、恐らく六号活字の恩典にだも与り難《あつか》らむ事は、生の万々了知する所なり。足下の如何と見るは生の問ふ所に非ず、唯ゞ生が足下を見る所を以て足下の為に言ふ、可ならむ乎。足下は須《すべか》らく『知識の下には喜憂なし』と云へるスピノザの言によりて、生の態度を了せらるべき也。

足下よ、有体《ありてい》に云へば、生は足下の意見を評するに、常に愚論の二字を以てするものの一人なり。生によりて愚論と評せらるるは、恐らくは足下の満足する所なるべし。足下の面目是《かく》の如くにして保たれ得べくむば、生の苦言も寧ろ足下にとりて多少の益あるを多とすべき也。何が故に愚論とするかは今更言ふまでも無かるべし。蓋し足下は一切の事実を否定し、己れの理想に協《かな》はざるものは、凡て斥《しりぞ》けて虚偽となす。生は久しき以前より足下の文字を読むものの一人なり、然れども未だ一回も事実に就いて足下の経綸策を聞きしことあらず。生を以て見れば、足下は現世の筆と紙とによりて他界の事を物語る者也。実在てふ観念は、早く足下の思想より游離して、足下は一切の事物を仮象として見る者なり。足下は理を談ぜずして情を述べ、経済を語らずして詩歌を唱ふ。故に足下の意見なるものは、極めて単調、極めて簡易なり。生に与ふるに足下の名と問題とを以てせよ、足下の論の如何なるものなるかを予言するは、生に於て強《あなが》ち難事に非ざる也。人を罵り、世を慨く足下の声の如何ばかり壮快なるかは、生の是《こゝ》に述ぶる迄も無し。曰く正義、曰く人道、曰く自由、足下は是の種の文字を限なく列《つら》ね、喑唖断続の声を放ち、其の懐抱を暢《の》べて倦《う》まざるは、生の常に壮とする所なり。生は足下の是の煩悶を以て、強ちに暗中の摸捉とは為さざるべし。又驚きの眼を挙げて、箇中に無量の深意ありとする足下の崇拝者をば、強ちに浅薄なりとは謂はざるべし。然れども生を以て是を見る、足下の論は経世家の言議としては遂に無意味の愚論なり。然れども若し生によりて愚論家と呼ばるゝを意に介するが如き足下ならば、生は又足下を以て多少の言を為すまでに、足下をば意に介する事なかるべし。

足下よ、生の直言を許せ。生が足下の為に言はむと欲する事は、両言にして尽きむのみ。曰く、足下は経世家に非ず、哲学者に非ず、宗教家に非ずして一個の詩人のみ、是の詩人たるの天職を自覚するは、足下にとりて一生の大事也と。希はくは詩人てふ文字を以て、経世家、哲学者、宗教家の下にありとする勿れ、大なるものは何れの方面に於ても大なり。生の望む所は、足下が明治のダンテを以て自ら居らむ事にあり。ダンテの愛読者たる足下は知るならむ、ダンテは一時の迫害によりて永久の生命を得たりき。彼れ若しフヰレンツェの市長として其の隣人に好遇せられむ乎、神曲の一大雄篇は遂に世に出でざりしならむ。伊太利の一都府は、其の一時代に於て一好市長を得たりしならむも、而かも一千年の中世紀は声なくして経過し去りしならむ。生は足下に於ても、恰も明治の一ダンテを見る也。

　足下は迫害せられたり。外遊幾年にして得たる学識を国家の為に尽さむとしたる足下は、却て国家の為に迫害せられたり。生は彼の聖影拝礼の事を以て、社会にとりても足下に取りても、さしたる事件なりとは思はざれども、足下自からが成るべく之を大事件なりと誤認し、古の血証死、乃至ダンテの追竄にもまさりて、天下百世の大事件たるべき事を永く肝胆に銘刻せむ事は、足下に於て一ダンテを見むとする生の万々希望する所なり。一粒の砂も時に大帝国の基礎を揺《うご》かす事あり。是れ宇宙の大法なり。是の偶然の事実によりて一ダンテを得ば、是れ豈帝国の幸にあらずや。

　足下の半生は聖影事件によりて決定せられたるが如し。生は其の然るを信じ、又然らむことを希ふ。足下が憎人慨世の思想は、是《こゝ》に其の端緒を開きてより以来、雲の如く湧き、雨の如く灑《そゝ》げり。足下が可憐にして又貴重なる復讐の執念は、是が不断の薪油となり、足下の情火は年を追うて愈〻高く愈〻烈しくなり増さりぬ。生は足下の復讐心を敢て可憐なりと云ふ、そは復讐心とは一身の得失に執着する煩悩の生児に外ならざればなり。されど生は、同時にそを貴重なりと謂ふ、畢竟復讐心は剛健なる意力の所現に外ならざればなり。昔者《むかし》フヰレンツェの長官、ダンテに言はしめて曰く、罪を謝し金を償《つぐな》へ、然らば国に帰るを許さむと。ダンテが傲然として答へき、有罪と呼ばるる無くして帰る能はずむば、断じて帰らずと。復讐の一念も茲に至つて壮美の境に入る。生は足下に於て聊か這般の意力を認め得たるを喜ぶ。

聞説《きくな》らく、彼の聖影事件ありてより、足下は帝国の官府を見ること蛇蝎の如しと。昔者ダンテ、終生フヰレンツェを見ずして、却て陰府、浄罪、及び天国の土を見たりき。足下の今日見る所は何れの土ぞ。夫《か》のマレボルゼの池は其の闇黒の層圏と、其の「大難」とを併せて、ダンテの眼には儼然たる科学的定形ありと見られたりき。彼れの心一度び是《こゝ》に臻《いた》るや、燃ゆるが如き復讐の念慮も粛然として無言の冥想に沈み、翻つて一千年の大懺悔録となりにき。知らず、足下の今の境遇は果して何物をか蓄積し、果して何物をか蘊醸しつゝある。

足下よ。生は足下の崇拝者と共に足下の警語を聴くことを喜ぶ一人なり。足下は嘗て米国詩人ラヱルの詩句を引きて『偶然に生を享けたる国土の如きは、我が故郷とするに足らず』と揚言せり。嗚呼偉大なる宣言なる哉！、是れ生が足下に聴きたる千万言の中にて、最も簡明に最も真率に足下の信条を告白せるものには非ざる乎。日本の国籍中に生活する足下にして是の言あるは、即ち日本が一ダンテを以て足下に待つ所以なり。否寧ろ足下が一フォレンツェを以て日本を見る所以なり。『死市』ラヱンナは何処にある、足下が所謂る『自由の郷』にあらずや。是の如き思想を有する人に向つて国家の威力も何の加ふる所ぞ。足下の守るべき道は唯ゞ是の偉大なる精神力を忌憚なく開展するにあるのみ。生は信ず、固く信ず、足下がダンテたるの道即ち茲に存す。足下よ、生をして毫も其の歯に衣《きぬ》せしむる勿れ。足下に幾多の弱点あり、外より観察すれば足下の言行ほど矛盾に充実せるものは蓋し尠し、而かも生は如何なる矛盾も足下が衷情の真摯に累するものに非ざるを信ぜむと欲す。不幸にして足下は論客として世に知られたり。然れども足下は理の人に非ずして情の人也、立言の人に非ずして咏歎の人なり、唯ゞ憂ふらくは足下自らも亦論客を以て自任せむことを。

生は是《こゝ》に於て敢て足下に警告する所なかるべからず。足下は日本に於ける操觚者《さうこしや》中の最も多幸なる一人なり。足下の監督する東京独立雑誌は、一に足下の名あるが故に読まるゝにあらずや。其数は十人にても可なり、百人にても可なり、是《かく》の如き読者は最も足下を信ずるの読者ならずむばあらず。足下の言議は赤新聞の記者が激賞の資となること珍らしからざるに非ずや。今の世に於て是の如き記者の賞讃に与《あづか》ることは操觝者の異数なり。斯かる多幸なる境遇は、足下をしてダンテたらしむる所以にあらず。フォレンツェ市の官庫には、今日尚ほ『ダンテを捕へなば生きながら焚くべし』との奇怪なる宣告文を蔵すと云ふに非ずや。生を以て見るに、足下には已《すで》にダンテの稟資ありて、未だダンテの境遇を得ず、聖影事件の迫害に今日まで執着するは、足下一人の幻影のみ、健忘なる社会は既に已《すで》に之を遺却せり。今の時、足下にして一歩を誤らば、生の足下に期待する所のもの、或は水泡に帰し、帝国は永く其ダンテを逸し了せむ。生が足下に警告せむと欲するは即ち是《こゝ》にあり。

生は敢て足下に告げむ、足下世に容《い》れらるゝも、世は足下に対して永久の虚偽たるべし。足下の信条と、情執と、復讐心と、渝ること無くむば、足下は終に其の虚偽たるを覚るの時あるべし。生を以て見れば、一個の悪魔に怒るものが、却て十個の悪魔に喜ばるゝは、足下が今の境遇なり、是れ断じて足下たる所以の道に非ざる也。昔者はヱロナの人、ダンテを街頭に見し時、常に謂《い》へらく、『陰府に在りし人彼処《かしこ》に在り』と。然り、陰府に在りし事なき人、如何ぞ神曲の詩人たることを得べき。

足下よ、生を以て見れば、足下の筆は雑誌の記者としては余りに長きなり。足下は経世家に非ず、哲学者に非ず、宗教家にあらず、足下の天職は神曲の詩人たるにあり。足下は其の直情と、径行と、倨傲と、沈鬱と、厳粛曠遠の信条と、激越不撓の執念とを併せて、到底時劫界の人に非ざる也。足下よ、希はくは生をして忌憚なく言はしめよ、足下は若し神曲の詩人として生れたるにあらざれば、何物の為にも生れざるのみ。

足下よ、希はくは生の直言を許せ。生の足下に就いて見る所、足下果して如何とか見る。嗚呼、世は中世に非ず、国は伊太利にあらず、而して足下を以て独りダンテに比す、抑ゝ生の誤り乎。想ふに、生は足下に喜ばれざる者の一人なるべし、然れども最後に『余ダンテ故国を追はれて此処に伏す』と題せる『死市』ラヱンナの墓誌を以て足下に呈するは、必ずしも足下の意を迎合する所以に非ざるべき乎。頓首。

『天地有情』を読みて

今の時に当り、多少の興味を以て、『天地有情』の題目を読み得るもの果して幾人ありや。詩の侮りを受くるや極まれり。吾人晩翠の詩を読みて、先づ其の不遇を悲まざるを得ず。

『天地有情』は、まことに眇たる一小冊子也。装幀の美の見るべきものあるに非ず。其の価亦僅かに廿五銭のみ。而かも吾人はそが我が文学界に於ける近年稀有の好出版なるを疑はず。

晩翠の詩は、藤村の作と並び称せられて、夙に批評家の筆に上れり。我が幼稚なる詩壇に、新なる光と命とを齎したる彼が使命の、普ねく認めらるる気運は、漸く近《ちか》づき来れるが如し。是れ吾人の深く晩翠の為に欣ぶ所也。然れども吾人の見る所を以てすれば、彼れの詩の真価は、尚ほ未だ今の人に了解せられざる也。吾人久しく晩翠を知る。彼が詩人としての性情に参して其の詩を解すれば、世上批評家の言ふ所とおのづから別種の趣あるを見る。想ふに彼に就いて一言するは、吾人が当然の務めに非ざるべきか。

吾人の第一に彼に就いて言ふべきことは、彼れの詩の極めて真率なること也。彼は格調に就いて苦心せしなるべし。如何にして七五調の単調を免れ得む乎てふ問題は、彼が他の新体詩家と共に、少からざる工夫を施せし所なるべし。彼が連《しき》りに漢詩調を用ひて、柔弱平板なる和歌調に雄健急促の発声を与へむと試みたるは、即ち是の工夫の結果に外ならざるべし。吾人は『友《とも》高楼のおばしま』と云ひ、『露荒《つゆ》涼の城あと』と云ふが如き造語が、幾何の成功を齎ししかを知らずと雖も、兎に角、彼が詩形の為に尽したる苦心と工夫とは最も明なる事実なりとす。然れども是の如きは、彼にありては形式のみ、体裁のみ、彼れの詩には別に形式以外の生命あり、体裁以上の精神あり。彼は最も厳粛なる覚悟を以て是の生命と精神とを発表せむと試みたり。是に於て乎、彼れの詩は即ち彼れの哲学也、理想也、宗教也。

晩翠はユゴーの崇拝者として知らる。而してユゴーは、聖書、ヰルギル、ダンテの愛読者也。晩翠の詩が一種の宗教的、もしくは超絶的感情に富めるは、蓋し自然の勢ならむか。彼にありては芸術の真面目なるは、毫も人生と異なるなし。されば彼れの詩は、遊戯の歌にあらずして祈禱の響也、即興の感触にあらずして永遠の思索也。是の点に於ては、彼れの詩はまさしくユゴー、ダンテの流風也。

芸術の為に芸術ありてふ主義は、ユゴーの取らざる所也、彼れの詩は一に人生の為に存せり。而して彼れの所謂る人生は、理想の人生也、永遠の人生也。是の理想、永遠の人生に対して、進歩と自由と人道との福音を唱ふるもの、即ち彼れの詩也。彼れの詩は是の故に、哲学的なると共に宗教的也。翻つて『天地有情』を繙いて、『万有と詩人』、『夕の思ひ』、『浮世の恋』、『造化妙工』、『暮鐘』の諸篇を読め、宛然としてユゴー集中の遺韻に非ずや。晩翠の特徴実に茲にあり、其の短所も亦茲にあり。

夫れ己れの物に非ざれば、人に与ふる能はず。詩人の性癖は、我れ是を如何ともする無き也。晩翠のユゴーに私淑する、素より妨げず、唯ゝ而かもユゴーの感情思想を移して、直に是を本邦の今日に擬す、可ならむ乎。曰く、人世は永遠也。曰く、理想は我が目的也。進歩は我が主義也。曰く、自然は笑ひ、人間は泣く。ユゴーが当代の仏蘭西国に齎したる是の如き福音は、歴史上より見れば、畢竟一時代の精神のみ。今や世移り、人渝《かは》り、国異なれり。新しき日本の詩人にして尚ほ是の陳套を反復す、恐らくは歴史を無視せるの嫌ひあるに非ざる乎。晩翠にして苟も国民的詩人たらむとする乎、永遠、理想、進歩と云ふが如きものの外、豈幾多の新精神、新思想の歌ふべきもの無からむや。

『自然は笑ひ、人は泣く』。是のユゴーの套語は、亦同時に晩翠の套語也。彼れの詩の根柢となれる人生観は、何れも是の套語に本ける厭世の感情ならざるは無し。

天の荘厳、地の美麗、
花かんばしく星照りて、
自然のたくみ替らねど、
わづらひ世々に絶えずして、
理想の夢の消ゆるまは、
たえずも響けとこしへに、
地籟天籟身に兼ぬる、
ゆふ入相の鐘の声。――『暮鐘』

是の種の厭世的感情は、東西古今に渉り、幾多の詩人に歌はれ、今も尚ほ大なる慰藉を吾人に与へつゝあり、而かも潜かに想ふに、二十世紀の曙光を迎へむとする現代の詩人は、かゝる単純なる人生観を以て、果して能く一世の人心を捕捉し得べしとする乎。即興直感を旨とする抒情詩、例へばハイネが作の如きものにありては即ち可なるべし、晩翠の如き思索的将た冥想的傾向を有するものにありては、寧ろ幼稚の譏りを免れずとせむや。シルレルは十八世紀末の冥想的詩人なり、而かも其の人生観は是の如く簡単なるものには非ざりき。是れ『理想と人生』、及び『理想』の諸篇を読めるものの知る所也。吾人をして忌憚なく言はしめば、自然及び人生に対する晩翠の観念は、尚ほ幼稚也。恐らくは彼れの哲学思想は、何等確実なる科学的研究の上に樹《た》てられたるものに非ずして、ダンテ、ユゴーの如き詩人の詩的想像に養はれたるものに過ぎざるならむ。是の如きは、十九世紀末の詩人が其の人生観を得たる方法としては、余りに簡単なる方法に非ざるべき乎。見よテニソンの如き保守的詩人すら、尚ほ『六十年後のロックスレー堂』に於て、近世的知識を調摂するの必要を認めしに非ずや。言ふまでも無く、詩は時代に適応して初めて盛なり得べし。人文の進捗に随つて常に新しき理想を捕捉し、時代の精神に対して常に新しき解釈を与ふるに非ざれば、決して当代人心の希望と感情とを満足せしむる事能はざる也。吾人は呉々も晩翠が是の点に就いて三省せむことを望む。

晩翠の他の特性として最も著しきは、そが冥想《レフレクション》的傾向に富めるの一事也。『天地有情』収むる所、如何なる短篇と雖も、多少の冥想を含まざるもの無し。是の点に於ては、彼は甚だシルレルに近きもの也。冥想的なるが故に随つて思索的也、随つて即興直感の抒情詩は、彼に於て絶えて見ざる所也。彼れの詩は飽くまで意識的なり、自覚的也。不用意の間に天真を流露して、自然の妙境に詣《いた》るが如きは、彼に於て望む能はざる也。彼れの詩の多くは、抒情詩也。然れどもゲーテ、ハイネ、の即興抒情詩にあらずして、シルレル、スヰンバーンの冥想的抒情詩也。夫れ唯〻冥想的也、是を以て託意の高は則ち是れあり、思索の幽は則ち是れあり、而かも往々自然に遠《とほざ》かり、人情に離るるの弊を免れず。加ふるに朦朧難解の弊に陥ることあるは甚だ惜むべきに似たり。彼は未だ嘗て叙事詩を作らず、『五丈原』の如きも、人往々目するに叙事詩を以てすと雖も、実は一種の抒情詩のみ。

然れども、『天地有情』は、晩翠にとりては例へば試毫に過ぎざるのみ。彼れ年歯尚ほ壮、才藻気魄、共に望みを後年に嘱するに足る。彼は大学に入りて英文学を修め、傍ら独、仏、伊の諸語に通じ、東西の文学略〻渉猟せざる所なし。而して学を衒はず、名を求めず、静に古人を友として吟哦に耽る。是を近時の英文学者がリードルの教師を以て自ら安ずるに比して、真に敬服するに足るものあり。吾人は彼が自己の使命を自覚して、ます〳〵奮励せむことを希はざるべからず。知らず、彼は吾人の言に首肯するや否や。

文明批評家としての文学者

（本邦文壇の側面評）

一

予、人のニーチエを語るを聞く毎に其書に接するの暇無きを恨みしや久し、頃来閑に乗じて彼が二三の著書を読み其の要領を会するを得しが、初めは其説の太だ意表に出づるものあるに驚きぬ。抑々歴史を尚ぶ進化論と平等を旨とする社会主義とが殆ど思想界の上下に貫盈せる今の時に当りて、奇矯大胆、時には殆ど突梯不稽とも見らるべき彼れが如き説の如何なれば科学、哲学の中心たる独逸には興りたる。今や『フリードリツヒ、ニーチエ』の名は独乙青年の間に魔語の如く響き渡り、『フラウ、ゾルゲ』の五十一版を出せるズーデルマンを初めとして、文学者中にも彼れが影響を被れるもの尠からずと伝へらる。科学を蔑如し、歴史を無視し、漫に不稽の空想を臚列して幽玄神秘を衒ひたるらしき彼が如き説の、如何なれば斯くは一世の人心を鼓動し得たりとするや。予は其の当に然るべき所以を想ひて、つら〳〵ニーチエの名の空しからざるを悟りぬ。蓋し彼は哲学者と謂はむよりは寧ろ大なる詩人也、而して詩人として大なる所以は、実に彼が大いなる文明批評家Kulturkritikerたる所に存す。

　ニーチエは殆どあらゆる方面に於て十九世紀の文明に反抗せり。哲学界に於てはヘーゲル以来、科学界に於てはダルヰン以来、一代の思想を殆ど残り無く風靡し来りたる歴史発達説《ヒストリスムス》も、彼れの眼中には偽学者の俗論に過ぎざるものとなれり。以為《おもへ》らく、十九世紀末の吾人は歴史の多きに勝えざる也。主観を没し人格を虐げ、先天の本能を無視するものは歴史也。個人自由の発達を妨げ、凡ての人類を平凡化し、あらゆる天才を呪咀するものは歴史也、――彼れは是の如き論拠より多くの学者を嘲りて偽学者《ビルツングスフヒリステル》と呼び、『凡ての活力あるもの、障礙、凡ての疑惑に沈むもの、迷宮、凡ての弱者に対する道徳家、凡ての高きに向て進む者の足枷、凡ての清新なる生命を望みて進みつゝある独逸人の前途を沮害する砂漠』は即ち是等の偽学者なりと罵り、『新旧信仰』の著者たる博士ストラウスの如きは是の如き偽学者の好模本として標榜せられたりき。是の如く人格の独立の為に歴史発達論を否定したるニーチエは、更に論歩を進めて民主々義と社会主義とを一撃の下に破砕し、揚言して曰く人道の目的は衆庶平等の利福に存せずして、却て少数なる模範的人物の産出に在り。是の如き模範的人物は即ち天才也、超人《ユーベルメンシユ》也、即ち是れ無数の衆庶が育成したる文明の王冠とも見るべきもの也。

されば若し衆庶にして自ら自己の為に生存すと思はゞ是れ大いなる誤り也、彼等は唯是の如き天才、超人の発生を助成する限りに於て其の生存の意義を有するのみと。――彼れは、是の人道の理想を認めず、却て是に背馳せる方針に出づるの故を以て今の社会、国家、学術、の凡てを非認し、翻てルソー、ゲーテ、ショーペンハウエル、ワグネル等の人物を挙げて真正なる文明の指針是に在りとなし、所謂超人は学者に非ず、識者にも非ず、又歴史的に発達し来れる如何なる人にも非ず、実に是れ一個の芸術家、創作家なりと断じぬ。彼れの説は是に到りて現時の民主平等主義を根本的に否定し、極端にして、而かも最も純粋なる個人主義の本色を発揮し、来りたるを見る。さはれ、歴史無く、道徳無く、真理無く、社会無く、国家無く、唯個人各自の『我』あるを認むるもの、十九世紀末の思想に対して何等の対比ぞや。遠くは『ロマンチシズム』の運動も、近くはヘンリー、マッケーの無政府主義も、ニーチエが是の個人主義の極端なるに較ぶれば、尚ほ遥に緩慢なるを覚ゆ。而して吾人の最も注意すべきは、是の如き思想が独逸現代の人心を揺撼したることの予想外に深大なるの事実に在り。

是に於て吾人は文明批評家《クルツールクリチケル》としてのニーチエが偉大なる人格を歎美するを禁ずる能はず。彼れは個人の為に歴史と戦へり、真理と戦へり、境遇、遺伝、伝説、習慣、統計の中に一切の生命を網羅し去らむとする今の所謂科学的思想と戦へり。徒らに外面皮相の観察を事として精神的生活の幽微を解せざる今の心理学と、認識論の如き一部煩瑣の研究に陥りて本能と動機と感情と意志とを遺却し去りたる今の哲学とは、彼れの所謂偽学として排斥する所也。彼は青年の友としてあらゆる理想の敵と戦へり、彼れは今のあらゆる学術の訓へ得るよりも更に〳〵大いなる実在の宇宙に充満せるを認めたり、同時に是の実在を認識し、其の秘密に到達せむには、今の所謂学術道徳の甚だ力無きを認めたり、彼れは其の予言者の眼によりて其方法の何者なるかを知りぬ。彼れが当代の文明に反抗して其の神怪奇矯なる個人主義を唱ふるに至りしもの、亦真に已むを得ざりしならむ乎。人は言ふ、彼の書険難にして解すべからずと、蓋し彼は素哲学者に非ずして詩人也、而して彼の歌へるものは山に非ず、河に非ず、恐らくは彼自らも解する能はざりし天地人生の幽微也、語明に意徹せざるもの蓋し亦自然の勢のみ。唯霊なるもの、み能く霊を動かす、そが十九世紀の重荷を自覚し初めたる当代青年の中に無数の味方を贏《か》ち得しもの、亦決して偶然に非ざるを見る也。

二

ニーチエに関しては暫らく是の如きを以て足れりとせむ。唯文明批評家としての彼が偉大なる品性と高邁なる識見とは予が特に我邦文学者の注意を乞はむと欲する所也。我邦、文学者を以て自ら居る者甚だ少からず、されど『詩は人生の批評也』と云へるアルノルドが語を真に会得せる者果して幾人ありや、予は実に是を疑ふ也。独逸の学者中には芸術を以て哲学に配し、精神生活の最高位を以て是に擬せしもの少からず、我邦文学者中、真に這般《しやはん》の消息を解するもの幾人ありや、予は実に是を疑ふ也。予は街上に爛酔して車夫馬丁と格闘したる知名の小説家あるを耳にせしことあり、而かも一人の当代文明に反抗して清新なる理想を歌ひたる者あるを聞かざる也。彼等の所謂詩歌と云ひ、小説と云ふもの、多くは、予を以て見れば到底戯作のみ、無意義の文字のみ。彼等の胸は未だ人生に対して開かれず、耳あれども聞えず、眼あれども見えず、何ぞ其作る所の主義なく、識見なく、精神なく、光焔無く、理想無く、殆ど小児輩の落書と択ばざるを怪まむや。詩人ニーチエの名が如何にして史上に鏤刻せられたるかを見よ、予は我邦文学者が文学に対する覚悟を一新せむことを希はざるべからず。而して更に見よ、是の如きは独りニーチエのみに非ざる也。

三

輓近《ばんきん》欧米の文学者にして其名を一世に擅《ほしいまま》にせるもの、曰く米のホイットマン、曰く魯のトルストイ、曰く那のイプセン、曰く仏のゾラ、皆是れ文明批評家也、一代の文明を抱擁して自家の理想中に化育せむとしたる文明批評家也。ホイットマンの事は予嘗て本誌上に論ぜしことあり、読者の中或は是を記臆する人あらむ。十九世紀と亜米利加の文明とありて而して吾詩あるもの、真に已むを得ざる也てふ彼れが語は、誠によく彼れが詩の面目を発揮せり。実に形式主義、方便主義に堕落せる十九世紀末の文明と平等の虚名に眩惑して却て民主自由の咒咀者たる北米合衆国の欠陥とは、彼れが詩是を暴露して殆ど余すところ無し。『生命《いのち》に渇えて而かも其の泉を得ざりし理想の児』は、さながら『ハムリン』の小児が捕鼠翁の笛声に赴けるが如く、踴躍して彼れに随ひぬ。トルストイ伯が当代文明の最も大胆なる批評家なることは何人も知る所ならむ。曾てルソーが自然に還れと説きしが如く、彼れが理想は十九世紀の文明を倒逆して原始基督教の禁欲主義に還没せしむるにあり。彼れは国家の威厳を認めず、帝王の尊貴を認めず自ら称して世界の公民と呼ぶ。魯国政府が発売を禁止したる『我宗教』の一書、真に彼が肺腑を暴露せり。彼れが思想の『アナクロニズムス』は素より学者の批評を価せざらむも、而かも魯国文明の弾劾批評としては何物か能く彼れが書の痛快に及ぶべき。イプセンはニーチエと等しく個人主義の宣伝者也。ゾラが境遇Milieuによりて個人を説明せむとするが如く、イプセンは個人によりて翻て境遇を規定せむとせり。是を以て彼れが詩は意志の詩也、理想の詩也、『ブランド』の主人公は実に是の勇猛不退転の意志の化現とも見るべきもの也。彼にありては凡ての事、『万事』か、然らざれば『皆無』也、彼れは譲歩を知らず、況むや屈辱をや。彼れは是の本来の意志を貫徹し、実現するところに人生の極致ありとなし、随て人は生れながらにして戦死すべき運命を担へるものと為せり。而して是の如き強健なる意志と崇高なる理想とは、イプセンの母国たる那威人の特に欠如せる所、即ち彼れが詩は『スカンヂナビア』文明に対する公然の反抗とも見るべき者也。不幸にして母国は未だ彼れの真価を認むるに至らず、彼れが勢力は今や却て南の方日耳曼《ゲルマン》聯邦に拡がり、ニーチエと相呼応して独逸文壇の風色を一変せり。ズーデルマンの如き実に彼れが偉大なる影響を代表する一人たり。仏のゾラ将た儼然たる文明批評家也。彼れを目して単に写実家とするものあらば、是れ未だ彼れを知らざる者のみ。『ナ、』の連篇や、『ラ、キユレー』や、『ラルヂヤン』や、将た『ラ、ベート、ユメーヌ』や、巴里や何れか仏国文明の病処を批評したるものに非ざるべき。彼れは実にチーグレルが言ひし如く、写実家の仮面を被れる『シムボリスト』のみ。其の本来の面目に於ては二ーチエ、イプセンと多く異る所あらざる也。

四

吾人は我邦の文学者が切に這般の事実に対して熟慮するところあらむを希ふ。想ふに是の如きは一端の事例のみ、輓近欧米の文学者にして盛名を一世に擅にするものは、殆ど凡て文明批評家なりと謂はむも不可無き也。彼等は其の理想に於て、将た其詩風に於て各々趣を異にすと雖も、而かも時代の精神を代表し、若しくは批評し、若しくは是に反抗し、文明の進路に率先して億兆の師表たらむと期するに於ては則ち一也。

本邦の所謂文学者は果して是の如き事実を如何とか見るや。彼等の多くは耳あれども国民の声を聴く能はず、目あれども時勢の風潮を見る能はず、一代の民衆が空しく光明に憧れて暗中に煩悶する所のものを捉へて、『見よ、爾等の理想茲に在り』と呼ぶ能はざる也。彼等の多くは社会を知らず、国家を解せず、況してや十九世紀の世界文明をや。彼等の多くは唯一代の文明と風馬牛なる其の豆大の眼孔に映じたる貧少なる閲歴を糊塗し、輙《すなは》ち呼で詩歌と云ひ、小説と云ひ、我こそは文学者なりと称す、抑々彼等の多くは文学者なるものを如何なる物と心得居るにや、抱腹絶倒せざらむと欲するも豈に得べけむや。吾人嘗て我邦の文学者に向て時代の精神に接触せよと説きしことありき、而して彼等は即ち同音にして言へらく、『願はくは所謂時代の精神の何物なるかを説示せよ』と。あゝ何ぞ其の厚顔にして愧ぢざるの甚しきや、文学者を以て自ら任ぜる彼等に向て却て文学者の覚悟を説く、既に是れ百歩の『ハンデキヤツプ』也、而して彼等自ら慚づる所以を知らず、尚ほ且つ斯る奇問を発す、若し吾人にして是の如き者即ち時代の精神也と説示せば、厚顔なる彼等恐らくは更に問はむ、『然らば如何にしてそを描くべき乎』と。嗚呼彼等は吾人に向つて『文学者と為るの法如何』と問はずむば已まざらむとする也。吾人豈恨無きを得むや。

五

我邦斗筲《とせう》の文学者を以て欧米現代の名家に配す、素より不倫の誹《そしり》を免れずと雖も、而かも詩人小説家としての覚悟に関しては、予其の同日にして論ずべきを信ずる也。実に一代の文明を批評し、若くはそを敵として戦はむ程の者は、啻《たゞ》に其識見の高邁なるのみならず、其気魄の雄大、凜として秋霜烈日の如きもの無くむばあらず。一分世に阿ねるの意あらむ乎、是れ既に批評家に非ずして諂諛者也、世に訓ふるに非ずして却て訓へらるゝ也、時勢に率先するに非ずして却て追随する也、是の如くにして社会の劣等なる読者を籠蓋し得たりとて何処にか貴むべき所あらむ、文明批評家は己れの信ずる所に非れば動かず、己れの信ずる所を貫徹せむが為には、即ち一世を敵として戦ふを辞せざるの気魄あり。利害の打算は彼れの知らざる所、彼れは推歩せずして跳躍す、而して其の意志の満足は実に其の至高の報酬たり。是の覚悟あるもの初めて文明批評家たり得べき也。

吾人は茲に顧みて我邦文学者の多くが、気節なく、徳操なく、飄々片々として時好に投ぜざらむことを是れ怖るゝの弱志薄行を遺憾とせざるを得ず。依て以て虚名を得、銭利を貪るの外、彼等に於て毫も著作せざるべからざるの必要無し。彼等は唯官吏たらず、商人たらざる代りに、仮りに文学者となれるのみ。理想の重荷を担へる胸の如何ばかり苦しきかは、彼等の未だ曾て知らざる所也。是の如くにして詩人たり、小説家たらむと擬す、洒落本、浮世草紙の戯作者と相距ること果して幾何ぞや。

去て是をホイツトマンに見る、彼れは其詩に於て慥に北米合衆国を侮辱せり。而して其詩集の一部を抹殺すべしとの衆論に対して揚言して曰く、是の如くむば吾れ悉く吾詩を火にせむのみと。意気何ぞ夫れ壮なるや。トルストイ伯は『吾は魯国の民に非ず、魯国政府に対して何の負ふ所無し』と公言せり。原始基督教の理想を復活せむとする伯にとりて、是れ実に已むを得ざる宣告なりき。其の『イワン、デウラック』は魯国の軍隊政治を難じて頗る痛快を極め、其『燭』は公然弑逆を論じたり。『吾宗教』の発売を禁止したる魯国政府が是の如き著述を黙過したるは寧ろ奇怪とや称すべけむ。遮莫《さもあらばあれ》、全世界の恐れとなれる魯国の権力を以てして遂に其の一歩を枉《ま》げしむる能はざりしトルストイ伯の偉大なる人格は吾人の歎美するを禁ずる能はざる所也。文学の厳粛なる意義は吾人又イプセンに於て是を見る。彼れにありては詩は即ち彼れの意志也、理想也。『ブランド』を公にせむとするや、彼れ書を其友ローラ、キーレルに贈りて曰く、『詩の第一義は自己自ら自己に忠なるにあるのみ。我は我にして他の何物にも非ず、是を以て欲せざるべからざる者を欲す、已むを得ざる也、詩即ち是のみ。或は彼を撰び、或は此を択ぶ、赴く所は虚偽あるのみ』と。『ブランド』は実に是の如くにして成りたりき、其の人を動かして剴切《がいせつ》痛激を極むるもの真に所以ある也。請ひ問はむ、優柔媚悦を事とする我邦の文学者、這般の事例に対して果して何の顔色かある。凡そ文学者に要するもの学殖然り、識見亦然り、而して最も得難きものを是の気魄となす、是を以て真正の文学は古より傑士の事也。彼れにして若し処を換ゆれば、或は教の為に血を流すの義人となり、或は義を見て難に赴くの国士となる。夫の紛々たる遊蕩児、無頼漢にして偶々穿窬《せんゆ》の技を弄ぶもの、果して何為るものぞや。

六

是の如きは暫らく言ふを已めむ、恐らくは言ふて甲斐無きことなれば也。唯我邦文学者の多くが僅に彫琢の末技を怙《たの》みとして無学無識に安じ、絶えて修養の意志無きに到りては、切に警戒する所無かるべからず。

今は全く局外の人と為れりと雖も、予が初めて文壇に評論の筆を執りしより最近数ケ月前に至るまで、前後殆ど六年の久しきに亘れり。予は是の短からざる年月の経験により、文壇の事情を知る上に於て通常人よりも多少の便宜ありたるを信ず。予は評論家の本務として是の間に現はれたる殆ど総ての著作を一読せり、而して常に所謂文士の進退徂徠に注目して出来得べき丈け文壇の消息に精しからむことを力めたり。是の如きは実に予にとりて最も苦痛多き事業なりしと雖も、而かも亦最も必要なる勤務なりし也。予は是のあらゆる経験の名によりて公言するを憚らざる也、今の文学者には修養の念慮無しと。若し彼等にして修養を怠らずと謂はゞ、是れ疑も無く修養の道を誤れる也、即ち吾人の所謂修養に非ざる也。試に見よ、最近十数年の間に出でたる新作家の数、十を以て数ふべし、而して彼等の十中の八九は今や殆ど見る影も無き姿となれるに非ずや。彼等の多くは其の出場の初期に於てこそ多少注目すべき著作をも出したれ、其の貧少なる思想観察を飣餖《とうてい》し補綴して僅に一時を彌縫することの度重なるに及びては、如何に幼稚なる社会と雖も永く是に勝ゆべくもあらず。時勢進み人心移るも、彼等は是に適応すべき所以だも知らず、況むや是に率先し、況むや是に超越するをや。流石に事漸く昔日の如くならざるを看取するに及びて、強ゐて新境地を開拓せむと焦心するも、想涸れ筆渋りて如何ともすべからず、是に於て彼等の中未だ名を成さゞる者は、已むを得ず旧様に拠りて胡蘆を描き、其の既に少しく名を成したる者は、高く自ら標置し、事に托して容易に筆を執らず、ひたすら既得の虚名を失墜せざらむことを是れ慮る。而かも這般の児戯を弄しつゝある間に、大勢漸く推移して又計の施すべき無きに至らむことを知らざる也。予を以て見れば、是の如きは、今の文学者の大多数が其先輩たると後進たるとに論無く、踵趾相接して辿りつゝある所の一様の径路也。而して自ら覚らず、旦夕の計に汲々として自ら得たりとするを見ては、真に人の心を傷ましむ。

七

去て是れを輓近欧洲の小説家に見るに、其の品性識見は暫らく言はざるも、其の修養の深大なる、真に歎美すべきものあり。試に思へ、『アンナ、カレニナ』の如き、『名誉の負財《デッツ、オブ、オノア》』の如き、『ジヤック』の如き、『播種者《ソーアース》』の如き、若しくは『クオー、ヴヂス』、『フラウ、ゾルゲ』の如き小説の作者たり得むものは、果して如何なる学殖、修養を要すべしとするや。例へば『クオー、ヴヂス』の作者の如きは、羅馬衰亡の事情に通ずることに於て多くギボンにも劣ること無かるべく、基督教の歴史に精はしきは勿論、兼ねて希臘羅馬の宗教、文学、哲学にも通暁せざるべからず。又魯国近代史の精髄を了解し、其土地と人民と、併せて英、仏、独、魯諸民族の民族心理とに明なるものに非るよりは、決して『播種者』の著者たること能はざるべし。吾人は素より学識と文学とおのづから別材なるを信ずと雖も、多く学び深く識る者に非るよりは、決して読むべき著作を出す能はざるを思ふ。我邦小説家は這般の事例に就いて須らく三思する所あるべき也。

有体に言へば、其の名称こそ東西斉しく『文学』なれ、同じく『小説』なれ、其実質に就いては彼我日を同じうして語り得べきものに非ず。我邦の小説家にして若しズーデルマン、ヨーカイ、シエンキーヰッチ等と其事業を共にすと思惟するものあらば、是れ大いなる誤りならむ、彼等は互に単位を異にし、地盤を異にし、平面を異にす。吾人は我邦に於て政治小説の名を聞かざるに非ず、されど彼等が政治上の観察批評は日刊新聞の雑報にだも及ばざる也。稗気満幅、真に人をして憫笑に堪えざらしむ。吾人曾てヨーカイが『緑書《グリーンブック》』を読みて魯国現代史を読みたるよりも多大の智識を得たるを覚えき。実に是の武断国の皮相の文明と、根本の野蛮と、戦慄しながらも常に反抗する其農民と、鉄の如く頑堅なる社会及び宮庭の組織の為に常に其の高尚なる理想の実行を沮害せらるゝ其の無力なる帝王と、凡て躍如として是の一書に描破せらる。先に挙げたるメリマンが『播種者《ソーアース》』、亦多く是に劣るまじき也。吾人は是の如き作品を読みたる後、我邦の所謂政治小説に対して、如何の批評を下すべきかに惑はざるを得ず。実に二三子の著作の如きは、殆ど児戯に斉しきのみ。

吾人は我邦に於て写実小説の名を聞くや既に久し、されど彼等の所謂写実とは果して何を意味するぞ。真に其の実を写して誤らずむば、世間何物か一部の小説ならざるべき。ドーデーの『ジヤック』の如きは、其傍話中に多少の伝奇的分子あるを外にして世間平凡の事例に外ならず。『サツポー』亦然り。トルストイ伯の『イワン、イリイツチ』の如きも単に一病者の陰深なる苦悶を描写したるの外、毫も他奇ある無し。而かも是等の作、何れも痛切深刻、たしかに一部人生の幾微に入るものあり。吾人は是の如き意味に於て果たして一写実小説を有するか。吾人は遂に我邦小説家の所謂写実を尊敬する所以を知らざる也。数月前、都下の一新紙が当代知名の写実小説家に関して伝へたる一記事は、今の我邦小説家の所謂写実が如何なるものなるかを説明せるものなりき。其の略に曰く、某氏（小説家の名）は横浜市の裏面の未だ社会に紹介せられざるものあるを遺憾とし、自ら是を踏査せむが為に同地に赴き、数日間滞在すべしと。数日間の観察によりて看破せらるべき一大都市の秘密とは果して何物なるか、吾人未だ是を審にせずと雖も、又以て我邦小説家の覚悟の那辺に存するかを知るに足らむ。曾て聞く、ゾラが其の『人非人』を著さむとするや、人物事件凡て鉄道に関するを以て、為に数年間の準備を累ねたりと謂ふ。吾人は名家の功を成す偶然ならざるを想ひて転た我邦小説家の浅薄不用意を恨とせずむばあらざる也。

吾人は又社会小説の称謂の下に、境遇遺伝の感化を描かむとしたるものあるを見き、世人或は呼で深酷小説と云へり。されど吾人を以て見れば、深酷小説はむしろ惨酷小説と呼ぶべきなりき。精神病通なるゾラが其のナ、を描き、ルセーを描き、ルーボー、ミサールを描き、ジヤック、フロラ、スヴリーンを描きしが如き深酷は得て見出すべくもあらず。彼等は唯抽象的に事象の輪郭を描き、而して覚束なき自家の社会観を其上に貼附したるに過ぎざるのみ。是の如き著作によりて小説家の名誉を博するを得ば、天下何者か小説家の如く多幸なるものあらむや。

八

吾人は文明批評家としての文学者を論じて図らずも罪を我邦小説家に得るに到りぬ、深く是を遺憾とすと雖も、而かも本邦文壇の為に謀るもの、勢ひ茲に出でざるを得ざる也。吾人は今の我邦文学者の多くが、是の如き憐むべき状態に存在するにも拘らず、高く自ら標置して大文豪、大小説家を気取るの痴態を傍観するに忍びず、夫の丙丁童子に擁せられて先生を以て自ら居る者の如きは、真に人をして絶倒せしむ。知らず彼等は何物を以て何人に誇らむとする乎。試に彼等の愛読者が如何なる種類の人なるかを想へ、吾人の知る限りに於ては、少しく教育あり、識見あり、趣味ある者の百中の九十九は、彼等の作を手に触れむともせざる也。彼等が其の褒貶に一喜一憂する所の所謂批評も、多くは文学の何物なるかを解せざる黄吻書生の悪戯のみ、少しく名ある学者が彼等の為に真摯なる批評をものしゝが如きは、吾人の殆ど耳にせざる所也。是の如く国民に度外視せられつゝありて而かもそを覚らざる彼等は、却て日本読書界の全体を占領せるが如く思惟し、自己の作世に行はれざるを見ては輒《すなは》ち社会趣味の高下を口にす、滑稽も是に至て極まれりと謂ふべし。

吾人をして今の文壇の為に計らしめむか、吾人は何よりも先に本邦文学者が文学に対する覚悟を一新せむことを希はざるべからず。彼等が戯作者気質を擺脱せざる限りは、一切の助言も水泡のみ。吾人は是の目的に対する一方法として切に欧米輓近の詩人小説家の傑作を翫味することを勧告せむ。文明批評家としての文学者が、如何の修養、如何の品性を須要とすべきかは、特に彼等の注意を要すべし。

吾人は想ふ、若し我邦の小説家にしてイプセンの『ブランド』を読み、トルストイの『アンナ、カレニナ』を読み、ズーデルマンの『フラウ、ゾルゲ』を読み、ヨーカイの『グリーン、ブック』、シエンキーヰツチの『クオー、ヷヂス』を読み、而して真に是を解したらむには、復び安じて従来の著述に従事すること能はざるべし。然り、吾人実に其の然らむことを想ふ也。

嗚呼ニーチエは一詩人のみ。而して独逸の思想界は現に彼れが為に動かされつゝある也。寧ろ突梯《とってい》とも見らるべき彼れの個人主義が、爾かく一国文明の大動力となれるを見ては、吾人は切に文学芸術の勢力、実に科学哲学に幾倍するものあるを思ひ、更に是の点に於てうたゝ文学者の崇高偉大なる天職を覚悟せずむばあらざる也。吾人は我邦文学者に勧めて強ちにニーチエ、イプセンの先蹤を履ましめむとするものに非ずと雖も、而かも是の如き天職を自覚するの途に就いて、本邦の文学の体面を一新せむことは、吾人の希望して已まざる所也。

清見潟日記

一　はしがき

清見潟《きよみがた》の名を聞くだにも床しうぞ覚ゆる。海道の名所、関の東西に少からざれども、われにとりてこの地ばかり懐かしきはなし。

憶へば早や六歳の昔とはなりぬ、われ身に恙ありて、しばらく此地にさまよひしことありき。冬のもなかにてありければ、野山のけしき寂しく、海原遠く吹きわたるいなせの風のいとゞ身に染みき。されどわれは幸なりき、胸にこそいたみはあれ、眼はなほうるほひき。清見寺の鐘の音に送り迎へられしゆふべあしたの幾たび、三保の松原に泣きあかし、月あかき一夜は、今にしておもへば、見はてぬ夢の恨めしきふし多かりき。

六歳は流水の如く去りて、人は春ごとに老いぬ。清見潟の風光、昔ながらにして、幾たびとなく夜半の夢に入れど、身世怱忙として煙霞の癖をゆるさず、深くこれを恨みとしき。もしあやしき運命のわれに禍するに非ざりせば、この宿志、いづれの日にか果されたりけむ。去年の夏、われ思はずも病にかゝりぬ。如何なる野の末にても、なまじひ都の煩はしきよりは住みよかむなるを、ござむなれ清見潟ならぬ地にわれいかでか行くべき。こゝに九月のはじめ、居を清見寺《せいけんじ》の下に卜しぬ。

二　清見潟の今昔

薩埵《さつた》の岬のあなた、興津川《おきつがは》の口より袖師《そでし》、江尻《えじり》の長汀をこめて清見潟とぞいふなる。古の清見が関は、今の清見寺のふもとにありきと伝ふ。関の起りは王朝のはじめごろなるべくや。天慶のそのかみ、東夷征討の為に下りたる清原のなにがしが、漁舟の火の影は寒うしてと朗詠しけるむかしの跡もしのばるゝ。かの維盛の少将が兵衛《ひやうゑ》の佐討たむとて、やがては水鳥の羽音に立つ足もなき十万騎の轡をそろへしも、見ぬ世のあはれ、たづぬるに由なし。光行《みつゆき》が海道記に『清見が関を見れば、西南は天《そら》と海と高低ひとつに眼をまどはし、東北は山と磯と険難おなじく足をつまだつ』としるしゝは、三保の浦の水平らかに、薩埵の山の峠けはしきを言ひしならめ。今は鉄路海に沿ふて走れども、むかしは薩埵の峠を越えて倉沢に出づるの外道なかりしかば、海道の要衝、函根の西にはまづこの関をぞ推すべかりける。

清見が関は早くすたれて、興津の宿とはなりぬ。このわたりの地名同音にして異字多し。海道記には今の如く興津としるされけれども、和名抄には息津とあり、源平盛衰記、方角抄などには何れも沖津と書かれたり。由井の正雪が住ゐしと云ふ由井の宿も、或は湯井と書し、或は湯居としるさる。独り名称のみならず、土地もまた換はれるあり。田子の浦とし云へば、今は鈴川のあたりの浦づたひを云へど、古は清見潟をもしか呼びたるらし。方角抄に、三保の入江より浮島が原づたひの浦をおしなべて田子の浦と呼ぶとあれば、興津、江尻などもその中の小名なりしならむ。永享のむかし藤原の雅世が清見寺にて詠める歌にも、

吹く風もなほをさまりてたゝぬ日は、けふとぞ見ゆる田子の浦浪

とあり。想ふに山辺の赤人が田子の浦にうちいで、見ればと詠みけむも、清見潟あたりのながめなるべきか。げに興津の浜に立ちては、富士は薩埵の峠に遮られて、わづかに其頂を見はすのみなれど、袖師の浦より三保の方にうち出づれば、山のすがた、あら《あら》世にもうるはしく仰がるゝなり。事実いかにやありけむ。

三　黙思

九月のはじめより十二月のなかばまで、三月あまりの月日をば、われ夢の如くにしてたちくらしき。わが宿は清見寺の真下なる海辺に臨みて、袖師の浜の浦づたひ、江

尻・清水のなぎさより、水と空とを限りたる三保の松原をまのあたりにぞ見る。夕べあしたのながめ、心往くばかりなりき。あゝかゝる折にこそ、詩人ならぬ身のくやしけれ、この筆の短きにくらぶれば、我が思ひの余りに永きを如何にすべき。

素より病にかくるゝ身にしあなれば、秋もやう〳〵深うなるにつれて、身にしむ哀れはさすがに繁かりき。三保の入江おぼろにけぶりて、有渡《うど》の山かげやう〳〵にうすれゆくころ、雲いろ〳〵の夕暮の空にながめ入りて、われや行衛もしらぬ思ひに幾たびか立ちつくしけむ。夜静かにして磯打つ波のかすかに間遠うなるにつれ、わが胸のあへぐが如きこそあやしかりける。われはこのあやしき黙思を友として、三月あまり暮らしき。げにあはれにもまた楽しき夢なりき。

都なる友はしきりに文してわが幽棲を慰めぬ。されどわれは寧ろわが孤独を喜びき。人間よしや友朋なくとも、われになほ山河の知己あり。人は友とぞいふめる、されどこの世に響を同うする胸は幾《いく》ばくもあらざらむ。而して笑ふもの幾万人ありとても、われにとりては瓦礫にひとしからずや。

美はしきかな、山や水や、憎みなく、猜《そね》みなく、偽りなく衰へなし。人は生死の巷に流転し、世の興敗のわだちを廻る。山や水や、かはるところなきなり。哀れとも楽しとも、見る人のこゝろごゝろにまかせやりて、春秋ごとの栄落に万古の姿とこしへなるこそめでたけれ。想へば恥かしきわが身かな、こゝに限りある身の病を養へばとて、千年の寿、もとより保つべくもあらず、やがて哀れは夢のたゞちに消えて、知る人もなき枯骨となりはてなむず。あゝ清見潟、千年の興亡、なれにとりては雲烟の一たび過ぐるにも等しからむ。今はたこゝにわれあることを知るや、否や。

人読まば笑ひもせむ、かゝるあだなる想ひの中に、わが慰みはありき。

四　興津の宿

興津はもと海道の一漁村に過ぎざれども、人の往来いと繁き地なり。そは東海の名区として知られたる清見寺の所在地なるにもよるべく、天つ乙女のあま降りけむ三保の松原の順路なるにもよるなるべし。されば一月二月の頃には参宮の道者、興津の駅に下るもの絡繹《らくえき》として絶えず、清見寺に詣で、三保に渡り、龍華寺《りゆうげじ》より久能山を一日の旅路として、静岡に泊る、大かたはかはることとなし。さらでだも、山海のながめ世の常ならぬにひかされて、四季をり〳〵の漫遊の客少からず、加ふるに近年は海水浴のはやりとて、夏の人込み、殊に繁しとぞ。

都離れたる土地とて、家居のありさまよろづ鄙びたる、いとめでたし。人の心もさすがにまことなるらし。わがかり住居に、処の老女《おうな》の年五十ばかりなるを雇ひて、朝夕の事を頼みしが、われ都に帰る時、この女、車の窓によりて、今別れ参らせば何れの日、何れの時かまた遇ひ奉るべきとて、はら〳〵と涙を流しき。あはれ、かりそめなる縁りのわれなるに、されも人の心のかくばかりあつかりけるよ。

こゝは蜜柑の名所なり、紀州の有田につぎては、全国この地に及ぶものなしと云ふ。雲州又は温州《うんしう》と銘打てるは、大かたこの地の産なりとぞ。畑は多く山の上にあり、崖ともいはず蔭ともいはず、凡そ一里が程の山つゞきは残る隈もなく耕され、見渡すかぎりは蜜柑の畠なり。秋の暮より冬の初かけて、濃き緑なる葉かげに、このくだものの色うるはしく黄ばめるが、枝も撓わなるさま、いと珍しき見物なり。土地の習ひとて、多くは山に登る人の摘み食ふを咎めず、園守《そのもり》の老爺にわづかの銭などとらすれば、思はぬ家づとに歩みがてなることも多かりき。名高き暖地なれば、冬来れども山に紅葉なし、清見潟の風光を一望の下に見下ろし、静かに蜜柑の木かげに横はれば、岸うつ波の音幽かにひゞきて、心もいつしか遠くなりつ。里の子等が木の実つみながら、節面白うたふ歌なむど、世を外なる長閑けさ、いはむかたなし。

清見寺は由緒古き寺なり、臨済宗の霊場にして、又の名を興国禅寺と呼べり。むかしより海道一の名区と称へられ、『三保の松原清見寺』てふ歌は今も尚ほ普く知られたり。海に沿うたる山の半腹に立てれば、楼観の眺め、遠くゆきわたりて、清見潟のけしきは大かたこゝに集まれり。鐘楼高く聳えて不離の梵音旦暮にひゞき、名勝の地、更に一段の幽寂を加ふるらし。近きころ境内に火ありしが、焼けたるは羅漢堂のみにて、この寺の壮観故《もと》の如きこそ欣ばしけれ。

興津の宿《しゆく》の東はづれに興津川あり、この川を北に溯りて甲斐の国に通ふ路は、身延山の本道なり。川口は即ち薩埵の岬にして、鉄路断岩を穿ちて蛇の如く走れり。この岬よりの富士の眺め、又なく美はし。夕暮の空に色面白う薄れゆく山の姿に眺め入りて、夜に入るまで立ちつくし、こと、われその幾度なるを知らず。三保の浦、龍華寺よりの眺めも、こゝのにはよも過ぎじとぞ思はる。

この地、東京より汽車にて六時あまりも隔てたれば、都人士の別荘とては、井上伯、阿部伯などの有する二三に過ぎず、喜ばしきことなり。別荘といふもの大かたはその土地を俗了す。鎌倉、大磯なむどのさまにて知るべきなり。旅館は東海ホテルとて、処にはふさはしからず浅ましき名なれども、よろづ心地よき宿なり。先つ歳《さいとし》には二八ばかりの少女の都にも稀なるべう美はしきが、たとへば谷間の姫百合の、心なき人の目にもとまりしが、今はよその奥庭に移されて、あだし人の眺めを許さずとか。げに人の上は頼むべからで、山河のみぞ心ゆるすべかりける。

五　三保の松原

霜月の中ばごろ、都よりしるべの人は訪ね来りしかば、われ東道の主人として、共に三保の松原に遊びぬ。船はわが宿の前より漕ぎ出でぬ。三保の浜まではわづかに一里あまりの海路なり。風なぎ、水静かにして、空の色さへ高く澄みわたれる日なりしかば、四方のながめいとはればれしくぞ覚えし。富士の高根はいつしか群山のおもてに立ち、薩埵、岩淵の崎より、青嵐遠く裾野の原をこめて、愛鷹、函根、伊豆の山々まで色おもしろう薄れゆくさま、心往くばかりのけしきなり。船はやがて岸につきぬ、こゝに遊ぶ人のならひとて、われ等もまた三保の神社に詣でぬ。

　三保の松原としいへば、たとへば天の橋立の如く、細長き土地の海に突き出たるならむと、大かたの人は想ふめれど、実はいとひろき出洲《でしま》なり。最も幅ひろきは二十丁にも余るべく、長さは一里にも近かるべし。折戸、三保などの漁村その間にあり、田畑も少からず、多くは芋と砂糖の木とを培養し、まゝ桃の林を交ゆ。三保の神社は三保村のはづれなる松林の中にあり、宮居いたくあれ寂びたり、額して御穂神社と云へり。祭神は昔より神主の家に伝へたる縁起には、仲哀天皇なりと誌せるよしなれど、疑はし。されどこの駿河の国には焼津、草薙なむど、日本武尊を祀れる処多ければ、その御子にて天が下治め給へりし帝を祀り申す因縁、全くなきにしも非ざるか。たゞ出雲国美保が関に三保神社あり、祭神は三穂津姫なれば、こゝの社と神縁あるべきやに思はる。三穂津姫は高産霊神《たかみむすびのかみ》の御女《みむすめ》にて、大己貴神《おほなむちのかみ》に嫁し給はむとて下降し給ひたる御方なれば、かの天女の天くだりしと云ふ伝説と似通へるも奇《く》しからずや。神世のこと杳として素より人間の窺ひ知るべきにあらず。

　社より南の方三四丁にして海辺なり。音に高き羽衣の松は、この海辺の松原の中にありきと伝ふれど、今は其跡のみかすかに残れり。三保の社にこの羽衣の断片ありと聞きつたへたれば、帰途、祠官の家に立ちよりて一見したき由を申入れぬ。社掌なるべし、五十ばかりの男の袴つけたるが出で来りて、かの羽衣の由来、天人、伯梁《はくりやう》が事など、わが目もて見たらむ様にまことしやかに説き立て、やがて大きやかなる鑰《かぎ》持出して社の内殿を開き、恭しく一個の玻璃筒をぞ捧げ来りたる。玻璃筒の中に錦のきれを布ける小筐あり、その中に、たとへば煤に黒ずみたる物の碁石ほどの大きさなるがあり、即ち羽衣の片《きれ》なりと云ふ、筒の中より取出して試みに指を触るれば、毛屑に似て更に細く、綿に似て更に柔かなり。物の真偽を論《あげつら》ふだにたわけたる業なれど、苟《かりそめ》にも世に得たる名は空しからず、行き見る人の年々に絶えぬこそ奇怪なれ。社掌の言葉によれば、三保の村には伯梁の子孫もあり、かの天人に邂逅《めぐりあ》ひし時、伯梁が着けたりし蓑と釣竿とを今尚ほ伝へけるとか。たゞに一条の伝説として、虚実をよそにしてこそ云ひしらぬ趣はあれ、かくてはなか〱に興さむる心地せらる、ぞかし。

　われは、友と共にまた船に上りぬ。午すぐる頃、清水の港に入りて、朝陽館と云ふ旗亭に立ち寄り、再び船をかへして興津なるわが宿に帰りしは、有渡の山に夕日かげまばゆき頃なりき。

六　久能山

またの日、久能山に遊びぬ。袖師の浜の浦づたひに、江尻より清水を廻りて、わが宿よりは凡そ三里あまりの路程なり。清水の入江に箕輪と云ふ所より船にて折戸に渡る、わが知れる人の、そこの寺に仮り住居せるを訪ねむとてなり。小春の空のいとうらゝかなる日なりければ、心地いひしらず爽かなりき。午すぐる頃、折戸を出で、加茂、駒越なむど云ふ村々を過ぎて間もなく久能の山下に着く。駒越よりは浜づたひの道にして、遠洋のながめ見もあかず、伊豆の山々青螺の如くにして左手の空を劃《かぎ》り、右手は烟波縹渺の間、はるかに御前が崎を望む、景物限りなく壮大なり。増、蛇塚あたりの一帯の砂浜には、汐汲む乙女等の脛《はぎ》もあらはに立ちはたらく様、満干《みちひ》の汐の辛《から》き世渡りとも思はでや、鄙歌をかしう声そろへたる、世を外なるけしきなり。

久能山は名の高きほどには高からぬ山なり、海抜わづかに九百尺に過ぎず。されど、海に臨みて断崖けはしく立てれば、山態《さんたい》おのづから凡《ぼん》ならず。およそ駿遠《すんゑん》の地、山河多しと雖も海洋の煙波をうけて四望かくの如く空濶なるところ、実にこの地を推すべし。むかし東照公が其の墓域をこゝに定め給ひしは、さすがに好鑑のすぐれたるを賞すべけむ。

是の山の草創に就いては、俗間の説一ならず。或は推古天皇の頃に久能のなにがしが観世音の道場を建てしが始めなりと云ひ、或は養老年間、行基《ぎやうぎ》この地に寺を建て、観世音の木像を彫めるを開祖とすと云へれど、今は討《たづ》ぬるの要なし。西行が山家集に『久能の山寺にて月をみてよめる』といふ歌あれば、鎌倉のころ既に寺塔の設けはありけむ。降て戦国に至り、今川氏の滅後、駿州の地武田氏の領となるや、この山の険阻なるをたのみて一の砦を設けしが、まもなく徳川氏の有に帰しき。家康特にこの地を愛し給ひ、登攀しば〳〵なりしと云ふ。公の薨ずる時、遺命してこゝに葬らしむ。かくて元和のはじめ、久能の城は東照権現の霊屋とはなりにき。現に存する所の社殿は、即ち当時二代将軍の造営にかゝれり。翌年春、野州日光山に改葬の義定まりて、霊柩東に移りしが、史家の中には『あればある、なければなしとするがなる』てふ天海が歌などによりて、改葬の名のみなりしを信ずるものありと云ふ。今は別格官幣社に列せられ、春秋の祭祀、いと厳かに奉行せられ、東海の霊場として、其の名、海内に轟けり。

見上ぐれば、見る目も険しき断崖ながら、二十余折の磴道《とうだう》、千余段の石階は、飛欄の如く麓より立ちのぼれれば、思ひの外に上り易し。一の門より本殿にいたるまで、二三丁が間は概ね平地にして、物見の松、勘助井戸などの故蹟あり。神殿は質素にして、而かも壮厳、情景まことに神さびたり。東照公の遺骸を埋めたる処は本殿の後ろにあり。凡そ三十間許の石瑞籬《たまがき》を繞らせる中に、一丈五尺の巨石塔立つ、即ち墓標なり。この墓標の前に当時諸侯伯の献納せし赤金《あかがね》の灯籠十数基列べり、石塔の西に向へるは公の遺命によれりと云ふ。

われは時久しくこの墳墓の前に佇立しき。静に英雄の偉業を回顧して、うたた数ならぬ身のあるに甲斐なきを覚えぬ。あゝ三百星霜一夢の中にたち去りて、祖龍今何れの処にか目さむる。われは薄倖児、人の知るなく、事の成すなし、さるを惜むまじき命の尚ほ捨てがてに、そゞろに漂浪の旦暮をかさぬるこそ愚かにもまた悲しからずや。

憐れなるわれは、かゝる思ひに沈みて、悵然《ちやうぜん》として山を下りぬ。

山を下りたるは波勝の崎に夕焼けの色うるはしき頃なりき。われは車を命じて静岡に行き、暮夜、汽車にて清見寺下の宿に帰りぬ。

七　富士川

知る人の富士の裾野に住めりしを訪ねむとて、われ幾たびか富士川を渡り行きぬ。不図《ふと》せることより、そのわたりの地勢に思ふところあり、試みにその変遷を討《たづ》ねて左の如き考案を得き。もとより地理歴史の学に精しからざるわれなれば、想像のあやまれるも多かるべし。

われの見る所にては、富士川の流れは古より漸く西の方にかたよれるが如し。今は岩淵、松岡二村の間を南に指して直ちに海に入れど、古は鈴川より今の海道以南の地は概ねこの川のデルタにてありたるらし。而してこのデルタはナイル川のそれの如く、又は利根の流域の一部の如く、更に幾多の小デルタに分れて沮洳《しよじよ》沼沢の間に散在したるらし。海道以南の地、今も尚ほ是等沼沢の遺跡少からず。村名、地名の多くは、森島、五貫島、宮島、柳島なむどの如く島の字を有せり。今は富士川を境として、東は富士郡、西は庵原郡に分たるれど、この川の東の方なるなにがし村の旧社には、駿河国庵原郡と明記せる標札のありと云へば、本流の西に移れる、疑ふべくもあらざるが如し。蓋し海道以南の富士川の流域は、デルタの常として概ね卑湿の地にてありたるべければ、今の村落は遠からぬ過去に成りたるらし。かゝれば延喜式中の神祠のこと〴〵く海道以北にあることも解し得らるゝなり。源平盛衰記の富士川の条《くだり》には、平家の陣地、河口を去ること二町許りと記るされしと覚ゆ、また以て一証となすべけむか。かゝる想像のいかばかり中《あた》れるかを正さむは、世におのづから其人あるべし。こゝにはただ思ひ寄れるがまゝにかくなむ。

八　惑ひ

清見潟の三月は都の三歳にもまさりてわれには事多かりき。語るべき友もなく、訪ぬべき家もなきわれながら、げになすべき事の多かりき。われは書を読みき、山に登りき、浜辺にたゝずみき、されど時の多くを黙思の間に費しき。あゝこの黙思の忙がはしさをわれならぬ人の誰か知るべき。

われはげに病める身なり。されど病める身の楽みを、病まざる人の如何でか知るべき。若し薄倖のわが生涯に尚ほ幸の月日あらば、清見潟の三月ぞ、然るべかむなる。おもへば、はかなき人のいのちかな。われ惑ひなからむと欲するも得ざるなり。

美的生活を論ず

（一）序　言

古の人曰へらく、人は神と財《たから》とに兼ね事《つか》ふること能はず。されば生命の為に何を食ひ、何を飲み、また身体の為に何を衣むと思ひ労らふ勿れ。生命は糧よりも優り、身体は衣よりも優りたるものならずやと。人若し吾人の言をなすに先ちて、美的生活とは何ぞやと問はゞ、吾人答へて曰はむ、糧と衣よりも優りたる生命と身体とに事ふるもの、是也と。

（二）道徳的判断の価値

夫れ道徳は至善を予想す。至善とは人間行為の最高目的として吾人の理想せる観念也。是の至善の実現に裨益する所の行為、是を善と謂ひ、妨害する所の行為、是を悪と謂ふ。至善其物の内容如何は学者によりて必ずしも説を同じうせずと雖も、道徳の判断が是の地盤の上に立てるの一事は、古今を通じて渝《かは》らず。されば凡百の道徳は其の成立の上に於て少くとも両様の要件を具足するを必とすと見るを得む。両様の要件とは何ぞ。一に曰く、至善の意識也。二に曰く、是の意識に遵《したご》うて外に現はされたる行為の能く其の目的に協へる事也。至善に尽すの意ありて而かも其の行ひ是に伴はざらむ乎、若しくは其の行ひ能く善に協ひて而かも善を為すの心無からむ乎、道徳上の価値は共に全きを称すべからざらむ。

是の如く詮義し来れば、吾人は茲に一疑惑に逢着せざるを得ざる也。例へば古の忠臣義士の君国に殉ぜるもの、孝子節婦の親夫に尽せるもの、彼等は其の君国に殉じ、親夫に尽すに当りて果して所謂至善の観念を有せし乎、有して而して是に準拠したりし乎。換言すれば君国の為にするは彼等の理想にして而して死は是に対するの手段なりと考へし乎。親夫の為にするは彼等の至善にして而して是に尽すは彼等の本務なりと思ひし乎。若しくは君国親夫と謂ふが如き具体的観念の外に忠義孝貞と謂ふが如き抽象的道義を認めて是を奉体せりと見るべき乎。若し是の如く解釈する能はずとせば忠義と云ひ、孝貞と云ふもの、道徳上の価値に於て言ふに足らざるものならむのみ。

而して吾人は是の如く解釈するを欲せざるもの也。楠公の湊川に討死せる時、何ぞ至善の観念あらむ、何ぞ其の心事に目的と手段との別あらむ、唯君王一旦の知遇に感激して微臣百年の身命を抛ちしのみ。是の如くにして死せるは公にとりて至高の満足なりし也。而して是の満足を語り得むものは倫理学説にあらずして公自らの心事ならむのみ。菅公の配居に御衣を拝せし時、何ぞ至善の観念あらむ。何ぞ君恩を感謝するを以て臣下の義務なりと思はむや。畢竟公の本心は唯是の如くにして満足せられ得べかりしのみ、拘々たる理義如何ぞ公が是の本心を説明し得べき。戦国の武士は吾人に幾多の美譚を遺したり。然れども或は武士意気に感じては輙《すなは》ち身を以て相許し、或は受くる所は僅に一日の粟、而かも甘じて己れを知る者の為に死す。是の間の消息、何ぞ至善あらむ、何ぞ目的あらむ、又何ぞ手段あらむ。彼等の忠や義や、到底道学先生の窺知を許さゞるものある也。喩へば鳥の鳴くが如く、水の流るゝが如けむ、心なくしておのづから其の美を済せる也。古の人曰へらく、野に咲ける玉簪花を見よ、労《はたら》かず、紡がざれども、げにソロモンが栄華の極みだにも、其の装ひ是の花の一に及かざりきと。あゝ玉簪花、以て彼等の行為の美しきにも喩へむ乎。然れども道徳の眼を以て見る、即ち如何。彼等若し既に至善を解せず、随つて至善を実現せむとするの動機に於て欠くる所ありとせば、其行為や果して道徳的価値を有せりと謂ふべき乎。道徳的行為は意識を要し、考察を要し、戮力《エフオルト》を要す。而して彼等の行為や雲無心にして岫《しう》を出づるが如き也、麋鹿《びろく》のおのづから渓水に就くが如き也。彼等が其の君国に殉じ其の親夫に尽せるは、猶ほ赤児の其の母を慕ふが如くにして然り。其の心事や渾然として理義の解析を容れざる也。赤児の其の母を慕ふは人性自然の本能に本づく、彼等の行為亦是の如しとせば、畢竟其の道徳的価値に於て欠くる所ありと断ぜざるべからず。

是の如く観来れば、吾人は道徳其物の価値の甚だ貧少なることを思はざるを得ず。良しや道徳上善事に非ずと判断せられたりとするも、楠公の行為に何の影響するところぞ、倫理学説が其の価値を認めずとするも、忠臣義士は長へに忠臣義士たり、孝子烈婦は長へに孝子烈婦たり。人間の最も美はしく貴むべき現象たることに於ては毫も渝るところ無き也。是に依て是を見れば、善と云ひ不善と云ふもの畢竟人間知見上の名目に過ぎずして、人生本来の価値としては殆ど言ふに足らざるものに非る乎。否乎。

一度び是の見地に拠りて観ずれば、人生の事相おのづから別種の面目を呈露し来るを見る。是れ吾人の人生観が道学先生のそれと異なる所以にして、亦茲に美的生活を論じて敢て是を推奨する所以也。読者暫らく忍で吾人の言ふ所に聴かむ乎。

(三) 人生の至楽

何の目的ありて是の世に産出せられたるかは吾人の知る所に非ず、然れども生れたる後の吾人の目的は言ふまでもなく幸福なるにあり。幸福とは何ぞや、吾人の信ずる所を以て見れば本能の満足即ち是のみ。本能とは何ぞや、人生本然の要求是也。人性本然の要求を満足せしむるもの、茲に是を美的生活と云ふ。

道徳と理性とは、人類を下等動物より区別する所の重もなる特質也。然れども吾人に最大の幸福を与へ得るものは是の両者に非ずして実は本能なることを知らざるべからず。蓋し人類は其の本然の性質に於て下等動物と多く異なるものに非ず。世の道学先生の説くところ、理義如何に高く、言辞如何に妙なるも、若し彼等をして其の中心の所信を赤裸々に告白するの勇気だにあらしめむか、必ずや人生の至楽は畢竟性慾の満足に存することを認むるならむ。吾人に知識の慾ありて真理を悟らむことを欲し、道義の念ありて善徳を修めむことを望む。是等の欲望の到達せられたる処に一種の快楽あるや素より論無し。然れども是の種の快楽や極めて淡く、極めて軽く、其力到底人性の要求を飽足するに足らざるを如何せむ。まことに高尚深遠なるらしき幾多の文字は、是の種の快楽の讃美に使用せらると雖も、吾人をして忌憚なく言はしむれば、是れ一種の偽善に過ぎざるのみ。哲学の一巻を読破して未了の知識に逢着する時、快は則ち快ならむも、終日労し来りて新浴方に了り、徐ろに一盞の美酒を捧げて清風江月に対する時と孰れぞ。貧を卹《めぐ》み孤を助くる時、快は則ち快ならむも、佳人と携へて芬蘭の室に憑り、陶然として名手の楽に聴く時と孰れぞ。勉学に死し、慈善に狂せるの例は吾人の多く知らざる所なりと雖も、恋愛に対しては人生の価値寧ろ軽きを覚ゆるに非ずや。誤て万物の霊長と称せられてより、人は漸やく其の動物の本性を暴露するを憚かり、自ら求めて、もしくは知らず〳〵其の本然の要求に反して虚偽の生活を営むに至る。而して吾人の見る所を以てすれば、人類をして茲に到らしめたるものは実に人類をして万物の霊長たらしめたる道徳と智識とに外ならず。知らず道徳と智識と畢竟何の用ぞ。

(四) 道徳と智識との相対的価値

吾人の見る所によれば、道徳と知識とは其の物自らに於て多く独立の価値を有するものに非ず。其の用は吾人が本能の発動を調摂し、其の満足の持続を助成する所に存す。下等動物は盲目なる本能の外に自己を指導する何物をも有せざるを以て、往々不慮の災禍に罹るを免れず、随つて其の満足も亦不完全ならざるを得ざる也。然るに人類は是非を判ずるの理性を有し、善悪を別つの道念を具ふ。是に於てか其の本能は、一方に於て其の自由の発動を制限せらるゝ代りに、他方に於ては其の満足の持続に於て遥に他動物に優る者あり、是れ他動物に対して人類の幸福の比較的に恒久なるを得る所以也。畢竟知識と道徳とは盲目なる本能の指導者のみ。助言者のみ。本能は君主にして知徳は臣下のみ。本能は目的にして知徳は手段のみ。知徳其物は決して人生の幸福を成すものに非る也。

道徳が一方便に過ぎざることは、其の極度の無道徳に存することにても知るべけむ。道徳は善を奨励す、而して善は努力《エフオルト》を須要とす。あゝ努力を待つて初めて成立し得べき道徳は卑むべき哉。戮力は障害を排斥するの謂なり。善事を行はむとする際の内心の障害は即ち悪念也。善既に戮力を待て成立すべしとせば、善事は其の行為者に於て既に悪念を預想するものに非ずや。換言すれば、彼れは多少の意味に於て悪人たる也、不道徳の人たる也。天下の善人尽く悪人たりとせば、吾人豈道徳の鼎の軽重を問はざるを得むや。是を以て道徳の理想は戮力無くして成立し得るものならざるべからず。孔子の所謂其の心に順ひて其の則を越えざる底のものならざるべからず。是を喩ふれば、水の流るゝが如く、鳥の鳴くが如く、野の花の咲くが如く、赤児の其の母を慕ふが如く、古の忠臣義士の其の君国に殉じたるが如きものならざるべからず。而して道徳も茲に到れば即ち無道徳のみ。既に意識を絶し、考察を絶し、又戮力を絶す、是れ一種の習慣、本能のみ、道徳的価値のあるを得ざるや言ふ迄も無し。思ふて是に至れば吾人は大道廃れて仁義ありてふ荘子の言の千古の真理なるを認むると同時に、所謂道徳なるものゝ価値の甚だ貧少なるに驚かざるを得ざる也。

　更に一歩を進めて是を観む乎、道徳の極度は無道徳に存すてふ命題は、取も直さず本能の絶対的価値を証明する者ならずや。吾人が日常の習慣と雖も一旦夕にして成立し得るものに非ず、其の初めに当りては実に幾多の苦痛と煩悶と戮力とを要するなり。吾人の本能なるものは謂はゞ種族的習慣也。幸ひにして後代に生れたる吾人は無念無為にして其の満足を享受すと雖も、試みに吾人の祖先が是の如き遺産を吾人に伝へ得るまでに幾何の星霜と苦痛とを経過したりしかを考へよ。吾人は祖先の鴻大無辺なる恩恵に対して現当の幸福を感謝せずむばあらざる也。是の如き本能の成立し得むが為に費やされたる血と涙と生命と年処とは、道学先生が卓上の思索に本ける道徳などと較ぶべきものにあらず。吾人は祖先の鴻恩を感謝すると同時に、是の貴重なる遺産を鄭重に持続し、是の遺産より生ずる幸福を空しくせざらむことを務めざるべからず。而して是を務むる所以のものは、吾人の所謂美的生活、是也。

（五）美的生活の絶対的価値

美的生活は人生本然の要求を満足する所に存するを以て、生活其れ自らに於て既に絶対の価値を有す。理も枉《ま》ぐべからず、智も揺がすべからず、天下の威武を挙げて是に臨むも如何ともすべからざる也。然れども道徳的並に智識的の生活は其の本来の性質に於て既に相対の価値を有するに過ぎず、是を以て已れより優れるには輙《すなは》ち移り、已れより強きものには輙ち屈す。昨是今非転々として底止する所を知らず。道徳哲学の歴史は是の流転の歴程を示めして余りあるを見ずや。

其の価値に於て既に相対たり、エキストリンシックたり、道徳知識の上に安住の地を求めむとするは盖し難い哉。道徳の上より見れば人生は義務の永遠なる連鎖也。一環去れば一環来る、所謂立善の境は一片の理想に過ぎずして力行の道程は日月と共に終始せむ。人は旦暮の生を受けて是の間に営々たり、命や惨憺たらずとせむや。真理とは何ぞやとは、ピラトが怪み問ひたる言葉なりき、然れども二千年の歴史に於て誰か吾人に真理を明し、ものぞ。学者は天上の星の如く、著者は海辺の砂の如し、彼等自らの信じて不朽の真理と公言せしもの今はた何の状ぞ。学者よ、吾人に究竟の真理を訓へむよりは、古の哲学者の如く、大地を負へる亀を負ふもの、何物なるかを究むるを寧ろ賢なりとせむ。畢竟知識は疑問の積聚のみ、一疑釐に解すれば一疑新に次ぐ、依て以て安住の地盤を求めむは、百年坐して河清を待つに等しからむ。

美的生活は全く是と異なれり。其価値や既に絶対也、イントリンシック也。依る所無く、拘はる所無く、渾然として理義の境を超脱す。是れ安心の宿る所、平和の居る所、生々存続の勢力を有して宇宙発達の元気の蔵せらるゝ所、人生至楽の境地是れを外にして何処にか求むべき。道徳や、知識や、是の幸福を調摂して、其の発達を助成する所に用あり、其の用や消極的たり、相対的たり、方便たり、手段たり。夫の偽学と云ひ、腐儒と云ひ、方便主義と云ふが如きものは畢竟是の人生の帰趣に関する本末を顚倒したる処に生ずる病的現象に外ならざるのみ。

是の如く説き来らば、読者は其の世上道学先生の所説と太だ同じからざるを怪まむ。然れども読者よ、吾人は何の宿罪ありて道学先生の云為に傚はざるべからざる乎。

（六）美的生活の事例

上文説けるが如く、価値の絶対なるもの、是を美的と為し、美的価値の最も醇粋なるもの、是を本能の満足と為す。然れども本能以外の事物と雖も、其の価値の絶対と認めらるゝものは亦美的たるを妨げず。是に於てか美的生活の範囲も亦随うて本能の満足以外に拡充せらるゝことを得。

例へば道徳は相対の価値を有するを以て本来の性質と為す。然れども若し人ありて道徳其物に絶対の価値ありと為し、其の奉行を以て人生究竟の目的なりとなさば、是れ既に道徳的に非ずして美的也、是の如き人の態度は実際的に非ずして翫賞的也。古の忠臣義士、孝子烈婦の遺したる幾多の美談は、道徳の名によりて伝はれりと雖も、実は一種の美的行為のみ。彼等の其の道に就くや烏の塒に帰るが如かりしのみ。其の心事や渾然たり、豈其の間に目的と手段とあらむや。

真理其物の考察を以て無上の楽みとなし、何が故に真理を考察するかてふ本来の目的を遺却するものも、亦知識的生活を超脱して美的生活の範囲に入れるもの也。真正なる学者の眼より見れば、是の如き人は其の為すべきことを忘れたる一学究に過ぎざらむのみ。然れども彼れは真正なる学者の享受し難き満足を其の学術より獲得し得る也。

世に守銭奴と称するものあり、彼れは金銭を貯ふるを以て人生の至楽となす。是れ明かに金銭本来の性質を遺却し、手段を以て目的と誤認したるものなるを以て、道徳上の痴人たるを免れざるべし。而かも金銭其物を以て人生の目的と信じたる彼れは、学術其物を以て人生の目的と認めたる学者の如く、既に美的生活中の人たる也。守銭奴は決して吾人の好む所に非ずと雖も、守銭奴自らにとりては、金銭は彼れの安心也、至福也。吾人は彼れの心事を憐むと同時に、深く名教の外に得たる彼れの楽地を嫉まずむばあらず。

恋愛は美的生活の最も美はしきもの、一乎。是の憂患に充てる人生に於て、相愛し相慕へる少男少女が、薔薇花かほる籬の蔭、月の光あかき磯のほとりに、手を携へて互に恋情を語り合ふ時、其の楽みや如何ならむ。彼等の為す所を以て痴態と笑ふ勿れ。かゝる痴態は真に人を羨殺するに足るものならずや。一旦世事意の如くならず、思ひしことは泡の如く消えて運命鉄の如く彼等の間を断たむとする時、百年の命を以て一日の情に殉じ、相擁して莞爾として死に就くが如きは、人生何物の至楽か能く是に類ふべき。道学先生の見地よりすれば、恋愛の如きは青春の迷ひに過ぎざらむ、然れども是の如き迷ひは醒めたるものにとりて永遠の悔恨に非るべき乎。

昔者印度に瑜伽《ヨーガー》と称する苦行の学徒ありき。彼等の為すところは実に今の人を戦慄せしむるに足るものなりき。而かも是の如き苦行は彼等にとりて即ち解脱の道也、無上の浄楽也、彼等は是の無上の道に就かむが為に、其の一指を挙げて輙ち捉へ得べかりしもろ〳〵の人生の逸楽を斥けて悔ゆる所無かりし也。近くはトラピストの例に見よ、彼等は無言の行者也。一切の声色を断絶して一神の向仰に専念す、世栄に競奔するものより見れば抑々《そも〳〵》何等の呆痴ぞや。然れども誰か知らむ、彼等の生活には実に王者を艶羨せしめ得べきものある也。彼等は是の平和と安心と怡楽とを果して何処より得来りたる、富貴名利の外に人生の楽地を求め得たる彼等は幸ひなる哉。

　詩人美術家が甘じて其の好む所に殉じたるの事例は読者の既に熟知する所ならむ。畢竟芸術は彼等の生命也、理想也。是が為に生死するは詩人たり美術家たる彼等の天職也。是の天職の全ふせむが為に、彼等の或者は食を路傍に乞へり、或者は其の故郷を追放せられたり、或者は帝王の怒に触れて市に腰斬せられたり。あゝ死を以ても脅かすべからざる彼等の安心は貴き哉。富貴前にあり、名利後にあり、其の意に反して一足を投ぜむ乎、是れ尽く彼等の物のみ。而かも彼等は斯くして得たる生に較ぶれば死の遥に幸ひなることを認めし也。請ひ問はむ、世の富貴に誇り、権威に傲るもの、幾人か能く這般の消息を悟了せる。

　是の如きは美的生活の二三の事例也。金銭のみ人を富ますものに非ず、権勢のみ人を貴くするものに非ず、爾の胸に王国を認むるものにして初めて与《とも》に美的生活を語るべけむ。

（七）時弊及び結論

吾人の言甚だ過ぎたるものあるが如し、然れども読者よ、時弊に憤る者の言はおのづから是の如くならざるを得ざる也。

何をか時弊と云ふ、吾人は是を数ふるの煩はしきに堪えざる也。夫の道学先生の説く所を聞かずや、何ぞ其の物々として欠々たる。彼等は人の作りたるものを以て天の造りたるものを律せむとするものに非ずや。処に随うて変易すべき道徳に附与するに万能の威権を以てせむとするものに非ずや。彼等旦暮に叫で曰く、爾の義務を尽し爾の権利を全うせよと。彼等の所謂義務とは借りたるものを返すの謂に非ずや。彼等の所謂権利とは貸したるものを収むるの謂に非ずや。然れども人生の帰趣は貸借の外に超脱するを如何せむ。又夫の学究先生の訓ふる所を聞かずや、何ぞ其の迂遠にして吾等の生活と相関せざることの甚しき。知識は吾人の歎ずるところ、然れども智識其物に幾何の価値かある。宇宙は畢竟疑問の積聚也、人は是の疑問の解決を待つて初めて安じ得べくむば、吾人寧ろ生なきを幸とせむ。野の鳥を見よ、労かず、紡がざれども尚ほ好く舞ひ好く歌ふに非ずや。

道徳と智識とは人類の特有に係ると雖も、畢竟吾人が本能の満足に対して必須の方便たるに過ぎざること既に説けるが如し。然れども是の如き煩瑣なる方便を待つて初めて得らるべき幸福は吾人にとりて甚だ高価なるものに非ずや。人の虚栄を好むや、禽獣の卑むべきを知りて其の羨やむべきを悟らず。漫に道義を衒ひ知識を誇るも、人生の帰趣に到りては茫然として思ふところなし。五十年の短かき生涯は是の如くにして匆忙《そうばう》の間に労し去らるゝを見ては、吾人豈惆悵たらざるを得むや。蓋し今の世にありて人生本来の幸福を求めむには、吾人の道徳と知識とは余りに煩瑣にして又余りに迂遠なるに過ぐ。夫の道学先生の如き、若し真に世道人心の為に計らむと欲せば、須らく率先して今日の態度を一変せざるべからず。

　嗚呼、憫むべきは餓えたる人に非ずして、麵包の外に糧なき人のみ。人性本然の要求の満足せられたるところ、其処には乞食の生活にも帝王の羨やむべき楽地ありて存する也。悲しむべきは貧しき人に非ずして、富貴の外に価値を解せざる人のみ。吾人は恋愛を解せずして死する人の生命《いのち》に多くの価値あるを信ずる能はざる也。傷むべきは生命を思はずして糧を思ひ、身体《からだ》を憂へずして衣を憂ふる人のみ。彼れは生れて其の為すべきことを知らざる也。今や世事日に匆劇を加へて人は沈思に遑《いとま》無し、然れども貧しき者よ憂ふる勿れ。王国は常に爾の胸に在り、而して爾をして是の福音を解せしむるものは、美的生活是也。

郷里の弟を戒むる書

歳も暮になりて、寂寞の夜半に物思ふべき時とはなりぬ。先頃の御書、脩学読書に関するくさ〴〵の御尋ねは真に学徒肝心の用意、及ばずながら愚見左に申し述ぶべく候。

今の学校の教へむほどの学科は人並みに習ひ覚えらるべく候へども、さりとて余りに執着に過ぎむは無益の業たるべし。今の教育は多数の学生に行きわたり、彼此人我の差別なく平等の教化を旨とす。譬へば松、杉、牡丹、水仙なんどの四季さま〴〵の草木を一壇坫の上に培養して、一様平等の発達ならせむとするにも似たり。彼れに好きもの必ずしも此れに適せず、此れに合ふもの必ずしも彼れに相応はず。若し心なき園守ならましかば、高きは抑えられ、卑きは引き上げられ、曲れるは矯められ、ゆがめるは断ち切られなむ。草木おの〳〵其性によりて其の処を得むこと中々に難かり。今の教育を其の弊ある側より見れば、まさしく是の譬例《たとへ》にも似たるべく候。沈香も焼《た》かず屈もひらざる凡人となりて不足なからむ人々は、斯くてもこそ甘むずべけれ、一《いち》定《ぢやう》男子の真骨頂ありて我れと思はむ人々は、是の際穎脱飛躍の覚悟こそ肝要なるべく候。

げに今の教育は器を作りて人を作らず、人に使はるべき小才を作りて人を作るべき大器量を作らず。是れ将《は》たよく〳〵思案あるべく候。近くは世上幾千幾万の人の頭となりて大事業に当れる人々を御覧あるべし。才学人に優れたる例としては甚だ少く候ぞ。所詮は其の人物の浩量有徳なるに帰《き》すべく候。今の教育に人となりて、中学より進みて高等学校、大学を卒業し、其学秀でて、外国にまで留学せる学者先生達は其数少からざれども、多くはたゞ〳〵学者也、技術家也。乞食も一朝金を拾へば富者となり得ると一般、要は学術を拾ひ得たる人と言ふまでにて候。京童《きやうわらんべ》が活字引、活書籍などと申すは是れなり。たま〳〵学を修め術を覚え得たる者の斯くて果てむは、人として口惜しかるまじかるべきや。古来大人物と称せらるゝ人の例しにも考へてよく〳〵勘考あるべく候。

されば立身の第一義は人物脩養の一事に帰着すべきか。是の大帰着の標点あり、是の大安立の地盤ありてこそ其の学術事業も真生命、真活動を得たりと申すべけれ。この本末を顚倒して、たゞ〳〵才学技巧の巷に走らむは、若き時は知らず、年老い心静まりての後悔及ぶまじく候。今の教育家、学者等の小慧《こざか》しげなる理窟などは余り心に留めず、自覚の鎧を著《き》て安心の旗を指し上げ、勇猛不退転の利剣を提《ひっさげ》て一向顧眄することなく、身神一期の軍《いくさ》に向はるべく候。げに〳〵観心の一法によりては現世の万事折伏《しゃくぶく》の軍に外ならず。人物脩養の一大事畢竟自我満足の要諦たるべく候。

人物の鍛錬は行住坐臥、一念時も忘ずることあるべからず候へども、分けて古人の伝記など甘読熟量せむこと最も肝心と存じ候。吾等の生息する今日は過去無量劫に比すれば泡沫夢幻の短日月也。是の短日月に於て吾等人々の接触し交通し得る人とては其数とても限あること也。是の短日月の限ある人の中には幾何の英雄豪傑あるか知らざれども、是を過去万邦の数千年の歴史に現はれたる偉人大人物に較ぶれば、げに九牛の一毛とや言はむ。されば活ける人の中にて師とすべきあらば素より仰いで師とすべし。されど吾等の亀鑑と崇め、理想と尊ぶ人は過去にあることと覚悟あるべく候。過去の人は言はず語らず、寂寞として古蹟の中に永眠せりと雖も、其の遺蹟は日月の如く明に、今も昔の如く世界の上に照臨せり。仰いで師とすべく、擄《とり》て友とすべし。彼れ物言はざれども、其の不言の教こそは一切声聞のそれよりも貴く、彼れ手を握らざれども、其の黙契会通の三昧こそは、まさしく異身同体の親みありと謂ふべけれ。書を読み道を求めむもの、這個の三昧に入らずむば、是れ宝の山に入りて手を空しくして帰らむにも似たるべく候。吾等が人物の修養実に是の間に於ておのづから健孚感応の不可思議を現ずべし。

げに人物の感化は不可思議の一事縁に候。当世の道学先生、教育家先生は、言説法度によりて道徳は事成し遂げられ得べけむ様の考にても候や、一切事皆道徳道徳と責め附け候へども、斯様の方法は、狐憑をば棍棒にて畜生々々と叩くと一般、根気沮喪、其人精神的に死滅せざれば已《や》まざるべく候。所詮徳育の事は其人にありて其法にあらず、生付き書生上りの学士先生などの関知せざる事也。よく〳〵是の事を御思案あらば、吾等の宗師先達を古人に求むるの已みがたきこと、更に明なるべく候。

更に是の義を強く申すべし、日月天に懸らずば人は行くべき道も分からず、暗中に迷ふべし。若し吾等の心に其の理想と尊び、光明と仰ぎ、人物脩養の大眼目と信奉すべき大人物なくば、是れ天に日月なきと均しく吾等の心暗黒中に迷へるものと謂ふべし。吾等は押しきつて問ひ申すべし。今の世に其の心の暗黒中に迷はざるもの幾人ありや。或は利に餓ゑ、或は智に渇ゑ、営々として世を夢の如くに暮らす人も、若し中夜心を沈めて、我れの事業に何の理想ありや、我れの未来に何の光明ありや、我れの人物に何の標的ありや、我れに面して笑ふもの幾百千人あるも、真に我が心を会通融和せる心は世に果して是れありやと自ら問はば如何。誰か其身のさながら暗中広野に彷徨せる天涯万里の孤客にも等しきことを感ぜざるべき。あはれ心細きは決《ご》して人の上には候ふまじ。吾れ人亦心を沈めてよく〳〵思案すべきにて候。人生一期の大事、是に過ぎざるべく候。

兎角は言抽象に馳せ、会通の程も如何と存じ候へども、思ふこと憚りなく申し陳じ候。今の学者、教育者の多くは、決して其実御身等の眼に或は映ぜむ程のえらき人々には是れ無く候。其の博く物識れる点をこそ吾師とも頼み申すべけれ、人物脩養の一大事に臨みては観心自得の工夫の外他に道なきことと先づは心得らるべくや。世に知識と申すものは無量無辺、幾百代の生を累《かさ》ね、幾千劫の世を数ふるとも尽くし得られまじく候。生れつきての好みならば是非もなく候へども、益もなき事を究め尽さむとて再びは受け難き人身を消耗し去らむは、いよ〳〵心なき業なるべし。所詮は吾が安心を堅め、吾が人物を磨き、当来二世を通じて如説修行の人たらむの大願に資するに非ざるよりは、一切の道教学智すべて無用と観ぜらるべく候。学問の真工夫、是の外に出でざるべくと信じ申候。委細の旨は重ねて申すべし。あなかしこ、此の書軽々しく御覧あるまじく候。

北村透谷（きたむら　とうこく）
明治元年、神奈川県に生れる。早熟の質は、はじめ身を東京の多摩地域の自由民権運動の渦中に投じさせたのが、一転してそれから離脱すると、道をキリスト教に求めるとともに、志を文学に立て、自由律による長詩「楚囚之詩」を明治二十二年に刊行する。同二十四年には劇詩「蓬萊曲」があり、主に「女学雑誌」に拠って「厭世詩家と女性」をはじめとする数多くの評論を短時日に発表する一方、伝道のことに加えて日本平和会の機関誌「平和」の編集にも携った。同二十六年「文学界」を島崎藤村らと創刊、「富嶽の詩神を思ふ」以下の文を同誌に掲げて初期の浪漫主義文学運動を主導したが、程なく精神に異常を見るまま、翌二十七年に自死して卒る。

高山樗牛（たかやま　ちょぎゅう）
明治四年、山形県に生れる。中学時代から文才に秀いで、東京帝大哲学科に在学中の明治二十七年「滝口入道」を以て読売新聞社の懸賞小説に応募、入選する。同二十八年「帝国文学」の発刊に与っては、また「太陽」に寄稿を始め、青年の間に迎えられた健筆は、同三十年「日本主義」を唱えるに及んでも変らず、やがてニイチェに関心し、同三十四年に発表の「文明批評家としての文学者」は、ニイチェの名を一般に広く知らしめた。その前後から、予て兆していた胸部疾患が進行するのに伴い、興津ほかで転地療養につとめるうち、「宗門之維新」の田中智学を識ったことから、日蓮に深く傾倒するようになったところを翌三十五年に歿する。

近代浪漫派文庫　8　北村透谷　高山樗牛

二〇〇四年五月十七日　第一刷発行
二〇二二年九月三十日　第二刷発行

著者　北村透谷　高山樗牛／発行者　山本伸夫／発行所　株式会社新学社　〒六〇七―八五〇一　京都市
山科区東野中井ノ上町一一―三九　TEL〇七五―五八一―六一六三
印刷・製本＝天理時報社／編集協力＝風日舎

ISBN 978-4-7868-0066-5

落丁本、乱丁本は小社近代浪漫派文庫係までお送り下さい。送料小社負担でお取り替えいたします。

◉近代浪漫派文庫刊行のことば

文芸の変質と近年の文芸書出版の不振は、出版界のみならず、多くの人たちの夙に認めるところであろう。そうした状況にもかかわらず、先に『保田與重郎文庫』(全三十二冊)を送り出した小社は、日本の文芸に敬意と愛情を懐き、その系譜を信じる確かな読書人の存在を確認することができた。

その結果に励まされて、専ら時代に追従し、徒らに新奇を追うごとき文芸ジャーナリズムから一歩距離をおいた新しい文芸書シリーズの刊行を小社は思い立った。即ち、狭義の文学史や文壇に捉われることなく、浪漫的心性に富んだ近代の文学者・芸術家を選んで四十二冊とし、小説、詩歌、エッセイなど、それぞれの作家精神を窺うにたる作品を文庫本という小宇宙に収めるものである。

以って近代日本が生んだ文芸精神の一系譜を伝え得る、類例のない出版活動と信じる。

新学社